Peter Kurzeck · Oktober und wer wir selbst sind

Das alte Jahrhundert 4

PETER KURZECK

OKTOBER UND WER WIR SELBST SIND

Stroemfeld/Roter Stern

Bibliografische Information Der Deutschen Nationalbibliothek
Die Deutsche Nationalbibliothek verzeichnet diese Publikation in der Deutschen Nationalbibliografie; detaillierte bibliografische Daten sind im Internet über http://dnb.ddb.de abrufbar.

ISBN: 978-3-87877-053-4

1. Auflage März 2007
2. Auflage Juni 2007
3. Auflage Februar 2011

Satz: Alexander Losse
Lektorat: Rudi Deuble

Gedruckt auf säurefreiem alterungsbeständigem Papier entsprechend ISO 9706
Printed in the Federal Republic of Germany

Bitte fordern Sie unsere kostenlose Programminformation an:
Stroemfeld Verlag
D-60322 Frankfurt am Main, Holzhausenstraße 4
CH-4054 Basel, Altkircherstrasse 17
e-mail: info@stroemfeld.de   www.stroemfeld.com

Ein Herbstabend. Unsere Stimmen.
Und auf dem Dachboden fängt sich der Wind.

Für Carina

1

Daß also auch dieser wie jeder Sommer, sagst du dir. Mußt du dir sagen. Wider jede Vernunft. Vergangen. Ein Ende. Aus und vorbei. Mit rechten Dingen. Wie kann er vorbei sein? Am Abend Carina ins Bett bringen (jetzt hast du ein Kind) und dann weiter schreiben. Das Jahr 1983. Im Juni vierzig geworden und fristgerecht meine Arbeit verloren, eine unersetzliche Halbtagsstelle in einem Antiquariat, und mit meinem dritten Buch angefangen. Über das Dorf meiner Kindheit. Staufenberg im Kreis Gießen. Jetzt schreibst du wieder, sagt Sibylle am Abend zu mir. Du schreibst jeden Tag und dann wirst du bald wieder für drei Jahre zum Gespenst. Diesmal nicht, sagte ich und gleich kam mir vor, als ob sie das seit dem Sommer schon jeden Abend zu mir sagt. Erst noch die späte Sonne ewigkeitsgolden auf den Fenstern, Dächern und Giebeln, dann in den Abend hinein lange prunkvolle Dämmerungen in immer tieferen Farben und jetzt immer länger die Nacht ums Haus. Herbst. Wird jetzt jeden Tag früher dunkel. Carina ist vier. Vor zwei Wochen ihr Geburtstag und dann war sie krank. Ohrenschmerzen, Husten, Fieber, eine Frankfurter Halsentzündung. Naßkalt und jeden Tag Regen. So früh schon der Herbst? Und kein Nachsommer? Kein Nachsommer dieses Jahr? Und dann ist Carina wieder gesund und kann alle Bilderbücher auswendig. Nicht nur ihre eigenen, auch die aus der Bibliothek. Schon gestern kein Fieber mehr. Es hat aufgehört zu regnen und am dritten Tag mittags ziehen wir ihr alle warmen Sachen an, die wir für sie haben. Strumpfhosen, Wollsocken, eine polizeigrüne Mantelstoffhose. Von Pascale einen selbstgestrickten bunten Pullover (alle Lieblingsfarben in diesem einen Pullover!). Sind die Schuhe nicht schon zu klein? Eine dicke rote Bommelmütze wie für eine Schneeballschlacht in einem Bilderbuch. Und zum erstenmal nach dem Sommer auch wieder ihren Anorak. Aus dem Secondhandladen. Erst mußten wir die Ärmel umschlagen, so groß.

Und jetzt kann man froh sein, wenn er noch eine Weile paßt. Grün und ein buntes Zierbörtchen mit einem Indianermuster. Eher noch ein Eskimomuster. Magische Zeichen. Sibylle eine rote Cordhose und einen dicken bunten Pullover. Und bückt sich und bindet Carina von sich einen Schal um. Ein großes indisches Tuch. Blau? Hellblau? Türkis und mit Silberfäden. Damit man auch an trüben Tagen die Ferne nicht aus den Augen verliert. Und für sich selbst auch so ein indisches Tuch, ein gelbes. Gelb oder orange? Gelb, aber mit hellroten Kringeln. Eine Schrift, eine fremde Schrift. Große bunte Tücher und leicht wie der Wind. Dann an einem türkischen Obststand auf der Leipziger Straße jeder einen Apfel. Zum Aussuchen. Rot oder gelb oder grün? Und jetzt haben wir die Farben beisammen für einen Herbstspaziergang. Jetzt kommt die Sonne durch. Seit Tagen, seit Wochen zum erstenmal. Eine blasse Herbstmittagssonne. Und statt am Ende der Leipziger Straße umzukehren, gehen wir immer weiter. Gehen bis zu dem alten Weg bei den Schrebergärten am Bahndamm.

Pfützen auf dem Weg. Am Bahndamm mannshoch das Gras. Gras, Rainfarn, Brennesseln, Disteln, Ginster, Hagebutten, Weißdorn und Schlehen. Und Brombeerhecken. Die letzten Brombeeren. Die letzten und dann die allerletzten. Der Sommer, sagte ich zu Sibylle und Carina, wißt ihr den Sommer noch? Vor uns her fliegen Vögel auf, kleine Vögel, die schnell durch die Luft schwirren. Und Elstern am Weg. Halten Abstand und bleiben doch in unserer Nähe. Wüßten gern, was wir hier wollen, die Elstern. Den Taunus sieht man und Wolkenschatten über dem Taunus. Und wenn man sich umdreht – die Stadt. Am Horizont, als ob sie uns nachkommen will. Vorläufig zum Stehen gekommen. Wir auch. Am Rand der bewohnten Welt. Hätten auf diesem Weg auf die Ginnheimer Wiese, hätten an Ginnheim und Eschersheim vorbei und immer weiter den Bahndamm entlang gehen können. Masten, Leitungsdraht, Vögel. Die Elstern. Immer wieder S-Bahnen und Eisenbahnzüge an uns vorbei. Manchmal ein Dröhnen. Die Autobahn, Flugzeuge. Bei Bonames Pferdeweiden, die Nidda, ein Teich. Wie auf einem alten Bild liegt Bonames in den Wiesen. Hinter Harheim und Berkersheim Obstgärten, Felder, der Wind. Wieder Herbst. Und weit weg Kinder. Lassen Drachen steigen. Müssen rennen im Wind. Rennen mit den Drachen am Rand des Himmels entlang. Und lassen sich dann von den Drachen mit in die Luft ziehen. Hoch hinauf. Bis in die Wolken.

Sollten nicht zu weit, sagt Sibylle. Carinas erster Tag. Lieber bald umkehren! Wolken ziehen. Wieder die Sonne. Ist eben ein Zug vorbei? Wir stehen in der Sonne. Auf einmal wie taub. Umso deutlicher gleich das Bild. Steppengras, Stadtrand- und Bahndammgestrüpp. Herbstfarben. Alles schwankt, alles weht. Gelb, braun und schwarz. Von der Zeit und vom Sommer verbrannt. Die ganze vernarbte zerschlagene Landschaft, jedes Blatt, jeder Halm, jeder Stein fängt in der Sonne zaghaft zu lächeln an. Zaghaft, verhärmt und schief und doch wie die Sonne selbst. So hell ist das Licht, daß wir alle drei blinzeln. Erst blinzeln und dann die Augen schmal. Wie Eskimos, wie Mongolen. Das Gras weht, die Halstücher flattern. Ein Herbstbild. An Carinas Anorak das Börtchen mit dem Eskimomuster und wie die Farben leuchten. Als sei die Zeit angehalten! Als ob das Muster uns etwas sagen will! Und dann unser Heimweg. Zurück in die Stadt. Die Elstern mit bis zu den ersten Häusern. Vor ein paar Jahren noch konnte man hinter den Schrebergärten über Wiesen, die aussahen, als ob sie keinem gehören. Niemandsland, Steppe, Prärie. Indianerland für die Kinder von Bockenheim, Ginnheim und vom Industriehof. Indianerland und zum Ballspielen auch. Und damit sie den Taunus sehen und die Jahreszeiten. Und stehen und müssen dem Wind und den Zügen nachsehen. Den Zügen, den Vögeln, den Wolken nach mit dem Blick. Und beim Spielen sich heiser schreien wie die Krähen. Und ein

Feuerchen machen, damit sie wissen, wie man ein Feuerchen macht und Kartoffeln brät in der Asche. Ein Stück Brot, einen Apfel mit. Und erst in der Dämmerung heim. Heim im Dunkeln. Sogar bis aus Hausen und Eschersheim sind die Kinder hierher auf die Wiesen gekommen. Und jetzt sind da Sportplätze. Rasen, Kieswege, Verbotsschilder, Tafeln, Nummern, ein Tennisplatz, eine Aschenbahn, Flutlicht und Drahtzäune, die ein Vermögen kosten. Alles zu. Abgeschlossen und unbetretbar. Und der Wassergraben? Ein Rinnsal, lebendig, ein Bach. Frösche drin. Kaulquappen. Sogar Riedgras und Schilf und Binsen. Und ist weg. Unauffindbar. Zugeschüttet, erwürgt oder unterirdisch. Für immer in einem Kerker.

Auf dem Heimweg noch Milch und Obst kaufen und in die Zweigstelle der Stadtbibliothek. Neue Bilderbücher für Carina (sie sucht sie sich selbst aus!). Sehen ob sie in der Bibliothek nicht endlich die Jahrestage 4 bekommen haben und den dritten Band von Studs Lonigan von Farrell. Und weil wieder Oktober ist, die Gedichte von Dylan Thomas glücklich mit heim. Sein Geburtstagsgedicht. Und am Abend den Tag als Bild. Mit Eifer, mit Buntstiften. Carina vier Jahre alt. Zwei Wochen nach ihrem Geburtstag. Der erste Tag, als sie wieder ganz gesund. Alles mit auf das Bild drauf. Auch nicht die Herbstfelder hinter dem Horizont vergessen. Feldwege, Böschungen, kleine Straßen zwischen den Autobahnen. Wiesen mit Kühen und Pferden. Die Kirchtürme von Bonames, von Berkersheim und Bad Vilbel. Und die Kinder, die mit ihren Drachen hoch durch die Luft segeln. Sind die Herbstferien schon vorbei? Oder kommen erst noch, aber sowieso viel zu kurz. Hoch in den Wolken die Kinder. Den Main sehen sie, den Rhein und die Donau. Das Königreich Böhmen. Die Alpen, den Balkan, den Bosporus – und dahinter das ganze Land bis nach Indien und China. Und ganz weit hinten chinesische Kinder mit chinesischen Mützen und chinesischen Drachen. Und haben auch bunte Börtchen an ihren

Jacken. Die auch mit aufs Bild. Carinas rote Bommelmütze – und mal auch den Wind! Der Wind, der geht schwer. Der Wind und die Wolken und Wolkenschatten. Muß alles mit auf das Bild. Abend. Alle Lampen an. Sibylle in Pullover und Strumpfhose. Beißt in einen Apfel. Gute Äpfel, sagt sie. Könnten noch Bratäpfel machen, wenn Carina lang aufbleibt und du nicht gleich wieder zu schreiben anfängst. Ein Kirschenjahr war es auch, sagte ich. Herbst, Abend, Nacht ums Haus und die Heizung summt. Buntstifte. Bleistiftspitzer. Hell das Licht. Carina neben mir auf dem Sessel. Schon im Schlafanzug (ein Schlafanzug mit Marienkäfern), schon seit zwei Stunden im Schlafanzug und kein bißchen müde. Halb auf meinem Schoß. *Schwebt* über dem Bild. Und Peta, mal auch das Häschen dazu, sagt sie und hat zum erstenmal abends keinen Husten mehr. Das Häschen, was einmal da weggerannt ist, wie wir es noch schnell gesehen haben. Aber das war doch schon vor Ostern, sagte ich. Ja, sagt sie und kommt zwecks Überzeugungskraft mit ihrem Gesicht ganz nah an mein Gesicht. Ja, soll aber trotzdem mit drauf! Mal drei Häschen, Peta. Und sie sollen aber nicht wegrennen. Sollst sie malen, wie wenn sie zu uns hingucken alle drei. Wie wenn sie am liebsten gleich kommen wollen!

Abend. Eine Dachwohnung mit großen Fenstern. In Frankfurt am Main in Bockenheim in der Jordanstraße. Zwei Zimmer, Bad, Flur, eine Stehküche. Vierter Stock. Kein Balkon. Schräge Wände. Sind letzten Sommer vor fünf Jahren hier eingezogen, Sibylle und ich. Carina ist hier geboren. Als wir einzogen, kam die leere Wohnung mir riesengroß vor. Hell und weit. Und ist seither um uns her immer niedriger, enger und kleiner geworden. Paßt bald schon kein einziges weiteres Buch mehr hinein. Und die Fenster in Wirklichkeit längst nicht so groß wie ich sie mir immer ausdenke. Am Abend zu dritt in unserem großen Zimmer. Carina spricht mit den Buntstiften. Sagt jedem Buntstift seine Farbe als Namen. Große alte Sessel aus grauem Samt.

Teppiche. Eine rote Stehlampe. Rote Vorhänge an den Fenstern. Sibylle macht die Vorhänge zu. Von Fenster zu Fenster. Auf Zehenspitzen. Als ob sie tanzt. Und ich muß ihr zusehen dabei. Bald jetzt, Ende Oktober, sind es neun Jahre, seit wir uns kennen. Am Abend wird es still in der Jordanstraße. Erst recht, wenn der Sommer vorbei ist. Je später es wird, umso stiller. Ein Herbstabend. Unsere Stimmen. Und auf dem Dachboden fängt sich der Wind.

Wieder Oktober. Du kommst aus dem Haus. Am Morgen, noch früh. Die Straße ist naß. Du kommst aus dem Haus und mußt stehenbleiben, so riecht es nach Herbst. Das abgefallene Laub. Gerade eben hast du aus der Nacht deinen Traum noch gewußt und jetzt ist er weg. Du spürst noch, wie er sich entfernt. Ein Luftzug, ein Vorhang, der sich bewegt. Flügel, die sich sacht regen, die Schatten von Flügeln, und dann ist er gegangen. Weg für immer. Die Tür fällt hinter dir zu. Man kommt aus dem Haus. Das Leben ist fremd. Wo ist die Nacht hin? hat Carina einmal morgens vor der Haustür gefragt. Und fragt es seither jeden Morgen in meinem Gedächtnis. Morgens jetzt nicht mehr wie früher zur Arbeit ins Antiquariat, sondern mit Carina in den Kinderladen. Und wollen uns Zeit lassen unterwegs. Der Weg läßt sich Zeit. Erzähl, sagt Carina gleich bei der Haustür zu mir und muß an meiner Hand zerren. Erzähl! Oder ist schon auf der Treppe eigenständig ins Trödeln und Träumen geraten. Die Jordan-, die Merton-, die Dantestraße. Und ab und zu komm sagen, komm! Wollen gern über den Campus, aber auch an der Warte vorbei, mein Kind und ich. Am liebsten beides. Es geht auch. Man kann durch die Homburger und die Adalbertstraße zur Warte und dann auf den Campus oder erst durch die Jordanstraße zur Uni und über den Campus zur Warte – nur gleichzeitig beide Wege geht nicht. Wind auf dem Campus. Der Brunnen rauscht. Tropfen sprühen. Der Wind nimmt die Tropfen mit. An der Warte ein Taxistand. Haltestellen. Ein Gedränge von Straßenbahnen. Du hast keine Uhr mit, schon fünfundzwanzig Jahre hast du keine Uhr mit und doch – von allen Seiten sehen die Uhren dich an. Zeitungsverkäufer. Der heutige Tag. Bücherstände an der Uni. Eine Blumenfrau aus der Wetterau. Ein Inder baut einen Schmuckstand auf. Er grüßt uns seit anderthalb Jahren und vielleicht werden wir einmal zwei Kinderohrringe bei ihm kaufen. Vor uns auf dem Gehsteig mit Uhrwerkschritten die städtischen Gehsteigtauben. Sollen wir jetzt (in Gedanken woanders) die Bockenheimer Landstraße entlang oder an der Christuskirche aus schwarzen Steinen vorbei und durch den Morgenfrieden der Schwindstraße, als hätten wir einen rechtmäßigen Anteil daran. Als stünde dieser Anteil uns jeden Tag zu. Oder stehen immer noch vor der Haustür und müssen grübeln, was wir vergessen haben. Jeden Morgen in den Kinderladen, als ob man immer wieder durch den eigenen Kopf sich umständlich einen Weg suchen muß. Ein paar Jahre lang in den Kinderladen und ein paar Jahre heim.

Drei Bäckerläden am Weg. Croissants und Karlsbader Hörnchen, Rosinenbrötchen, Apfeltaschen und Vanillekringel. Eigentlich kaufen wir uns so kurz nach dem Frühstück nichts beim Bäcker. Schon gar nichts Süßes. Man kann nicht immer nur Kuchen essen. Und wollen auch nicht auf der Straße. Im Gehen. Wenn der Kinderladen schon auf uns wartet. Und denk auch an die Preise. Das Geld. Auch aus Prinzip nicht. Also dem Keinemfall, sagt Carina. Stellt sich den Keinemfall vielleicht als kugelrunden grauen Mann vor, der es manchmal schafft, einem schnell etwas Gutes wegzunehmen, noch bevor man es hat. Also dem Keinemfall, sagt sie und weiß Bescheid. Aber manchmal dann eben doch. Muß man jedesmal ausnahmsweise sagen. Und dann gleich ernsthaft zu sparen anfangen, gleich nach dem Einkauf. Da kaut man dann schon. Croissants kennt Carina aus Frankreich. Muß man weißtdunoch sagen und aufzählen, welche die besten waren. In Marseille, in Martigues, in Barjac. In Arles und in Saintes-Maries. Es gibt mehrere beste. Im Sommer im Süden die Morgen. Noch früh und die Hunde gehen über den Markt. Durch die ganze Stadt gehen sie und sehen in den Kneipen nach, ob jemand drin ist, den sie kennen, Mensch oder Hund. Und ob Zuckerwürfel heruntergefallen sind. Bei eingepackten fressen sie gern die bunten Papierchen mit. Nimm auch ein Karlsbader Hörnchen! Wie könnte ich ein Karlsbader Hörnchen essen, ohne an Karlsbad, an Franzensbad, an Marienbad und an mich als Kind und an meine Mutter zu denken. Muß man erzählen (mit vollem Mund) und kann nicht auf die Krümel achten. Wir müßten gleich hinfahren, sagte ich zu Carina. Nur erst noch Sibylle abholen und gleich los! Es ist nicht richtig, daß wir jetzt nicht hinfahren. Apfeltaschen als Kind schon gern. Die gibt es in vielen Ländern. Sind anders bei jedem Bäcker. Deshalb muß man sie überall immer wieder probieren und sich alle merken. Die Ladentürglöckchen bei den Bäckern auch immer anders. Die schönsten Ladentürglöckchen gibt es in Holland. Gerade an so einem Herbstmorgen, wenn die Luft kühl und feucht ist, das Pflaster glänzt und der Tag nicht recht anfangen will (nicht weiß, wie er anfangen soll), gerade dann locken uns die Bäckerläden mit ihrem Homiglicht und der Kuchenbackwärme und mit ihrem guten alten Kindheitsgeruch nach frischem Brot und nach Zimt und Vanille. In jedem Bäckerladen eine Uhr an der Wand. Morgenstraßen. Die Herbstluft. Ein Morgen voller Uhren und Ladentürglöckchen.

An der nächsten Ecke unser Morgenbriefträger. Immer gefällig und freundlich. Und mit wem steht er da? Zwei bessere Witwen aus der Jungstraße. Die eine mit einem kostbaren frisierten Hündchen. Lebendig das Hündchen? Lebendig. Die andere ein zuverlässiges Einkaufswägelchen als hilfreichen treuen Begleiter. Beide Damen mit Hut. Zum Einkaufen auf die Leipziger Straße. Zeitig dran. Lebenserfahrung. Hut, Halstuch, Handtasche, Parfüm, Perlenkette und Pelzjacke. Die mit dem Einkaufswägelchen würde am liebsten ausführlich von ihrem Blutdruck jetzt. Blutdruck, Herz, Kreislauf und was der Arzt dazu sagt. Und die mit dem Hündchen von ihrer Brautzeit. Verlobung Mai 1928. Drei Jahre mit Anstand verlobt, dann die Hochzeit. Solche Hochzeiten gibt es heutzutage nicht mehr. Aber jetzt stehen sie hier in der naßkalten grauen Gegenwart mit dem heutigen Morgenbriefträger. Nachrichten aus der Nachbarschaft. Wirtschaft, Sport, Weltpolitik. Da kennt der Briefträger sich überall aus. Und läßt sich auch nicht gern dreinreden. Von keinem. Dienstmütze. Eifer. Steht breitbeinig auf dem Gehsteig. Genau da, wo im Sommer von Mai bis September um diese Uhrzeit hell und warm die Morgensonne hinkommt, jetzt aber nicht mehr. Dienstmütze im Nacken. Als Frankfurter Briefträger und Sportsmann braucht er das ganze Jahr keinen Mantel. Steht und spricht und breitet die Arme aus, als käme er in einem Buch vor, in dem ihm und der Welt und den Menschen ganz einfach in Ewigkeit nichts geschehen kann. Was ist? sagte ich zu mir selbst. Warum erschrickst du gleich so? Obwohl du hier mit deinem Kind gehst! Den Briefträger grüßen, als sei nichts geschehen. Jetzt siehst du, der Karren ist doch kein Einkaufswägelchen, sondern der amtliche Karren des Briefträgers. Keine Post heute! Wer weiß, was er da alles drinhat und mitfährt in seinem amtlichen Karren? Erst dann im Mai wieder jeden Morgen die Sonne hier an der Ecke auf dem städtischen Gehsteig.

Manchmal morgens Sibylle ein Stück mit uns mit. Bis zur Haustür. An der Haustür der Abschied und dann noch mit bis an die Ecke der Homburger Straße. Mitgehen, dann winken und dann nochmal angerannt kommen und noch eine Ecke weiter mit. Oder schon mit dem Fahrrad. Carina auf dem Kindersitz (ein besonderer Kindersitz, nach dem wir lang suchen mußten: der einzig richtige!). Sowieso nimmt Sibylle Carina manchmal auf dem Fahrrad mit. Schnell wie der Wind, sagt Carina dann mit Begeisterung. Aber Vorsicht mit Hals und Ohren. Anorak,

Halstuch, Mütze und Kapuze. Richtig zu den Anorak und das Halstuch fest um die Kapuze herum. Und nur nicht zu schnell fahren. Aber jetzt, weil der Herbst so früh kam in diesem Jahr und Carina gerade erst krank war, jetzt wollen wir lieber nur schieben. Gerade in Frankfurt muß man aufpassen, daß die Kinder nicht den halben Winter erkältet sind. Sibylle schiebt, die Radnaben surren. Carina stumm und andächtig hoch auf ihrem Zauberfahrzeug mit Klingel und Silberspeichen. Zwischen Sonne und Mond entrückt eine Bahn durch den Tag. Und Sibylle und ich bis zum Kinderladen nebeneinander her und müssen den ganzen Weg miteinander sprechen. Müssen uns ansehen, als ob wir uns eben erst, als ob wir uns noch einmal kennenlernen oder wie man sich nach Jahren unverhofft wieder begegnet. Herbst. Ein Herbstmorgen. Mit oder ohne Fahrrad an der Warte vorbei und der Schmuckstandinder freut sich, daß er uns wieder einmal alle drei zusammensieht. Gern bereit, uns seinen Schmuck vorzuführen. Jederzeit. Selbstredend unverbindlich. Die gesamte Kollektion. Auch wenn von vornherein feststeht, daß wir vorerst vorläufig nichts kaufen. Sein Stand ist ein Tapeziertisch mit einem nachtschwarzen Tuch drüber. Aber zum Vorführen der Kollektion hat er noch extra ein Stück sommernachtblauen Kollektionsvorführsamt. Halb so groß wie die Bildzeitung. Begeisterung auch. Selbst wenn wir frühestens in einigen Jahren eine Anschaffung in Erwägung ziehen sollten. Zwei Kinderohrringe oder auch nur einen – er gibt sie auch einzeln ab – ein einzelner einzeln ist auch sehr apart. Ein Inder mit Turban und Taschenrechner. Bei der Vorführung wird er zum Magier. Je nach Wunsch kann man die Ohrringe bei ihm mit Nadel und Sicherheitsverschluß oder mit einem praktischen Clip. Falls noch kein Loch im Ohr. Er zeigt uns beides. Er zeigt uns gern auch die Zauberzange mit der er wahlweise Clip oder Nadel und wie es gemacht wird. Die Nadeln aus Silber. Silber ist gut für die menschlichen Ohren. Ob Clip oder Nadel, das kann man beim Kauf dann im letzten Moment noch entscheiden. Auch nachträglich mehrfach noch ändern lassen. In einigen Jahren also. Bis dahin finden wir ihn mit seinem Stand jeden Werktag hier an der Uni. Er freut sich immer, wenn er uns sieht. Wir sollen uns nur jederzeit an ihn wenden. Und wenn wir in Zukunft, in einer fernen Zukunft wirklich einmal einen Ohrring bei ihm kaufen sollten oder ein Halskettchen, Ohrring, Halskettchen, Armband, Fingerring, Brosche oder nur für ein schon vorhandenes Halskettchen massiv ein kleines silbernes Herz, dann gibt er uns natürlich Rabatt, weil er uns dann in dieser Zukunft ja schon jahrelang kennt.

Und dann auf der Bockenheimer Landstraße. Entweder alle drei oder nur Carina und ich. Noch der gleiche Morgen. Ein Werktag, trüb und grau. Herbstlaub, Kastanien. Von allen Seiten die Autos. Immer mehr Bettler auch, Bettler, Säufer und Penner. An der Warte, auf dem Campus, in der Leipziger Straße. Vor den Kaufhäusern. Beim Plus, beim Penny, beim Aldi am Eingang. An allen Bier- und Schnapsbüdchen. Jeden Tag mehr oder kommt es dir nur so vor, weil du einmal angefangen hast, darauf zu achten? Weil du selbst deine Arbeit verloren hast? Weil du jeden Tag mehrmals, weil du immer wieder hier gehst? Mit fünfzehn mein erstes Glas Wein und dann einundzwanzig Jahre lang nicht mehr nüchtern geworden. Und jetzt, auch wenn du schon lang nicht mehr trinkst, ein Säufer, der aufgehört hat, jetzt siehst du dich immer noch in jedem von ihnen. Siehst dich bei ihnen stehen und trinken und torkeln (die Erde dreht sich) und im Suff räsonieren, weil man im Suff sein Leben lang recht hat. Eine Flasche. Wenigstens noch einen Flachmann. Den letzten Schluck. Weinbrand, Korn, Rumverschnitt. Und dann die nächste Flasche. Vor viereinhalb Jahren zu trinken aufgehört und das kommt dir noch nicht so lang her vor.

Immer noch der gleiche graue Herbstmorgen. Erst Anfang, dann Mitte Oktober. Und jetzt sagt Sibylle zu mir: Ich kann doch Carina morgens auch wieder mitnehmen. Fast der gleiche Weg und du hast mehr Zeit zum Schreiben. Oder hat es schon im August und September immer wieder zu mir gesagt und wiederholt es seither jeden Tag in meinem Gedächtnis. Nein-nein, sagte ich schnell zu Sibylle, auch wenn sie jetzt nicht mehr neben mir geht. Nein, laß mich nur! Muß sowieso morgens aus dem Haus. Muß das Wetter spüren und die Luft kosten. Muß sehen, was aus der Stadt und aus mir und den Bettlern, Säufern und Pennern wird. Und mit Carina in den Tag hinein jeden Morgen und die angefangenen Geschichten alle weiter. Und sehen, welche neuen Geschichten dazu kommen und wo sie uns hinführen. Und jetzt ist Carina neben mir aufgewacht. Im Gehen aufgewacht. Zurückgekehrt aus ihrer Morgengrübelei. Nimmt meine Hand und sagt: Erzähl, Peta! Erzähl, wie du einmal noch klein warst und ihr habt die Äpfel heimgeholt! Und weil, sagte ich in Gedanken zu Sibylle (und sah mich wieder als Kind in der Dämmerung übers Feld gehen. Auf das Dorf zu. Der Herbst vor der Währungsreform). Weil ich, sagte ich zu ihr und auch zu mir selbst, weil ich sonst immer morgens zur Arbeit gehen mußte. Seit ich vierzehn war. Geld verdienen, statt bei mir selbst sein und schreiben. Seit wann weiß ich das denn, daß der Kinderladen einer der schönsten Plätze auf der Welt ist und immer, wenn ich hinkomme, bin ich in Eile. Aber will trotzdem immer wieder hinkommen, damit ich dann später weiß, daß ich dort gewesen bin. Damit ich ihn dann wenigstens in meinem Gedächtnis wiederfinde. Selbstgemacht. Illegal. In Frankfurt am Main im Westend ein Kinderladen in einem besetzten Haus.

Eben noch kaum erst halb neun und jetzt geht es schon auf zehn. Durch den Morgen, Carina und ich. Ganz nah schon der Kinderladen, kommt uns entgegen. Merk dir jeden Farbfleck, die Kinder, die Mützen, die Jacken, das Datum, das Spielzeug, den Tag und was du dir dabei gedacht hast. Nicht auf die Tennisbälle treten, die hier überall rumliegen! Ist die Heizung an? Geht die

Heizung überhaupt? Dick gelbe Farbe an den Wänden, als sei immer noch Sommer. Kannst du mir die Jacke ausziehen? sagt die Milena zu mir. Der Reißverschluß geht nicht auf und meine Mama ist schon wieder weg. Meine Mama hat Geld gewonnen, sagt die Meike. Der David ist noch nicht da. Der Domi zeigt mir ein braunes Playmobil-Pferd mit Sattel. Oktober. Ein Werktag. Müde Kinder, die sich am Morgen beeilen mußten. Eilige müde Eltern. Bezugspersonen, Betreuer, die Elterndienstliste, die Putzdienstliste, die Wer-noch-nicht-bezahlt-hat-Liste für August, für September und für Oktober. Gleich zehn. Und wie Carina dir nochmal winkt und schon weiß, was sie macht, wenn du weg bist. Das nimmst du alles im Kopf mit. Mit Carina in den Kinderladen, sie hinbringen und dann schnell heim. Zigaretten, Notizzettel, Kugelschreiber. Im Gehen schon zu schreiben anfangen. Viele Stimmen im Kopf. Eine Uhr schlägt. Entweder die Markuskirche zwei Straßen weiter oder aus deiner Kindheit der steingesichtige alte Stadtturm in Staufenberg. Zehn Uhr morgens. Autos hupen. Kühl und feucht ist die Luft. Man kann den Herbst auf der Haut spüren. Daß mit der Post keine Post kommt, heißt noch nicht, daß man gerettet ist. Auch nicht diesen einen einzigen Tag. Heim und gleich weiterschreiben. Mein drittes Buch. Arbeitslos. Mit vierzehn zu arbeiten angefangen und jetzt zum erstenmal arbeitslos. Noch bei keinem Buch hat die Sprache mich so sehr gepackt, wie bei diesem – oder denkst du das jedesmal wieder?

2

Mittags in den Kinderladen, Carina abholen. Meistens mitten aus dem Schreiben heraus und noch wie betrunken das erste Stück Weg. Seit elf hast du dir gesagt, daß du um eins Schluß machen willst. Spätestens. Dann schnell noch ein bißchen aufräumen. Eher vorher schon. Zwischendurch. Aufräumen und in der Küche das benutzte Geschirr. Das heutige Frühstücksgeschirr. Das Geschirr von drei Tagen. War das heute? Hast du es gespült oder nur immer wieder daran gedacht, daß du es gleich spülen willst? Wenigstens schon das Spülwasser einlaufen lassen? Allein daheim. Schreiben. Ein langer Vormittag. Herbst. Wolken ziehen. Erst elf, dann halb eins. Nicht eben die Dächer vom Regen noch naß oder ist das ein anderer Tag gewesen? Gleich gehen jetzt! Nur noch einen und noch einen Satz und die Schuhe anziehen. In Gedanken schon unterwegs. Diesen, den nächsten und noch einen Satz. Und dann noch ein paar Notizen. Schon auf der Treppe – und wie du dich eben im letzten Moment in der Eile noch beinah selbst ausgesperrt hättest. Sei froh, daß es dir nicht gelungen ist. Die Schlüssel. Zigaretten, Kugelschreiber, Notizzettel und wer ich selbst bin. Und die Haustür, immer noch eine Tür, die immerfort hinter dir zufällt. Wieder Oktober. Über den Campus? An der Warte vorbei? Autos hupen. Eine Uhr schlägt. Die Straßenbahn klingelt. Gleich zehn vor zwei. Immer ein oder zwei Penner, die mich nach Kleingeld und Zigaretten fragen. Kennen mich schon. Jaja, das sind die schwarzen, sagt der eine, wenn er meine Gauloises- und Gitanes-Packungen sieht. Er sagt es jedesmal. Aber ist vielleicht auch nicht immer der gleiche Penner. Wieder das Kind abholen, sagt sein Kumpel zu mir. Während in meiner Vorstellung in unserer Stehküche immer noch das Spülwasser einläuft und kommt mir nach. Beeilt sich. Ist schon auf der Treppe, wird immer mehr und rennt immer schneller hinter mir her. Jedem Penner erst eine, dann umständlich noch eine Zigarette. Weil ich immer wieder hier gehe, fragen sie mich nicht jedesmal nach Geld. Daß es dieses Jahr auch so früh schon so kalt werden muß, sagen sie. Wie soll unsereiner da den Winter durchstehen? Naßkalt. Ungemütlich die Nächte, sagen sie. Also dann bis zum nächstenmal. Und die übrigen Penner haben uns zugesehen und lassen mich ungehindert passieren. (Das ist der, der jeden Tag hier mit dem Kind geht. Der sich manchmal im Gehen schnell was aufschreibt und öfter fast überfahren wird!) Muß mich beeilen, sagte ich. Schon Jahre und Jahre ein bißchen zu spät dran. Jahrzehnte schon. Schon wieder zwei Minuten mehr, die eilig an mir vorbei sind.

Nicht nur immer mehr Bettler, Säufer und Penner. Schon seit dem Sommer auf allen Straßen und Plätzen auch mehr und mehr Verrückte, die den ganzen Tag mit sich selbst, mit sich und mit Gott und der Stadt reden und fuchteln und gestikulieren. Spukken, drohen, schimpfen auf die Häuser und Gehsteige und auf die ahnungslosen Passanten los. Prophezeiungen. Die Bibel. Geheimdienste. Bomben. Ein Weltuntergang. Müssen die Fäuste ballen und ihre armen erschrockenen Mützen zusammenknüllen und erst einen dann zwei Streifenwagen und dann eine ganze Polizeiwache und den Jüngsten Tag herbeischreien. Oder reglos. Stehengeblieben. Nur höchstens ein Flüstern. Lautlos die Lippen bewegen. Jetzt einen Arm heben? Vorsichtig Hand und Fuß? Müssens stehen und stehen und blicklos starren. Sind abgelaufen. Verrückte auf allen Straßen. Verrückte und Obdachlose, die ihr Zeug in Plastiktüten mitschleppen. Immer mehr Plastiktüten und können darauf nicht verzichten. Fangen an, die Plastiktüten auf gefundenen (zugelaufenen) Einkaufswagen zu fahren. Und reden auf Schritt und Tritt mit diesen Karren, den Plastiktüten und dem Zeug in den Plastiktüten. Müssen es umpacken, aufmuntern, kontrollieren, beschützen und nachzählen. Immer wieder nachzählen. Manche mit zwei oder drei Karren. Gepäckkarren, Einkaufskarren und Kinderwagen. Ein Mensch. Komplett. Ein Mensch mit Zubehör. Eine Vogelscheuche als

Mensch und ein kleiner schwankender Wagenzug. Müssen immer *einen* Karren, ein Wägelchen ein Stück vorschieben. Und dann sich selbst und dem ersten Karren mit den beiden anderen nachkommen. Und dabei den Tag und die Karren und Wägelchen mit ihrer Ladung nicht einen Moment aus den Augen lassen. Auch nicht hinter dem eigenen Rücken, da schon gar nicht. Sich angewöhnen, daß man sich immer wieder ruckartig umdreht. In unregelmäßigen Abständen. Einmal drei Wägelchen und ein dünner Mann mit Spazierstock und Rucksack, ein Knochengerüst. Warum hat er keinen Hund, der jederzeit zu ihm hält? Und einmal drei Wägelchen und eine alte Frau, die nicht aufhört zu flüstern. Kopftuch und Wollmütze. Rote Flecken im Gesicht. Von Bockenheim ins Gallus-, vom Gallus- ins Bahnhofsviertel. Zur Hauptwache, zur Konstablerwache und weiter ins Ostend oder nach Bornheim. Wochenlang unterwegs. Immer höher die Wagen beladen. Jetzt nicht sogar schon vier? Bierkästen, Anmachholz, Zeitungen, alte Schuhe, Haferflocken, Töpfe und Kissen und große Büchsen mit Hundefutter und dazu ohne Pause von allen Seiten die Stadt. Drei oder vier Karren und zu all dem anderen Zeug noch insgesamt sechsundvierzig volle Plastiktüten, sechs Pappkartons und einen Schlafsack, der dringend genäht werden müßte. Genäht und gestopft und geflickt, wenigstens fest und sicher geklebt. Das Futter kommt raus. Baumwolle, Daunen, Watte. Wie alter Schnee die Watte und torkelt müd durch die Luft, will schlafen und verliert sich auf allen Wegen. Am besten den Schlafsack mit Isolierband. Einen Eisenring um den Schlafsack oder soll man ihn wegschmeißen? Ein trüber Tag. Wie schon gewesen, wie hinter Glas der Tag. Ein ganzer Wagenzug, der sich langsam erst über die unwirklich öde Morgenzeil (eine Luftspiegelung, eine fixe Idee) und dann lang die eilig dröhnende Friedberger Landstraße hinaufbewegt. Eine Friedberger Landstraße wie ein altes braunes Schwarzweißfoto. Und ruckweise immer weiter. Drei Karren? Vier? Mit Anstrengung. Und soll nix verlorengehen.

Jetzt merkst du, daß du im Gehen mit dir selbst sprichst. Und zwar ziemlich laut. Wahrscheinlich schon länger. Und hast den Weg entlang hoffentlich nicht zu heftig gestikuliert, obwohl hier der Gehsteig ja breit genug. Immer noch zu spät und der Zeit hinterdrein, aber immerhin schon an der Ecke der Siesmayerstraße jetzt. Und mußt stehenbleiben und dir den Augenblick merken. Für immer. Dein Leben, den Herbst, die Straßenecke, den heutigen Tag. Das bin ich. Nur welchen Weg du gekommen bist – über den Mittagscampus, an der schweigenden schwarzen Christuskirche vorbei und durch die heutige Schwindstraße oder Warte und Bockenheimer Landstraße – das weißt du jetzt nicht. Jetzt nicht und nie mehr. Beim besten Willen. In Ewigkeit nicht. Zeugen suchen? Die Penner? Passanten? Autofahrer, die längst nicht mehr da, die schon lang ganz woanders sind? Die Fahrer am Taxistand? Eine Straßenbahn voller Augen? Fenster, Ladentüren und Steine? Die Gehsteigtauben? Ganze Scharen städtischer Spatzen auf dem Weg und kennen dich längst, aber haben es eilig. Müssen woanders hin. Dschiiijilp und schon sind sie weg. Die Wolken, die Pfützen, die Uhren und wie sie dich immerfort ansehen – du spürst noch jetzt ihren Blick. Zeugen? Wen fragen? Zeugen gesucht! Hat mich keiner gesehen? Und der Wind? Wo der Wind herkam und muß dir entgegen? Weißt du nicht mehr den Wind? Die Zeit. Als ob man sich selbst sucht. Wo bin ich, wenn ich nicht bei mir bin? Wo geht die Zeit mit uns hin?

Letzten Sommer und auch schon den Sommer davor im Kinderladen wochenlang stümperhaft renoviert. Ohne Plan. Vielmehr zahlreiche Pläne, aber will keiner mit der Wirklichkeit übereinstimmen. Pfusch. Flickwerk. Immer wer gerade Zeit hat und da ist oder sagt, daß er dann und dann pünktlich kommt. Elternteile. Die Eltern. Man kann sich in Listen eintragen, die dann entweder falsch sind oder wieder nicht zu finden. Freiwillig. Wer Zeit hat, Zeit und Lust. Instandhaltung, Renovierung. Weiß keiner genau, wie es geht. Trotzdem fängt man jedesmal wieder an. Immer im Spätsommer. Jedesmal wieder zu spät dran. Und stets wie in der Fortsetzung eines anderen mühsamen beschwerlichen Traums. Die Wochenenden, ein leergeräumter geräumiger Samstagmorgen, der nie wiederkommt. Nicht eben noch Mai und jetzt soll schon wieder August? Mit nicht genug Zeit, Mangel an Sachkenntnis, unzulänglichem Werkzeug. Geliehen das Werkzeug und zerbröckelt dir unter den Händen. Genau wie die Zeit. Und kaum Geld für Material. Am besten dick Farbe drauf. Rot für die Ränder, Leisten und Türen. Rot für die Regentage. Und für den Fußboden und die Wände drei Sorten Gelb. Farbe und Zuversicht. Und jeden Tag zusehen, wie die Kinder sowieso jeden Tag größer werden. Die Türen dann gleich nochmal umstreichen, damit man nicht bei jedem Reinkommen jedesmal gleich so erschrickt. Bis weit in den Herbst hinein renoviert und wieder nicht fertig geworden. Oder tun wir nur so und merken es nicht? Dabei hat gerade im Kinderladen der Sommer am längsten gedauert. Sogar vor einer Woche noch – sonst schon überall Herbst und im Kinderladen noch jeden Tag Sommer. Bis weit in den Herbst hinein hat dieses Jahr wieder bei uns im Kinderladen der Sommer gedauert. Und jetzt? Du kommst rein. Du hast dich beeilt. Im Herbst, im Oktober, ein Mittag. Du stehst im Flur. Alle Türen offen. Hell der Holzfußboden. Das Spielzeug, die Bälle, die Jacken und Mützen. Und dick und siegreich die gelbe Farbe an den Wänden, wo nächstens wieder der Verputz abfallen wird. Um dich herum die Kinder. Alle in diesem Jahr vier geworden. Die meisten kennst du von ihrer Geburt an. Beim Eingang stehst du – und auch wenn es ein Regentag ist, sieht der Kinderladen nicht aus, als sei gerade eben im gleichen Augenblick noch die Sonne hier drin gewesen?

Manchmal. Du kommst hin und die Kinder sehen dich nicht. Eigene Angelegenheiten. Sie haben jetzt keine Zeit und sie wissen auch nicht, wer du bist. Sie können jetzt nicht mit dir sprechen. Von Eltern wissen sie nichts. Hier ist auch kein Kinderladen, sagen sie dir. Hier ist ein Wald und ein Sturm und ein Schwimmbad. Hier ist ein Strand und gleich noch etwas, was du nicht verstehst – nämlichst ein Gespringraketenfliegkarussell. Ich fahr immer mit meinem Opa zur Pferderennbahn, sagt die Meike, und deshalb weißt du das nicht! Wir haben jetzt keine Zeit, sagen die Kinder. Immerhin hat Carina aufgeblickt und mir zugelachelt. Sie lächelt immer, wenn sie mich sieht. Auch schon, als sie noch nicht sprechen konnte. Sie lächelt und merkt es selbst nicht. Kein Kind hat jetzt für dich Zeit. Hast also ganz umsonst durch die Jahre bis hierher dich beeilt, damit du heute Mittag rechtzeitig oder fast rechtzeitig hier ankommst. Jetzt legst du dich mitten im Kinderladen auf den schönsten Fleck Fußboden und machst die Augen zu. Erst noch ihre Stimmen und wenn sie hüpfen und rennen, schwingen die Dielen. Augen auf, Augen zu. Und dann weißt du nicht, ob du nicht vielleicht schon schläfst. Und nach einer Weile weißt du es schon länger nicht, ja oder nein?

Ein anderer Tag. Du kommst hin und alle Kinder haben auf dich gewartet. Sollst mit uns hier, sagen die Kinder. Sollst bleiben! Warum bist du nicht schon den ganzen Tag hier mit uns? Und warum nicht jeden Tag? *Mein* Peta, sagt Carina, die gleich gelächelt hat und sich jetzt bei mir anlehnt. Sollst uns vorlesen, sagen die Kinder. Aber erst noch ein Brot! Mir auch ein Brot! Mir mit Honig und Apfelmus. Mir mit Butter und Honig. Mir mit Erdbeermarmelade, aber Erdbeermarmelade ist keine da, bloß höchstens Nutella. Auch kein Brot mehr, bloß Knäckebrot. Mir einen Apfel! Milch, Quark, einen Joghurt, Bananen, Kakao. Kannst du uns Pudding machen? Habt ihr denn nicht zu Mittag gegessen? Das wissen wir jetzt nicht mehr, sagen sie und nehmen deine Hände und drängen sich an dich und wissen, daß sie dich von Anfang an kennen. Schon immer. Sollst uns vorlesen!

sagen sie. Ist denn niemand bei euch? fragst du. Nein, sagen sie. Doch, aber bloß der Herbert. Aber der muß in der Küche die Katherina trösten, weil sie sich den Kopf am Eisfach im Kühlschrank gestoßen hat. Und dann hat sie noch viel mehr geweint, weil sie nicht das ganze Pflaster aufbrauchen darf. Sollst mir helfen, meine Schuhe anziehen, sagt die Milena. Aber *ein* Schuh ist nicht da. Den hat die Meike versteckt. Sie sagt, sie hat ihn weit weggeschmeißt, wo keiner hinkann. Die Meike kann nämlich gut schmeißen. Sollst mit mir den Schuh suchen helfen, sagt die Milena. Solang, bis wir ihn wiederfinden. Ich kann auch gut schmeißen, sagt der Marcel. Wollen wieder einmal in den Tatzelwurm, sagen die Kinder. Sollst jetzt bald mit uns hin! Der Tatzelwurm ist im Nordend. In einer Parterrewohnung ein Laden mit Spielzeug, Bilderbüchern und Malsachen. Vor dem Laden ein Tannenbaum und ein kleines Gärtchen, wie vor dreißig Jahren in Oberhessen auf dem Land. Aber ihr werdet doch alle gleich abgeholt, sagst du ihnen. Sollst uns ein großes echtes Krokrodril malen, sagen sie, und einen Vau mit seine bunten Federn. Krokodile kennen sie aus dem Zoo und aus Bilderbüchern vom Zoo und Pfauen aus dem Palmengarten. Der ist gleich gegenüber vom Kinderladen. Sollst uns wieder sagen, wann wir Geburtstag haben! Sollst es uns im Kalender zeigen! Sollst mit uns an den Main, sagen sie, und ziehen an mir. Wie die Sehnsucht selbst ziehen sie. Tretboot fahren! Die Schwäne und Enten und Möwen füttern! Die kennen uns. Die warten auf uns. Und wie schon einmal auf so ein großes weißes Schiff. Sind einmal, wie Sommer war, mit der Liesel und dem Herbert auf so einem Schiff gewesen. Auf dem Schiff ist Musik. Alles schaukelt. Wir zeigen dir, wo es auf dem Schiff Eis gibt und Fanta und Torte. Wir werden nicht abgeholt, sagen sie. Wir bleiben jetzt immer hier! Du kannst auch mit uns immer hier bleiben. Sollst uns einmal alle Bilderbücher auf einmal vorlesen! Aber wirklich alle! Wir bringen sie dir! Beim Vorlesen, sagen sie, weil sie mich kennen, kannst du dort auf den Matratzen liegen. Und wir sitzen bei dir und du sagst uns, wann wir dir umblättern müssen und dann blättern wir dir um und dann ist es die nächste Seite und dann liest du weiter. Sollst uns vorlesen, bis es wieder warm wird und wieder Sommer ums Haus und auf den Straßen. So lang sollst du uns jetzt vorlesen!

Carina ist vier. Alle Nachmittage mit ihr aus dem Kinderladen heim und wollen uns Zeit lassen unterwegs. Jeden Tag hat sie neue Wörter! Muß man gleich ausprobieren. Minstens, sagt sie und jenfalls und jenfalls minstens. Hüpft, spricht, muß ihre Sätze hüpfen und tanzen im Gehen. Ein Rhythmus. Erzählt ihren Vormittag und den Kinderladen und wo sie gewesen sind und was sie gemacht haben. Und wer noch alles mit dabei war und was jedes einzelne Kind jedesmal dazu gesagt hat. Im Palmengarten ist bei den Pfauen ein Pfau und der kennt den Jochen. Und weil der Jochen jetzt nicht mehr im Kinderladen ist und deshalb auch nicht mehr mit den anderen Kinderladenkindern in den Palmengarten kommt, deshalb steht dieser Pfau immer allein im Palmengarten auf der Treppe zur Terrasse und guckt, ob der Jochen diesmal nicht doch wieder mit bei uns mit dabei ist. Der Pfau wartet. Er steht. Er bewegt sich nicht. Nur manchmal den Hals und den Kopf und die Augen. Damit er noch besser sieht, daß der Jochen diesmal auch wieder nicht mit dabei ist. Und das versteht der Pfau nicht. Man kann es dem Pfau nicht erklären. Mit Rad, fragte ich. Nein, sagt sie, kein Rad. Weil der Jochen ja jedesmal wieder nicht mit bei uns mit dabei ist und dann macht der Pfau auch kein Rad. Wollen bald auchmal wieder den Jochen treffen, sagt sie. Die Mama von der Meike heißt Karin und hat heute wieder ihren kleinen schwarzen Hund mitgehabt, der immer aus dem Autofenster bellt, weil er sich dauernd freut, daß er mit ist, sagt Carina. Er läßt sich extra das Autofenster aufmachen und lacht mit der Zunge aus dem Fenster heraus. Klein und schwarz und ein rotes Halsband. Und beeilt sich immer. Schwarze Hundelocken und macht alles ganz schnell, sagt sie. Die Mama von der Meike heißt Karin, aber wie heißt der Hund? Minstens hab ich jenfalls seinen Namen schon gehört, sagt sie. Jenfalls minstens könn mier ja morgen die Meike fragen. Der David, sagt sie und muß an meiner Hand zerren vor Begeisterung, der David hat paar mehreren Mundharmonikas, sagt sie. Weißt du ja. Und alle mit schönen Mundharmonikaschachteln. Und eine neue, die ist ganz klein! Minstens so klein wie höchstens bloß seine Hand. Und die hat er jetzt immer mit. Er spielt und man sieht die Mundharmonika nicht in seiner Hand. Und wenn wir in den Grüneburgpark gehen, kann er jedes Lied damit spielen und noch im Gehen hüpfen dabei. Mit der Musik, die er selbst macht, hüpft er wie so ein großer Vogel. Wie so ein richtiger Imvogel, sagt sie und sieht es vor sich und lacht. Was ist das, fragte ich, was soll das sein? Die gibt es, sagt sie, die kenn ich! Du hast sie auch schon gesehen. Große Vögel und hüpfen so. Imvögel oder Ilmvögel, sagt sie, vielleicht heißen sie beides.

Mein Kind und neben mir her. Fragt man sie: Was habt ihr im Kinderladen heute gegessen, erzählt sie entweder jeden einzelnen Bissen. Wer neben ihr saß, welchen Teller sie hatte und welchen Löffel. Wo alles wie auf dem Teller drauf. Ein Bild, eine Bildbeschreibung, die Farben und wie das Essen erst noch zu heiß war und dann aber nicht mehr so heiß. Sie hat mehrere Lieblingsteller. Und zu Vergleichszwecken andere frühere Mahlzeiten und auch, was es diesmal nicht gab oder wie etwas anderes anders ist als etwas noch anderes. Alle Kinder streiten vor jeder Mahlzeit um ihre Lieblingsteller. Was der Herbert und die Liesel beim Essen gesagt haben und was jedes einzelne Kind gesagt hat und wie sie alle sitzen und kauen. Oder weiß nicht mehr, was sie gegessen hat, obwohl kaum zwei Stunden seither. Valleich Gemüse oder jenfalls so ähnlichst wie Gemüse und noch was oder ein anderer Tag. Mit uns der Nachmittag. Öfter auch einen Umweg als Heimweg. Und jetzt du, sagt sie. Erzähl,

Peta! Erzähl weiter das Dorf weiter! Und weil ich ja sowieso seit dem Sommer schon, seit ich mit dem neuen Buch anfing, jeden Tag wieder das Dorf aufbaue und in Gang halte um mich her, kann ich jederzeit und an jeder Ecke weiter erzählen. Auf der Bockenheimer Landstraße. Bist du müde? Als ob ich geschlafen hätte im Gehen. Wie eben erwacht. Ein Herbstnachmittag. Feucht und grau ist die Luft. Holprig der Tag an uns vorbei und die Zeit ruckt. Die Penner haben ihren heutigen Anteil von uns schon vorher bekommen. Grüßen von weitem nur. Stehen und winken. Wie für ein Bild, ein Erinnerungsfoto mit ihren Flaschen und Taschen und Bündeln versinkend dort drüben am Rand. Erzähl, wie du einmal noch klein warst, sagt Carina. Du und die anderen Kinder. Und wie ihr mit aufs Feld seid und auf einem hohen Wagen gefahren. Und was ihr dann noch gemacht habt. Erzähl alle Tiere im Dorf und wie jedes Tier dich gekannt hat und die Menschen haben dich auch gekannt und du auch die Menschen und Tiere. Die Hunde, sagte ich. Die meisten sind morgens allein durchs Dorf. Ihre eigenen Wege. Beinah wie in Frankreich die Hunde. Und am Abend nach Möglichkeit noch einmal. Jeder Hund mit ein bißchen Verstand, wenn er es einrichten konnte, blieb jeden Tag möglichst lang von daheim weg. So lang wie möglich und so weit es nur ging. Ich kannte sie alle als Kind. Ich war sechs. Ich wußte genau, wie man mit ihnen sprechen muß, damit sie bei einem stehenbleiben und hören zu. Damit sie vielleicht sogar nicken und gehen ein Stück mit einem mit. Aber es gab auch Kettenhunde, die nie losgemacht wurden und das sieht man in ihren Augen und sieht es ihren Bewegungen an. Nicht nur die Menschen und Hunde. Auch jede Kuh und jede Ziege im Dorf ja gekannt. Alle Tiere. Sie wollen, daß man mit ihnen spricht. Deshalb bleiben sie ja bei den Menschen.

Beim Erzählen immer noch einen Umweg. Wie ein Wagen angespannt wird. Nicht trödeln! In der Frühe. Beizeiten. Als Bauer.

Du bleibst stehen und machst es ihr vor. Du spielst es dir selbst vor. Kleinbauer, Handlanger, Schichtarbeiter. Jeder Bauer sein eigener Knecht. Mürrisch und schlecht ernährt. Schon früh am Morgen muß man sich auf den Weg machen. Ein Kuhwagen, ein Ochsenwagen. Wie so ein Wagen aussieht. Aus was er gemacht ist. Und wer ihn gemacht hat. Els und Betti heißen die Kühe. Stehen und reißen die Augen auf. Was die Ochsen betrifft, sind eher nur ausgedacht. Zwei mächtige rote Zugochsen, die uns jeden Tag bei der Arbeit helfen. Viele Jahre lang unser täglicher Werktagstraum. Das Zuggeschirr immer wieder zurechtgeflickt. Stammt noch aus der Zeit vor dem Krieg und soll mit uns bis zu unserer Silberhochzeit wenigstens aushalten – oder war die schon? Morgens im Hof. Als alter Mann mit einem alten Hut. Gicht, Rheuma, Hexenschuß und ein naßkalter Wind, der uns bis auf die Knochen geht. Hut und Schal. Gummistiefel oder Schamottfabrikschuhe. Buderus-Werkschuhe mit Stahlkappen. Die Kühe mit schweren Köpfen. Ein oberhessischer Herbstmorgen. Der Misthaufen dampft. Die ganze Straße entlang sieht man die Misthaufen dampfen. Aufs Feld und die Wolken ziehen tief. Beim Anspannen muß man mit den Kühen reden. Auch zur eigenen Ermunterung. Eigene Zugpferde haben zu der Zeit im Dorf nur ein paar wenige reiche Bauern gehabt. Schöne Pferde. Groß und kräftig. Mit verständigen klugen Augen. Wohlgenährt, fressen mit Hafer sich satt. Meistens dunkelbraun, kastanienbraun und ihr Fell glänzt. Nie, nie wieder werden vor dir die Pferde so hoch in den Himmel ragen, wie in dem Jahr, als du fünf warst und der Fischerwalter hat dich an einem Sommermorgen vor seinem offenen Hoftor hochgehoben und auf so ein Pferd gesetzt. Und dann noch die Pferde vom Waldkaiberkoarl. Pferde zum Holzfahren. Kleine zottige Pferdchen. Müssen schwer ziehen und nicken bei jedem Schritt. Muß man im Gehen vormachen. So geht es – so gehen sie. Und dazu mit der Zunge den Hufschlag. Täuschend echt.

Inzwischen schon auf der Leipziger Straße, Carina und ich. Schaufenster, Ladentüren, die Lichter. Der städtische Nachmittag mit vielen Gesichtern langsam an uns vorbei. Die Kaffeerösterei. Blumen. Obststände. Der Kaufhofeingang. Passanten, Fußgänger. Sind aus Frankfurt. Haben es eilig und bleiben an jeder Ecke stehen und vor allen Ladeneingängen. Langsam die Autos. Carina sieht immer die Kinder und Hunde zuerst, aber merkt sich auch jeden Bettler. Zeitungen, eine Weinhandlung, Tabak, Parfum, Damenmoden, alle hundert Meter eine Apotheke, drei Schuhgeschäfte nebeneinander und dann noch das Schuhgeschäft, in dem wir immer für Carina die Schuhe kaufen. Mindestens zweimal im Jahr. Jedesmal ein Festtag. Immer die besten Schuhe. Weil wir als Kinder auch immer die besten, sagte ich zu Sibylle. Ich nur manchmal, sagt sie. Dann erst recht, sagte ich. Sonst wäre das ja, als ob die Welt nichts dazulernt. Füße muß man mit Achtung behandeln. Schuhe, Jeans, Lederwaren. Radios, Plattenspieler, Cassettenrecorder, Fernseher, Verlängerungskabel und Doppelstecker. Süßigkeiten, Pralinen. Im Montanus die ersten neuen Kalender. Ein Wollstübchen. Nähgarn, Knöpfe und Reißverschlüsse. Eine Reinigung, ein Optiker mit einem ganzen Herbstwald in den Schaufenstern, bunt ein Herbstwald und ein roter Oktobermond aus Papier. Eine Boutique. Räucherstäbchen, Schmuck, Kleider und was vom Sommer noch übrig. Saris, Riemchensandalen, bestickte Hemden und windleichte bunte Tücher aus Indien. Nicht eben noch ein paar Hippies hier vor uns die Straße entlang? Ein Reisebüro. Der Teeladen. China. Ein China aus Porzellan, Lackholz, Jade und bunter Seide. Ein China aus vielen Gerüchen. Gleich daneben kleine alte Feinkostläden noch aus der Kaiserzeit. Honig aus Michelstadt. Brot aus dem Spessart. Wurst aus Oberhessen und aus dem Odenwald. Milch, Butter, Quark und Handkäse aus der Wetterau. Obst und Gemüse aus Rheinhessen und aus der Pfalz. Seit 1898 im Familienbesitz. Und zwei Häuser weiter noch einer. Gegründet 1903. Und du stehst, mußt alles ansehen und dir die Jahre ausdenken und zusammenrechnen. Es soll ein Frieden gewesen sein. Und wenn du weitergehst, stille Seitenstraßen, in denen der Abend schon wartet. Und in den Höfen und Hinterhäusern eh und je Handwerker. Glaser, Elektriker, Installateure, Anstreicher, Schreiner, Dachdecker. Drei Schuster, ein Schlosser, eine Druckerei und ein Buchbinder. Lauter kleine Werkstätten, die es in zehn Jahren alle nicht mehr gibt. Aber auch Häuser, in denen man wohnen kann. Hätten selbst gern dauerhaft so ein Hofhäuschen alle drei. Flieder, ein Kastanienbaum, grüne Fensterläden und die Haustür auch grün. Zwei Katzen im Hof. Im Winter ein glücklicher Schneemann. Ein Schneemann mit Hut. Ein Schneemann, der vorm Haus in der Sonne im Schnee steht und dauernd lacht. Sind vor sechs Jahren am Ende des Sommers nach Frankfurt gekommen, Sibylle und ich, und in den ersten Wochen oft hier gegangen. Und jetzt ist wieder Herbst und du gehst hier mit deinem Kind. Mit dem Nachmittag die Leipziger Straße entlang. Mußten lang vor dem Peikert mit seinen vielen Schaufenstern stehen und jeden einzelnen Gegenstand in den Fenstern ansehen. Als ob man ihn in die Hand nimmt und von allen Seiten betrachtet, so sorgsam muß man ihn bedenken. Als ob man ihn nachbauen soll. Als ob man ihn selbst gemacht hätte. Haushaltswaren, Gartengeräte und Spielzeug. Sibylle kann Stunden und Stunden beim Peikert zubringen. Wie ein Kind steht sie erst vor den Schaufenstern und dann im Laden und spielt, sie ist ein Kind, das spielt, es ist schon erwachsen. Hat ein Geldtäschchen und muß es fest an sich pressen. Sie ist achtundzwanzig. So in ihr Spiel vertieft, daß sie nicht einmal merkt, daß sie spielt. Und Carina und ich sehen ihr beim Spielen zu, bis sie drankommt. Fremd und ernst und mit großem Eifer. Und hat eine ganze Reihe von Fragen. Läßt sich Töpfe zeigen, Wäscheleinen und Geflügelscheren (seit wann sind die Nußknacker so teuer geworden?). Teigrollen und Bügeleisen und Weihnachtsschmuck aus dem Erzgebirge, der in Polen nach Traditionsmustern hergestellt wird. Ganzjährig. In der Fabrik ist das ganze Jahr Weihnachten und Advent. Eine Fischpfanne und rostfreie Abdeckplatten für Gasherde. Aus Edelstahl, damit man immer wieder etwas zu putzen hat. Mehrmals täglich. Mit Edelstahlputzmitteln und speziellen Spezialtüchern. Und verlangt am Ende einen Dichtungsring für einen Wasserhahn. Keine ganze Dichtung, nur den Dichtungsring. Gibt es ihn einzeln? Es gibt ihn einzeln, aber er muß bestellt werden. Das ist nicht ganz einfach, aber es geht. Ein Bestellzettel. Beim Ausfüllen ruft die Verkäuferin erst noch eine Kollegin, dann die Aufsichtsdame und dann auch noch den Inhaber dazu. Den Inhaber holt die Aufsichtsdame. Alle zusammen füllen den Bestellzettel aus und der Inhaber prüft ihn dann mehrfach. Mit und ohne Brille. Mit Sorgfalt. Alles richtig. Null Fehler. Jetzt hört man sie alle aufatmen, Bestellung läuft. Es kann eine Weile dauern, drei Wochen, vier Wochen, sechs Wochen. Aber geht vielleicht auch ganz schnell, sagen sie, da steckt man nicht drin. Sie rufen gern an, sobald der Dichtungsring da ist. Der Inhaber ruft dann selbst an. Persönlich. Aber trotzdem ruhig auch ab und zu nachfragen. Vom Bestellzettel kriegt man eine Durchschrift auf gelbem Papier. Wenn wir in einer der stillen Seitenstraßen hier herum ein kleines Hofhäuschen hätten und ab und zu auch ein bißchen Geld übrig, dann könnten wir vielleicht auch ein paar Gartenstühle hier aus dem Sortiment gebrauchen. Polsterliegestühle mit Fußteil oder einfache, aber wetterfeste Klappstühle. Je nachdem. Auch ein kleines freundliches rundes Zelt für Carina. Früher auch manchmal ein Teeglas beim Peikert gekauft. Hitzebeständig. Jenaer Glas. Sie kosten nicht viel und halten fast ewig. Rasenmäher und Schaukelpferde hat er auch. Auch haltbaren grasgrünen Kunstrasen zum Ausrollen, falls unser Hof, wenn wir einen hätten, dann mit Teer, mit Beton oder Kopfsteinpflaster. Neuerdings werden die besseren Höfe in Deutschland gekachelt. Mit Abfluß. Kann man den ganzen Dreck jeden Abend schnell wegspritzen. Praktisch. Mit Gartenschlauch. Als hätte man eine Erleuchtung. Jeden Tag eine. Eine Erleuchtung mit einem kleinen Privatregenbogen. Immer pünktlich zum Feierabend. Aber wo kriegt man in Frankfurt den Schnee, guten haltbaren Schnee her und einen vernünftigen Hut für den Schneemann?

Lang vor den Schaufenstern. Lang stehen und dabei jeder immer tiefer in sich hinein. Und dann komm sagen, komm! Wie eben erwacht. Komm du auch, sagt Carina. Gleich ihre in meine Hand und nie wirst du wissen, was sie in so einer Stille und Reglosigkeit wie jetzt hier mit mir in den letzten Minuten, was sie da für sich allein denkt. Müssen wir noch was einkaufen? Besser man hat, was man braucht, schon daheim. Und den Kopf und die Hände frei für die besonderen Sachen. Wichtige Einzelheiten und wie die Welt mit uns spricht. Kaffee, Obst, Oliven. Ein kleines Stück Ziegenkäse. Badeöl aus dem Reformhaus, drei Sorten. Rosmarin, Thymian und Lavendel. Erst noch das Badeöl und dann endlich zu sparen anfangen. Sind oft auf der Leipziger Straße, Carina und ich. Gehen gern hier. Die Straße kennt uns. Überall kann man stehenbleiben. Wie ein langsames Karussell, beinah als ob wir uns immerfort alles selbst ausdenken, so bewegt der Nachmittag sich um uns herum. Vor ein paar Jahren noch an den meisten Obstständen hier in Bockenheim Italiener. Noch als wir hierherkamen. Sie sagen dir immer, aus welcher Gegend sie sind. Erst Italiener, dann Griechen und jetzt sind es Türken und schon auch die ersten Inder und Pakistani. Obststände, kleine Läden mit Spezialitäten. Direktimport. Imbißkneipen und Restaurants. Jeden Griechen auch immer nach seiner Provinz fragen. Bei Kneipen und Restaurants kamen vor den Griechen noch die Jugoslawen. Kneipen ja, auch Autowerkstätten, aber Lebensmittelläden scheints wollen die Jugoslawen nicht. Wo du her, fragt mich einer aus Montenegro. Aus Böhmen. Er nickt. Sie sehen mir den Balkan an. Viele Kinder in Bockenheim. An jeder Ecke. Auf allen Straßen und Spielplätzen. Überall wo ein bißchen Platz ist. Kinder aus vielen Ländern.

Italienische, griechische, jugoslawische, türkische Frankfurter Kinder. Müssen immer sehen, ob alles noch da ist, Carina und ich. Und was neu dazu, aber was ist da vorher gewesen? Sanierung Bockenheim. Müssen lang stehen, mein Kind und ich, damit uns nur ja nichts verloren geht. Damit wir wenigstens wissen, was es gewesen ist und fehlt uns jetzt, fehlt auf der Welt. Was fehlt, fehlt für immer. Manchmal eine große Müdigkeit. Kommt uns nach und dann merkt man, wie sie uns einholt. Erst noch ein Weilchen neben uns her. Man braucht sie jetzt nicht, man möchte sie am liebsten wegschicken, sie ignorieren, aber da wird sie nur umso aufdringlicher. Lehnt sich bei uns an. Hat schwer sich auf uns gelegt. Im Gehen. Hüllt immer dichter uns ein. Und drückt. Eine Last, ein Gewicht. Wie eine Sinnestäuschung. Man muß sich die Augen reiben und kommt kaum vom Fleck. Wie in einem Traum, den man immer wieder träumt. Man hat ihn nicht bestellt, aber sie nehmen ihn auch nicht zurück. Umso dringlicher muß man dagegen anerzählen.

Müssen vielleicht sogar ins Eiscafé Cortina, Carina und ich, um mit dieser Nachmittagsmüdigkeit fertigzuwerden. Ausnahmsweise. Die Kellner kennen uns schon. Italiener. Einer hat eine kardinalrote Kellnerjacke, aber zieht sie nicht immer an. Ein Chinotto? Ein Chinotto jetzt leider haben sie nicht. Also einen Espresso ich und Carina muß lang überlegen, ob sie eine Erdbeermilch will oder ein kleines Eis mit zwei Kugeln. Sitzt und kann sich nicht entscheiden. Und nimmt deshalb einen Birnensaft. Beim nächstenmal weiß ich es dann, sagt sie. Und trinkt den Birnensaft mit zwei Strohhalmen. Läßt mich probieren. Süß und nach Sommer schmeckt er. Vielleicht hätte ich einen Milchkaffee nehmen sollen. Wenn du beim nächstenmal eine Erdbeermilch nimmst, sagte ich, und sie haben wieder keinen Chinotto, dann nehme ich einen Birnensaft. Einmal, sagt sie, kannst du noch probieren. Die Kellner spielen immer, daß Carina schon groß ist. Erwachsen. Sie sind selbst wie die Kinder. Zwei wandgroße

Farbfotos an der Wänden. Cortina und ein hochgelegener Alpensee. So grün, es muß der Predilsee sein. Cortina am Mittag. Mit fünfzehn bin ich zum erstenmal hingekommen. Im Sommer. Wie heiß es war. Ich kam aus Venedig. Zuerst muß man das Gepäck loswerden. Kaum Geld, schon eigentlich beinah gar kein Geld, aber wunderbar weiche Waldwege, auf denen man geht. Lichtflecken auf dem Weg und ein Kuckuck ruft. Nadelwald. Fichten und Bergkiefern und wie es in der Sonne nach Harz riecht und nach Wiesen, Wiesenblumen und Heu und nach Wald und nach trockenem Holz. Immer stärker. Zwei Jahre vorher in Cortina die Winterolympiade und inzwischen ist es wieder stillgeworden. Ein Dorf, eine Kleinstadt, aber sie haben noch die Olympiafotos. Mittags krähen die Hähne. Erst Juli und dann August. Du sitzt vor dem Bild und mußt dich gleich wieder hindenken. Erst mit fünfzehn. Allein. Und dann in der Gegenwart mit Sibylle und Carina. Heute oder morgen. Wir hätten außer der Reihe ein bißchen Geld (welches Geld, fragst du dich) und wären gerade erst angekommen. Oktober. Herbst in den Bergen. Das Geld ein unverhofftes Stipendium? Ob es schon geschneit hat? Riecht die Luft nicht nach Schnee? Du weißt nicht, wie es dort jetzt ist, aber vielleicht kommt man an und es fängt zu schneien an und schneit immer weiter. Und der Schnee bleibt den ganzen Winter. Bis März, bis April. Dann ist es mittags schon warm in der Sonne. Der Schnee schmilzt. Alles tropft, die Katzen gehen auf Zehenspitzen und müssen immer wieder den Kopf schütteln über das Wetter der Menschen. Tauwetter, Frühling und mittags krähen die Hähne. Dann kommt ein Tag, da zählt man sein restliches Geld und sortiert die fertigen Seiten. Die Seiten, die man seit der Ankunft im Herbst hier geschrieben hat. Das Geld vorsorglich zweimal zählen. Und dann fährt man aus den Bergen heraus nach Triest und Venedig. Noch der gleiche Herbstnachmittag. Sitzen immer noch vor den Bildern, Carina und ich. Entweder nach dem Kinderladen gleich heim (dann wären wir jetzt schon daheim!) oder ein kleiner Umweg, eine winzige Besorgung. Nur der Gedanke daran. Hätten vielleicht nur kurz etwas nachsehen wollen, was wir schon öfter nachgesehen haben – und schon locken Tag und Weg uns immer weiter mit.

Zum Teetrinken in den Teeladen gehen wir immer nur mit Sibylle. Schon weil sie es im Teeladen durch all die Jahre von uns so gewöhnt sind. Da war Carina kaum erst geboren und wir trugen sie in einer Tasche, die man auf der Brust trägt und sind dort an einem hellen Vormittag die ersten Gäste gewesen. Aber hierher ins Eiscafé manchmal auch ohne Sibylle. Und manchmal, um auf sie zu warten. Oder treffen sie vor dem Kaufhof, vorm Bilka oder lieber noch in der Kaffeerösterei oder im italienischen Feinkostladen. In der Zweigstelle der Stadtbibliothek in der Seestraße, die jeden Nachmittag voller Kinder ist. Im Kinderkleidersecondhandladen, im Obstladen neben dem Kinderkleidersecondhandladen. Wenn die Sonne scheint, auf dem Kurfürstenplatz, im Grüneburgpark, in dem kleinen Park hinter der Schloßstraße, den kaum jemand kennt und niemand weiß, wie er heißt (im Stadtplan steht Bernuspark). Oder auf dem Hessenplatz. Da überall kann man auf niedrigen kleinen Mäuerchen sitzen und im Sand und im Gras liegen, wenn die Sonne scheint. Und manchmal mittags bleibt sie eine Weile stehen, die Zeit. Auf einmal geht dir auf, was für ein langer Sommer das war und daß er jetzt vorbei ist. Sind im Juni im Süden gewesen. In der Provence, in Barjac. Meinen Freund Jürgen besuchen, ihn und Pascale. Weil sie aus Frankfurt dorthin sind, wo sie immer hinwollten. In der richtigen Gegend der richtige Ort. Und wovon leben? Eine Kneipe anfangen. Legal. Keine Kneipe, ein Restaurant. Er kocht und Pascale serviert. Pascale ist aus Frankreich. Sie sind seit mehr als drei Jahren zusammen. In Frankfurt hat Pascale ihr Geld mit Sprachunterricht verdient. Deutsch für Ausländer und Französisch für Deutsche. Achthundert Kilometer bis Valence und in Valence fängt der Süden an. Und jetzt also ein Restaurant. Alles richtig angemeldet. Die richtigen Formulare. Ein Geschäftskonto und eine Steuernummer. Als nächstes einen Namen für das Restaurant. Jürgen mit Zuversicht. Das erste Mal in seinem Leben, daß etwas gutgehen könnte. Wenn ihm nur die Zeit dafür bleibt. Der Süden. Ein Restaurant mit drei kleinen gebrauchten Caféhaustischchen und schon für den Anfang nicht genug Geld. Sind letztes Jahr im November mit ihrem alten VW-Bus hin. Mußten alles selbst renovieren und dabei noch lernen, wie man renoviert. Als Restaurant ein enges verwinkeltes Erdgeschoß in einem alten Haus, das jahrelang leer stand. Und eine Wohnung am Ortsrand auf einem Hügel. In der Woche vor Ostern die Eröffnung. Er schickt uns die erste Speisekarte. Alle paar Tage ein Brief von ihm und zwischendurch ruft er an. Sind hingetrampt, Sibylle, Carina und ich. Den ganzen Weg auf kleinen Straßen. Müssen alles mit eigenen Augen sehen. Barjac heißt der Ort. Man kommt hin und alles ist wirklich! Und nach einer Woche von Barjac aus weiter ans Meer. In die Camargue, nach Saintes-Maries. Genau wie im Sommer davor. Am 9. Juni aus Frankfurt weg alle drei. Meine alte Reisetasche und noch eine Tasche und ein Buggy zum Zusammenklappen. Den Buggy am Samstag davor für zwölf Mark auf dem Frankfurter Flohmarkt gekauft, weil der vorige uns an der Hauptwache geklaut wurde (sie klauen die Buggys, wo sie nur können, überall in der Stadt. Und verkaufen die geklauten Buggys dann für zwölf Mark auf dem Flohmarkt! Zwölf oder fünfzehn!). Es wird Mittag, bevor wir mit dem Gepäck bei Darmstadt an der Autobahn stehen. Der Tag vor meinem Geburtstag und unterwegs beim Trampen mir Notizen auf kleine Zettel. Erst Wörter, dann halbe und ganze Sätze. Und dann wird es der Anfang vom ersten Kapitel von meinem neuen Buch. Ende Juli zurück und ein langer Frankfurter Stadtsommer. Jetzt schreibst du wieder, sagt Sibylle seither jeden Abend zu mir.

3

Oktober. Graue Frankfurter Herbstmorgen. Du kommst aus dem Haus und die Tür fällt hinter dir zu. Ein Werktag. Noch früh. Die Straße naß. Kühl und feucht ist die Luft. Überall eilige kleine Firmenwagen. Kundendienst. Heizungsservice. Drängen sich, müssen drängeln. Suchen Hausnummern, einen Parkplatz, die richtige Haustür. Hupen. Stehen schräg auf dem Gehsteig. Halten in der zweiten Reihe. Dann riesig ein Heizölauto. Steht und brummt. Schwer der Heizölgeruch. So groß das Auto und so dicht am Haus. Man muß über einen dicken Schlauch steigen und kommt kaum durch. Und drei Häuser weiter gleich noch eins. Komm schnell vorbei, sagen wir zueinander, Carina und ich. Stumm und blicklos die Fußgänger. Fremde Morgengestalten, die sich beeilen. Die S-Bahn hört man. Eine Straßenbahn zwei Straßen weiter. Morgenkälte. Ein Herbstmorgenhimmel. In den Fenstern ist Licht. Gelbe Lampen in der Bäckerei. Auf dem Campus der Brunnen schon abgestellt? Noch Wasser im Brunnen? Leer der Campus. Nur ein paar Windgespenster. An der Warte vorbei und wie immer die Bettler grüßen. Wie jeden Morgen. Eine ganze Reihe von Bettlern, Säufern und Pennern. Der McDonald's schon auf. Am Taxistand vier weiße Mercedes-Taxis und jeder Fahrer mit seiner eigenen Bildzeitung. Haltestellen, die Straßenbahn, eine Uhr. Ein Gedränge von Winterjacken, grauen Tagen und fremden Mänteln. Auf dem Weg zur Arbeit. Die Uhr gafft und sie stehen und frösteln. Müssen stehen und kleine Dampfwölkchen atmen in der Kälte und stehen hier wie Enterbte. Mitten auf dem Platz der Turm und beim Turm kleine Läden. Zeitungen, Zigaretten, Süßigkeiten, ein Reisebüro und in den Schaufenstern schon der erste Schnee. Schneeberge, Kreuzfahrten, die Karibik. Feucht und grau ist die Luft und heller wirds heute nicht.

Sahen die Schulanfänger, Sibylle, Carina und ich. Mit ihren Müttern. Jedes Kind eine Riesenschultüte. Bunte Schulranzen, bunte Schuljacken, bunte Schulmützen. Alles neu und alles ein bißchen zu groß. Und feierliche Gesichter. Der erste Schultag. Müssen lang mit Carina stehen und sehen ihnen zu und sehen ihnen nach. Carina stumm vor Ergriffenheit. Wortlos. Ganz heiß ihr Gesicht. Heiße Ohren. Und muß ihre in meine Hand. Klein und heiß ihre Hand. Muß an meiner Hand zerren und merkt es nicht. Muß ihnen immerfort nach mit dem Blick, aber zwischendurch auch immer wieder schnell sehen, ob wir es auch sehen. Das Ende des Sommers, aber man merkt es nicht gleich. Der erste Schultag. Und müssen sie dann jeden Morgen sehen. Jetzt sind sie schon Erstklässler. Carina und ich jetzt immer extra früh aus dem Haus, damit wir sie nicht verpassen. Das war im September. Noch vor ihrem Geburtstag. Kühl und schweigsam die Morgen. Die Straßen feucht. Bald Herbst. Bald schon die Kastanien reif. Jeden Morgen mit Carina in den Kinderladen. Jetzt immer jeder einen Apfel mit auf den Weg und wollen uns Zeit lassen.

Sehen die Schulkinder oft auch mittags. Sind schon größer jetzt. Dritte und vierte Klasse. Brauchen halbe und ganze Nachmittage für ihre Heimwege. Mit Kaugummiautomaten, Automatenkaugummi, Überraschungseiern, Ranzen, Frühstücksbrot, Modellautos, Säbeln, Schußwaffen und Comicheften. Haben Walkman und Kopfhörer mit. Pappbecher vom McDonald's, kleine bunte Plastikfläschchen und Trinkkartons mit Strohhalm. Und als Helden und Entdecker mit lauten Stimmen. Nicht mehr lang und sie ziehen schimmernde Rüstungen an und fliegen zum Mars. Nur hin oder hin und zurück? September. Herbstlaub, Kinderstimmen und schon die ersten Kastanien fallen aus den Bäumen. Oft Sonne noch. Wenigstens über Mittag. Dann Regentage. Dann war Carina krank. Und dann in den Herbst hinein (jetzt beeilt sich die Zeit). Nebel, Dämmerung. Morgens die

Kinder auf dem Schulweg und es ist noch kaum richtig hell. Feucht ein Geniesel. Wieder ein Sommer vorbei. Rechtzeitig die Uhr wieder umgestellt. Hier gehst du als Staatsbürger. Regenzeit oder kurz vor der Regenzeit. Die Erstklässler jetzt als kleine verhuschte Schattengestalten. Schulranzen und Kapuze. Vorgebeugt, Schlurfen. Müd. Müd und blaß. Verspätet. Beeilen sich. Rufen, winken. Haben aufeinander gewartet. Froh, wenn sie nicht allein gehen müssen. Oder an der falschen Ecke gewartet. Bleiben hinter den andern zurück, immer weiter zurück. Jeder einzeln. Erst noch mit zaghaften Stimmen gerufen. Dann bedrückt. Stumm. Eine Niederlage. Stehen an der Ampel und sehen nicht, daß für sie längst grün ist. Jetzt, weil es jeden Tag später hell wird und wir auch nicht zu früh im Kinderladen sein wollen, verpassen wir sie morgens die meiste Zeit. Trotzdem kann man dem Morgen, den Häusern, der Straße, sogar dem Gehsteig noch ansehen, daß sie hier erst kürzlich gegangen sind. Merkst du es auch? Und in der Stille ein Nachhall noch von ihren Stimmen. Wann werd ich ein Schulkind? fragt Carina jeden Tag und man muß es ihr immer wieder vorrechnen.

Oft morgens alle drei vor der Haustür. Noch früh. Das Pflaster glänzt. Altes Frankfurter Straßenpflaster. Gerade hier nach der Kreuzung wird die Jordanstraße zur Sackgasse. Wie ein großer Hof. Und am Ende der Straße zwei Torbögen. Für Fußgänger, die sich auskennen, ein Durchgang zur Adalbert- und zur Schloßstraße. Still ist es. Und zwischen den Pflastersteinen wächst Gras. Gut, daß die Stadtverwaltung von diesem Gras nichts weiß. Sonst müßten immer wieder städtische Arbeitsgruppen kommen, die es immer wieder amtlich entfernen (was von allein wächst, wird weggemacht!). Immer noch jeden Morgen die Heizungskundendienstautos. Und unsere eigene Heizung? Geht sie jetzt oder geht sie nicht? Ein Herbstmorgen und wir als richtige Frankfurter Einwohner alle drei. Vor der eigenen Haustür. Carina sogar hier geboren. Dort oben hinter dem Giebelfenster. Wo am späten Vormittag oft die Sonne hinkommt. Und kennt uns, die Sonne, und bleibt dann den ganzen Tag. Einmal morgens bei uns in der Straße ein Möbelwagen. Groß wie ein Haus. Und verstellt uns den Blick. Stellt uns die ganze Straße zu und den einzigen Baum in der Straße. Und jetzt fremde Männer, die Teile von einem Bett und dann einen Tisch und Schranktüren aus dem Haus tragen. Die Stühle in einer Reihe schon auf dem Gehsteig. Spielen Wartezimmer, die Stühle. Warum kriegst du da gleich einen Schreck? Wie schnell so ein Familienleben sich zerlegen und abtransportieren läßt, das weiß man doch sowieso. Ein Umzug – die Möbelpacker kennen sich damit aus. Dafür sind sie ja Möbelpacker. Müssen eine Weile in der feuchten Morgenkälte stehen und beim Einladen zusehen, mein Kind und ich. Aber im Sommer, sagt Carina dann auf dem Weg in den Kinderladen, während die naßkalte Luft uns immer dichter einhüllt und in uns hineinkriecht. Wenn dann wieder Sommer ist, sagt sie und muß alles aufzählen was außer uns noch zum Sommer dazugehört. Und was wir dann wieder jeden Tag machen. Denk auch dran, sagt sie. Wollen das alles mit Buntstiften, Peta! Damit wir es im Sommer dann gleich wieder wissen. Jetzt hier im Gehen, jetzt bleiben uns nur die Wörter und Äpfel. Und ein paar Tage später nachmittags in der Jordanstraße wieder ein Möbelwagen. Aber diesmal wird ausgeladen. Das sieht man von weitem schon.

Treffen uns alle drei mittags im Kinderladen. Carina hat schon gewartet. Sibylle kommt direkt vom Verlag aus hin. Oder wir gehen ihr durchs Westend entgegen, Carina und ich. Weil wieder Herbst ist. Westendstraßen. Vorgärten. Hohe Bäume. Durch die Siesmayer-, Friedrich- und Feldbergstraße. Durch die Kronberger, Eppsteiner, Altkönigstraße. Und dabei die Myliusstraße, die Wiesenau, die Freiherr-vom-Stein-Straße, Liebigstraße und Unter- und Oberlindau überqueren. Platanen, Kastanien, Linden und Ahorn. In allen Straßen der Herbst. Und jetzt kommen wir auf den Grüneburgweg und jetzt kommt uns Sibylle entgegen. Sehen wir sie zuerst? Schon von weitem? Hat sie uns schon vorher gesehen? Muß man schnell zu ihr hin oder bleibt man stehen und sieht sie kommen und kann sich den Augenblick umso besser merken, den Augenblick und die Herbstluft. Du stehst und Sibylle kommt und Carina rennt ihr entgegen. Carina heute mit Zöpfen und ohne Mütze. Sibylle mit Pferdeschwanz und in ihrem dünnen blauen Cordmantel, in dem sie so schmal aussieht, daß man immer denken muß, sie ist unter dem Mantel nackt. Grau, aber hell der Tag. Wolken ziehen. Erst die Begrüßung und dann fällt mir mein Hunger ein. Manchmal hat Sibylle noch ein Stück Brot für mich und Carina darf wie immer zuerst abbeißen. Ausnahmsweise, sagen wir zu ihr, weißt du ja. Sonst nämlich ißt man nicht auf der Straße. Warum, sagt Sibylle zu mir, hast du nichts gegessen? Warum ißt du nie? Ich wollte, sagte ich. Ich hätte auch, aber dann war es schon vorher zu spät. Beim Schreiben merkt man den Hunger nicht oder wenn, dann sagt man sich, jetzt dann gleich. Und sagt es sich immer wieder. Bei uns im Kinderladen, sagt Carina, haben wir extra Eßfarben zum uns selbst aus unseres Essen buntes Essen zu machen. Gleich heim? Einen Umweg? Wenn Carina müde wird, kann ich sie auf der Schulter tragen. Sibylle erzählt vom Verlag. Was sie gerade für den Verlag liest, schreibt und setzt. Wer im Verlag war und wer dann noch dazu kam und wer was gesagt hat. KD läßt dich grüßen. Im Verlag trinkt Sibylle immer Tee. Wieder zu lang mit Maria, sagt sie. Ich hör ihr so gern zu. Das geht nicht, sagte ich. Wenn du sie von der Arbeit abhältst und selbst auch dauernd Pausen machst, dann hat der Verlag am Ende noch weniger Geld. Will da auchmal wieder hin, sagt Carina, denn im Verlag ist die Jenny und die Jenny ist von Anfang an zwei Jahre älter als Carina. Und wir wissen, daß die Jenny jetzt bald ein lebendiges Häschen bekommt. Sind früher öfter in den Verlag, aber seit Sibylle da arbeitet, kann ich ihr gut alles aufhalsen, was sie für mich fragen, ausrichten, hintragen und mitbringen soll.

Praktisch und ungerecht. Und wann wird die Jenny ein Schulkind? fragt Carina.

Müssen sparen! Wollen auch. Aber jetzt sind wir auf dem Grüneburgweg und da gibt es ein Café, das heißt: Le Café. Große Fenster, Wandspiegel und weiße Kugellampen. Da ist mittags so ein Mittagslicht im Café, daß man es sogar an einem trüben Tag noch im Spiegel sieht. Also ausnahmsweise zwei Milchkaffee und eine heiße Milch mit Honig, die dann viel zu heiß ist. Muß man erst blasen-umrühren-blasen und dann mit kleinsten Schlückchen. Und dabei schon an den Winter denken. Daß er bald kommt. Sehen uns bei den weißen Kugellampen im Spiegel sitzen oder sind schon vor unseren Blicken her über den Reuterweg. Noch ein Stück den Grüneburgweg entlang, da ist ein rumänisches Wiener Caféhaus. Innen eng. Nicht viel Platz. Innen ist alles schwarz. Und auch von außen ist es so klein, daß man daran vorbeigeht und muß dann umkehren, um es zu suchen. Extra um seine Gäste zu grüßen, hat der Besitzer einen feinen schwarzen Hut. Carina und ich müssen hier immer Mohnkuchen essen. Der einzige richtige Mohnkuchen in Frankfurt. Wahrscheinlich in ganz Hessen. Manches können Protestanten auch backen, sagte ich. Pflaumen- und Apfelkuchen. Streuselkuchen, Laugenbrezzeln und Frankfurter Kranz. Vielleicht auch noch Käse- und Nußkuchen. Aber Mohnkuchen können sie nicht. Manchmal steht der Besitzer mit seinem schwarzen Hut vor der Tür, dann muß man nicht erst aus Versehen daran vorbei. Wir kommen nur höchstens dreimal im Jahr. Warum ist er immer so freundlich zu uns? Weil man sieht, daß du nicht von hier bist, sagt Sibylle. Vielleicht denkt er, wir sind jemand anders. Vielleicht denkt er, er kennt uns. Vor sieben Jahren auf der Rückfahrt von Griechenland sind Sibylle und ich mit unserem eigens für diese Reise gekauften großen alten Auto in einem weiten Bogen durch ganz Rumänien. Oktober wie jetzt. Kann gut sein, er sieht uns von damals die Reise noch an.

Im Westend ein langer Herbstnachmittag. Sind wir in der Eppsteiner Straße an der Autorenbuchhandlung vorbei? Ist für uns die Zeit ein paarmal stehengeblieben? Ist es jeden Herbst wieder der gleiche Tag? Vielleicht sogar drei-viermal in jedem Herbst? Zwei Milchkaffee, Espresso, Kakao, Honigmilch, unser Geld zählen und Mohnkuchen wie auf dem Balkan. Herbstlaub, Wolken, der Wind. Keine Sonne, doch manchmal ist es, als ob sie gleich kommt. Wolken ziehen. Und aus dem Grüneburgpark rufen ohne Ende die Tauben. In der Autorenbuchhandlung so ein mildes dämmriges Licht, daß sich schon am Nachmittag Straße und Vorplatz im Schaufenster spiegeln. Wenn man weiß, wo sie hingehören, sieht man meine Bücher sogar von der Straße aus im Regal stehen. Und neben der Autorenbuchhandlung ein vornehmes weißes Mietshaus. Da wohnt mit seinen Eltern der Domi, mit dem Carina im Kinderladen gern spielt. Unterlindau, Altkönig-, Friedrichstraße. Und jetzt muß gleich die Stelle kommen, von der ich nie sicher weiß, ob es sie wirklich gibt. Oder nur ausgedacht? Vor langer Zeit ganz woanders? Ein anderes Land? Eine fremde Stadt? Vielleicht im Vorbeigehen als Bild? Und jetzt ist es die Erinnerung an ein Bild, an das du dich nicht erinnerst? Lang nicht im Kino. Vor vielen Jahren zuletzt im Kino gewesen. Und davor auch viele Jahre nicht. Aber vielleicht hast du diese Stelle einmal in einem Film? Eine ruhige Straßenecke. Und was war das für ein Film? Jetzt hier die Straße entlang und dann noch eine Ecke weiter? Von einem zum anderen Mal, immer wieder weißt du es nicht. Du grübelst, du suchst. Warum ist dir, du müßtest diese Stelle (falls es sie gibt) aus einem anderen Leben kennen? Und umso mehr, je öfter du aus der Ferne drandenkst. Bist du allein, gleich mußt du insgeheim fürchten, sie ist nicht mehr da (und diese Furcht auch noch vor dir selbst verbergen!). Nicht da, nicht zu finden – hat also nie existiert? Und wenn es sie nicht gibt, ist vielleicht alles übrige auch nicht wahr? Dein Leben, die Welt, der gestrige Tag? Fiktiv? Eine Einbildung? Auch bloß geträumt? Du suchst, du mußt stehenbleiben, du gehst immer schneller. Wie mein Herz klopft! Vielleicht längst dran vorbei? Falsch abgebogen? Hast du sie nicht erkannt? Hat sie ihren Zauber verloren? Sollst du umkehren und nochmal den Weg? Immer wieder? Eine einfache Straßenecke, aber wenn du sie nicht findest, kannst du nicht heimgehen. Nicht heim und auch sonst nirgends hin. Kannst nie mehr in dein Leben zurück. Ist weg, fragst du dich. Weg für immer? So also hat es kommen müssen. Und dann endlich kommt sie. Nur eine ruhige Straßenecke in Frankfurt im Westend. Stuck, Vorgärten, hohe Bäume. Alles richtig und alles noch da. Eisengitter. Steinerne Torpfosten. Meistens Nachmittag, wenn du vorbeikommst. Und so still. Ein Blatt fällt. Ein Vogel ruft. Oder war das vor Jahren? Beim letztenmal schon? Und dazwischen die Zeit – wo bin ich gewesen? Ein Blatt, ein Vogel, der Wind. Und Stimmen. Woher die Stimmen? Fällt eine Haustür zu? Ist ein Fenster zugemacht worden? Hat sich die Gardine bewegt? In den Vorgärten Vögel. Und ein Vogel in deinem Gedächtnis, der immerfort ruft. Der Wind seufzt. Ein Blatt fällt. Das *war* alles schon einmal. Ist das die Luft, die sich regt, als hätte sie Flügel? Manchmal eine Katze. Und bevor man sie richtig sieht, ist sie weg. Wie auf einem Suchbild, auf dem man die Katze nicht findet, sagte ich zu Sibylle und Carina. Wie im Theater. Der Vorhang geht auf. Man sieht, was da ist und wartet darauf, daß es anfängt. Aber dann kommt niemand. Ein Bild, ein Fenster zur Welt und gleich dann der Rolladen zu. Eine Jalousie und soll jetzt geschlossen. Und deshalb wird man so gepackt von dem Bild. Als ob es etwas bedeuten soll, sagte ich zu Sibylle. Aber was? Ein Rätsel, ein Gleichnis. Man kann es nicht fassen und wird es nicht los. Wenn ihr nicht bei mir wäret, sagte ich zu Sibylle und Carina, dann würde ich diesmal einfach hier stehenbleiben. Eine *blaue* Katze, sagt Carina, nur aber sieht man sie nicht! Dazu die zwei kleinen Läden, sagte ich. Man muß sie glauben, weil man sie sieht, aber kann sie sich nicht erklären. Secondhandkindersachen und daneben ein Indienladen.

Noch aus der Zeit, als es in Frankfurt viele Indienläden gab. Aus dem späten Blumenzeitalter. Oder eher noch kurz danach. Da war es schon wieder vorbei und man dachte, jetzt fängt es bald an. Zwei Läden und jetzt beide zu. Nur heute? Nur über Mittag? Vielleicht seit dem Sommer schon zu? Vielleicht machen sie gar nicht mehr auf. Sind vielleicht gar nicht zu, beide nicht. Sehen nur so aus. Gerade hier. Nebeneinander im Erdgeschoß zwei winzige Wohnstubenläden. In diesen ehrwürdigen alten Westendhäusern mit ihren Erkerfenstern und der Erinnerung an Dienstboten, die noch wußten, was sich gehört. Mit Einfahrt und Vorgarten. Markisen. Ein Gehweg mit alten Steinplatten durch den Vorgarten bis zur Ladentür. Auf den Steinplatten grün das Moos. Der eine Laden zur Markise noch ein Vordach wie für einen Hoteleingang. Zwei ehemalige Hausmeisterwohnungen? Eine undurchschaubare Erbschaftsgeschichte? Hatten ihre Zeit als Treffpunkt vielleicht. Für junge Mütter der eine. Alleinerziehend. Wohngemeinschaftsmütter. Zweiter Bildungsweg, eine Umschulung, noch eine Umschulung und als Ziel eine befristete ABM-Stelle, dann die Verlängerung einer befristeten ABM-Stelle. Erst *Summerhill* gelesen oder wollten es jedenfalls immer lesen. Dreimal das Taschenbuch angefangen (unbedingt muß es geklaut sein!). Und ein paar Jahre später – inzwischen unwiderruflich zu ihren eigenen älteren Mitschwestern geworden – in Sachsenhausen in der Harmonie den Film *Kleine Fluchten* gesehen (dann muß ein paar Jahre lang jedes zweite Kind unbedingt Jonas heißen!). Sind immer wieder in diesen Film. Und dann die ganzen späten Siebziger Jahre vielleicht hier im Laden mit Weltanschauungen, Zigaretten, Kaffee. Die Kinder im Vorgarten, weil sie sonst immer stören (sie nerven!) oder sind in der Kita. Sind nach der Schule nicht heimgekommen. Sind verzaubert worden, die Kinder. Jäger, Einhorn, Statue, Feuerwehrauto und Polizist. Ein Kind als Laterne hier in der Straße, aber es gibt hier so viele Laternen. Wir wissen nicht, was sie jetzt sind, die Kinder. Man sieht dem Zauber den Zauber nicht an. Vor der offenen Ladentür ein alter Gartentisch und drei verzauberte Stühle. Der vierte muß seit vielen Jahren schon repariert werden. Und nebenan Kleider und bunte Tücher aus Indien und immer wieder auch Frankfurter Indienfahrer. Viele lange ruhige Nachmittage, als ob du sie träumst. Tee, Moschus, Patschuli und Räucherstäbchen. Und Postkarten an der Wand, Postkarten aus San Francisco, Bombay und Goa. Eine Straße, in der kaum je ein Mensch geht. Aber nicht die Läden sind das Geheimnis. Alles, was man sieht. Dann also im Sommer, sagst du dir. Ist nicht jeder Sommertag eine Offenbarung? Es wird Sommer sein und du wirst alles verstehen! Aber dann ist lang kein Sommer. Es kommt keiner. Viele Jahre nicht. Du hast dich und den Sommer und alles, was damit zu tun hat, fast schon vergessen. Eine Nummer, ein Behördenformular, Staatsbürger, Steuerzahler und immer frühmorgens als Semikolon an der Straßenbahnhaltestelle. Morgens und abends. Morgens als Semikolon und abends als Fragezeichen. Froh für jede Zeitung, die du in der Straßenbahn auffalten darfst. Auffalten und aufgefaltet vor dich hin halten. Wieder ein Jahr und kein Sommer gewesen. Und müd heim am Abend. Wie im Schlaf ein paar Jahre. Und dann einmal kommst du hierher. In Eile, in Gedanken woanders. In der dritten Person. In Gedanken, wo weiß ich auch nicht. Du kommst und mußt stehenbleiben. Die richtige Straßenecke. Warm ist es. Alles leuchtet. Ist also doch wieder Sommer geworden. Überall Fenster offen. Offene Türen. So weich die Luft. Aus einem Fenster Musik. Nur leise, man hört nicht einmal, was es ist. Und doch von allen Seiten die Vögel und antworten auf die Musik. So dicht und verwachsen sind hier im Sommer die Vorgärten, sogar bei Tag ist es dämmrig unter den Bäumen. Kinder? Selten. Sind weg. Sind verschwunden. Verzaubert. Sind da und man sieht sie nicht. Und wenn man sie sieht, dann mit Abstand. Eben noch da und dann nicht mehr. Und behalten wie die Katzen ihre Geheimnisse und das Geheimnis für sich. Überall Zeichen. Direkt schon aufdringlich, sagte ich. Aber wie soll man die Zeichen deuten? Noch nichtmal ein Platz. Nur eine ruhige Straßenecke, sagte ich zu Sibylle und Carina (sie kennen mich schon!). Und dabei ist das ganze Frankfurter Westend ja noch kaum hundertfünfzig Jahre alt.

Sind in unserem ersten Frankfurter Herbst hier gegangen, Sibylle und ich. Und dann jeden Herbst wieder. Sind nicht auch ein paar von Sibylles bunten indischen Tüchern noch aus diesem ersten Frankfurter Herbst? Und jetzt? Schon heim oder noch eine Weile hier bei den Bäumen? Noch bleiben! Jetzt habt ihr ein Kind und das Kind ist schon vier. Wieder Oktober. Dir den Augenblick merken, damit du ihn dann im Gedächtnis wiedererkennst. Damit er dir für immer bleibt. Als ich fünf war, in Staufenberg in der Gartenstraße eine große Trauerweide. Einmal ein Herbstnachmittag und so hell ihre Blätter, als ob sie in ihrem eigenen Licht da steht. Und ich sah sie als Kind, ich sah sie von weitem und mußte gleich zu ihr hin. Und stand dann daneben, als sei ich selbst erleuchtet von diesem Licht. Als ob sie durch mich hindurchleuchtet. Staufenberg im Kreis Gießen. Und jetzt ist dir, als hättest du dich dort zurückgelassen. Als ob du da immer noch stehst. In Staufenberg, sagte ich zu Sibylle und Carina. Bis an den Himmel die Bäume. Kastanien und Eichen und Linden. Hohe Birken mit gelben Blättern. Eine Trauerweide, groß wie ein Haus. Und wenigstens ein Nußbaum in jeder Straße. In den Vorgärten Flieder, Jasmin und Holunder. Und hinter jedem Haus ein Obstgarten. Kirschbäume, Äpfel, Birnen und Pflaumen. Jetzt im Herbst, sagte ich, also damals. Unter jedem Scheunenvordach riesige Kürbisse. Knallgelb und orange. Sind so groß und so grell, daß sie einem fast wie verhext vorkommen in einer Gegend, in der sonst nichts von allein so groß und so bunt wird. Ein trüber Tag und sie liegen im Hof, als wollten sie immer noch größer werden. Liegen und leuchten wie Lampions. Im Hausflur auch. Und sogar auf den Kellertreppen. Wie kalt es damals im Herbst in so einem Hausflur war. Wohn- und Schlafzimmer ungeheizt. Die Sonntagswohnzimmer abgeschlossen. Nur die Küchen sind warm. Genug Holz daheim. Der vierte Herbst nach dem Krieg. Sogar die Flüchtlinge hatten Holz für drei Winter im voraus. Das Pflaumenmus eingekocht. Apfelmus, Kirsch- und Birnenkompott in den Kellern. Erdbeermarmelade, Himbeersirup, Holunder- und Quittengelee, Dörrpflaumen, Mais und Sonnenblumenkerne auf jedem Dachboden. Bei den Flüchtlingen auch noch Mohn, Knoblauchzöpfe und getrocknete aufgefädelte Pilze. Die Nüsse sind für die Weihnachtsbäckerei, Haselnüsse und Walnüsse. Im Herbst, sagte ich, man kommt in ein Haus und das ganze Haus riecht nach Äpfeln. Und dann, sagte ich, wenn man als Kind abends heimrennt. Da und dort gewesen. Im Oberdorf und beim Poul, so heißt da ein Teich, den es längst nicht mehr gibt. Beim Poul und im Steinbruch. Beim Schreiner in seiner Werkstatt, im Burgwald und bei den Borngärten. Beim Schindgraben und dann von Mainzlar her mit der Nacht übers Feld. Erst noch mit anderen Kindern und dann allein. Noch den Abendzug fahren hören. Nachträglich kommt dir vor, du hättest ihn an einunddemselben Tag wenigstens zwei- oder dreimal gehört. Und wie aus der Ferne die Turmuhr dann immer wieder nur halb schlägt. Und dann die letzen Bauernwagen an dir vorbei und ins Dorf zurück. Knarrt jeder anders. Manche hast du nur von weitem gesehen. Und jetzt auf einmal: gleich ist die Nacht da. Schnell heim, durchs Feld heim. Schon am Dorfrand die ersten Häuser. Licht in den Fenstern. Sogar die Straßenlampen schon an. Ein Hund bellt und aus den Ställen brüllen die Kühe. Wo bin ich gewesen? Wo ist der Tag hin? Wird kalt auf die Nacht. Vielleicht bald schon der erste Frost. Die Straßenlampen hängen an Drähten und müssen immer hin- und herschaukeln. Herbst,

Nacht, eine windige Finsternis. Und wie man sich dann freut, wenn man schnell heimrennen kann. Die höchsten Kastanien, sagte ich, bei uns an der Kreuzung. Und stehen und rauschen die ganze Nacht. Man liegt im Bett und denkt sich aus, man fährt mit einem Schiff durch die Nacht. Wirklich, sagte ich, überall im Dorf Bäume bis an den Himmel. Und nicht ein einziger Baum ist stehengeblieben. Die Bäume weg. Die Vorgärten abrasiert. Jetzt kann man da überall im vierten Gang durchfahren und ich muß das Buch schreiben. Wie alt warst du? fragt Carina. Sieben, sagte ich. Also ein Schulkind, sagt sie. Und wenn sie es nicht sagt, weiß ich, daß sie es denkt.

Und dann auf einer langen Allee alle drei und die Blätter fliegen. Noch der gleiche Nachmittag? Immer noch Herbst? Sind schon oft hier gegangen. Carina bei uns in der Mitte. Eigentlich schon zu groß, um noch Engelchen flieg zu spielen, aber wenn die Blätter auch alle so fliegen! Westwind, die ganze Straße fliegt uns entgegen. Sowieso ein Tag, an dem man, auch wenn man müd ist, von nichts genug kriegen kann. Und jetzt noch eine Stelle in der Falkstraße, die mir einfällt. Genauso magisch und auch wie geträumt nur. Und ich weiß jedesmal wieder nicht, ob es sie wirklich gibt. Oder ist das die Wurmbachstraße? Aber auch am Weingarten und in der Georg-Speyer-Straße gibt es solche Stellen. Überall in Bockenheim. Und jetzt im Gehen fallen mir immer mehr ein. Gerade auch solche, an denen ich seit Jahren vorbeigehe. Die Basaltstraße, in der wir zuerst gewohnt haben, als wir nach Frankfurt kamen. Die Häuser rings um den Hessenplatz. Die Mulanskystraße und die Konrad-Broßwitz-Straße, wo die Häuser und Vorgärten ein Stück zurücktreten, schweigend, damit Platz ist für einen kleinen halbrunden Platz mit Litfaßsäule, Bäumen und Telefonzelle. Und wie still es da nachts im Lampenschein ist. Der Alsfelder Platz, die kleinen Quergassen hinter der Friesengasse und die Friesengasse gerade dort, wo Edelgard wohnt. Abbruchhäuser, ein Hof in der Seestraße. Und so immer mehr. Nicht nur Straßen und Ecken und Häuser, sondern auch Details. Einzelheiten. Eine Haustür und drei Stufen davor. Viele Bockenheimer Haustüren. Eine Katze und ihr behender eiliger Schatten. Das Morgenlicht in der Kiesstraße. Ein finsteres altes Haus weiter vorn in der Jordanstraße und ein alter Steinkellergeruch, der zu diesem Haus gehört. Die Fenster im Erdgeschoß und das Lampenlicht in diesen Fenstern, wenn man abends müd heimgeht. Das Haus wird bald abgerissen. Drei Häuser nebeneinander, alte Häuser mit Erkern und Giebeln und stehen auf Abbruch, aber sind noch bewohnt. Erdgeschoßfenster in der Basaltstraße, in der Florastraße, in der Mühlstraße, Seestraße, Kaufunger Straße, in der Kies-, in der Jung-, in der Gräfstraße. Besonders am Abend, am frühen Abend, bevor die Gardinen und Rolläden zugemacht werden. Feierabend. Schon die Fernseher an und hinter jedem Erdgeschoßfenster hustet ein Frankfurter Bürger. Überhaupt alle Fenster bei Tag und am Abend und die Bäume am Rohmerplatz. Blau die Dämmerung, abendblau und der Himmel noch eben hell. Und wie dann die Bäume mit ihren Astspitzen hinauf in den himmelhohen gläsernen Himmel zeigen. Der Eingang zum Postamt. Fußgänger. Nebeneinander drei hellerleuchtete Telefonzellen und von der Schloßstraße hört man die Autos und Straßenbahnen und vom Westbahnhof die S-Bahn und Eisenbahnzüge (je kälter es ist, umso deutlicher die Geräusche!). Morgens die Obstkisten im gelben Licht vor dem griechischen Laden in der Homburger Straße, bevor es noch richtig hell ist. Früh am Morgen die Menschen an den Straßenbahnhaltestellen. So verloren in aller Frühe. Wie ausgesetzt stehen sie da und deshalb ist dir, du müßtest sie alle kennen. Eine hellerleuchtete Straßenbahn wie eine Erscheinung langsam über die Kreuzung. Frühmorgens die Zeitungs- und Tabakläden schon auf und dampfen vor Wärme. Türen, ein Türgriff, ein Frankfurter Steingesims (sie streichen den Sandstein in Frankfurt alle paar Jahre mit sandsteinfarbener Steinfarbe an! Weiß keiner warum!). Steine, ein altes Muster auf dem Gehsteig, noch drei andere Steingesimse – du hast sie gesehen und jetzt sollst du sie suchen! Die städtischen Mietshäuser in der Schloßstraße. Sozialer Wohnungsbau. Der schüttere abgetretene Rasen, dem man gut zureden müßte. Grünflächen. Hart und trocken die nackte Erde. Wäschestangen, Garagen und Mülltonnen und vor dem stieren Blick der Kellerfenster hüpfen sogar in der frühen Finsternis noch die Amseln (sie sind hier geboren!). Und wie der alte Steinkellergeruch aus den Abbruchhäusern dich jedesmal wieder an die Zeit und an manche Gassen in Prag erinnert, endlich kommst du darauf. Einzelheiten, immer mehr Bilder und alles ganz deutlich. Erst nur in Bockenheim und dann auch im Westend. Im Westend, im Nordend, in Bornheim und in Sachsenhausen. Im Bahnhofsviertel, am Main und am Dom und in Bergen und Rödelheim. Erst noch gedacht, die muß ich jetzt alle suchen, aufsuchen! Atemlos, panisch! Sie finden, sehen, benennen, berühren sogar! Immer wieder berühren! Am liebsten sie einsammeln und mitnehmen! Aber werden immer mehr und flackern als innere Bilder auf, ein Brand und ist nicht zu löschen. Und schon siehst du dich in alle Richtungen gleichzeitig davonstürzen, schreiend und gestikulierend (so also geht Verrücktwerden!). Und dann auch Straßen und Ecken und Plätze in anderen Städten. In Marburg, Heidelberg, Hamburg. In Wien, in Paris, in Prag, Triest, Dubrovnik, Marseille. Immer weiter. Und gleich auch Stellen in Büchern. Absätze, Seiten, ein einfacher Satz. Du hast sie genau im Gedächtnis. Manche seit deiner Kindheit. Aber wie kannst du jetzt wissen, ob das alles wirklich da steht? Schnell heim! Erst heim und dann in die Bibliothek und rasend die Bücher durchblättern nach diesen Stellen. Die Bücher fangen zu flüstern an. Manche müssen gleich losschreien. An einem anderen Tag hätte es mich verrückt gemacht. Womöglich für immer. Aber weil wir hier mit großen Schritten im Wind gehen alle drei und die Blätter fliegen und Carina muß die ganze Straße entlang Engelchen flieg spielen, deshalb sagst du dir, das hat Zeit! Wird sich finden! Zum erstenmal kannst du dir von etwas sagen, es hat Zeit. Nach und nach wirst du alle diese Stellen nachsehen, die auf den Straßen und die in den Büchern und die in deinem Kopf. Erst in Bockenheim, dann in den anderen Stadtteilen und dann die in fremden Städten. Und auch die in den Städten in anderen Ländern. In Venedig, Istanbul, Kemi und Haparanda. In Bukarest auch. Allein in Bukarest weißt du auf Anhieb wenigstens drei oder vier. Zeit genug. Höchstwahrscheinlich muß man sie zur Sicherheit mehrmals nachsehen. Vielleicht sogar immer wieder. Das nimmst du dir vor und gehst weiter hier mit Sibylle und Carina im Wind. Wenn man Engelchen flieg spielt, muß man bei der Sache sein. Weil wir auch früher schon hier gegangen sind, deshalb gehen wir hier.

Die ihre Blätter am längsten behalten, das sind die Platanen. Oft bis in den Dezember hinein. Sind jetzt noch grün, die Blätter, aber werden schon immer heller. Nachts im Lampenlicht wie aus Gold. Sind trocken und werden jeden Tag leichter. Jeder Wind läßt sie zittern. Schon der leiseste Hauch. Unter Platanen jetzt auf einem breiten Gehsteig durch die Siesmayerstraße und am Kinderladen vorbei. Und kommen auf die Bockenheimer Landstraße und Kastanien sind aus den Bäumen gefallen. Ein langer Heimweg und mit Carina Kastanien aufsammeln. Wie es *raschelt*, das Laub. An der Warte ein Bettler und spricht mich an. Betrunken. Ein Penner, du hast ihn schon hundertmal gesehen. Du siehst ihn jeden Tag wieder. Sibylle und Carina schon ein paar Schritte vor. Der Penner mit einer Geschichte von einem anderen Penner. Fuffzich Fennich und eine Zigarette. Daß der andere Penner, der jetzt nicht da ist, eine Decke mitgenommen hat, die ihm nicht gehört. Mir auch nicht, sagt der Penner, aber dem noch weniger! Also fuffzich Fennich und zwo Zigaretten. Feuer? Feuer auch. Erst ihm und dann mir. Eine Zigarette an der andern anzünden. Erst recht jetzt, sagt der Penner, wos nachts schon so kalt, der Drecksack! Schöndankauch! Hat noch seine Hand auf meinem Arm und jetzt gibt er mich frei. Sibylle und Carina im Wind an der Straßenecke. Zwischen lauter Fremden. Haben auf mich gewartet. Die Ampel, Fußgänger, Autos. Sibylle und Carina jetzt auf mich zu. Ein Herbstnachmittag. Wind, das Laub fliegt. Und dann bleibt dir für immer das Bild.

4

An der Warte. Die Zeit ruckt. Gleich heim? Noch auf die Leipziger Straße? Einkaufen und weiter in den Tag hinein? Am Nachmittag soll man sich treiben lassen. Ins Eiscafé, damit ich mir vor den Bildern weiter einen langen ruhigen Winter in den Bergen für uns ausdenken kann. Schnee, die gesunde Luft, gutes Essen. Und Sibylle und Carina davon erzählen. Die Straße entlang, als ob man getragen wird. Die Kaffeerösterei uns für Samstag aufheben. Kaufen den Espresso immer beim d'Orio, einem Italiener, den wir schon kennen, seit wir nach Frankfurt kamen und er und seine Frau in der Friesengasse in einer kleinen dunklen Erdgeschoßwohnung auf dem Küchentisch stundenweise italienische Lebensmittel verkauft haben. Erst nur einzwei Stunden täglich und noch nicht einmal jeden Tag. Dann halbtags. Immer noch ihr Küchentisch und hauptsächlich Landsleute als Kunden. Und jetzt ein großer Laden auf der Leipziger Straße, ein Laden mit zwei Eingängen. Beim d'Orio also den Espresso *und* in der Kaffeerösterei, wo die Frau des Inhabers uns erzählt, wie sie nach dem Krieg in Bockenheim als junges Mädchen durch die Ruinen zur Leipziger Straße ging, und wie sie sich dann verlobt hat und jetzt sind die Kinder groß. Haben alle einen guten Beruf und sind tüchtig in ihrem Beruf. Vier Kinder. Jedes Kind in einer anderen Stadt. Das Alter. Daß die Zeit auch so schnell! Ihr Mann ist zwanzig Jahre älter als sie. Und die Welt ist nicht mehr die gleiche Welt. Sie hat immer Bonbons für Carina. Ein altes Kontor, ein Comptoir mit Einbauschränken, Holzpaneelen, Kupferbeschlägen. An den Wänden Schiffe und Kaffeeplantagen mit Goldrahmen. Keins von den Kindern will das Geschäft übernehmen. Früher Filialen in allen Stadtteilen gehabt. Noch in den Siebziger Jahren. Als Firmenzeichen ein goldener Stern. Sie ruft, wenn wir kommen, immer eigens den unrasierten mährischen Lagerarbeiter, damit er den Hund holt und läßt ihn für Carina im Hof herumspringen. Ein großer schwarzer Schäferhund. Er heißt Felix. Carina denkt, daß der Hund die ganze Zeit nur an sie denkt und nicht aufhört zu warten. Beim d'Orio und in der Kaffeerösterei also den Espresso und neuerdings auch noch in einem italienischen Laden in der Schloßstraße. Der Besitzer kann kein Wort Deutsch. Aus Kalabrien. Finster. Ein Räubergesicht. Neben der Kasse ein Durchgang zum Flur. Da steht er und raucht. Ohne Filter. Die billigsten italienischen Zigaretten. Jede bis er sich die Finger verbrennt. Dann die nächste dran anzünden. Den ganzen Tag kommt kein Mensch. Man denkt der Laden ist zu. Auch der Gehsteig leer. Nur wenn Kundschaft kommt, wird im Laden Licht angemacht. Jedesmal sprechen wir lang miteinander, der Besitzer und ich. Er italienisch, ich deutsch. Beide Kettenraucher. Carina betrachtet die Süßigkeiten. Dann kommt die Frau des Besitzers, eine Deutsche. Blond und rosa. In einem hellblauen Kittel. Doppelt so groß wie ihr Mann. Der lernt nicht Deutsch, sagt sie. Und gibt Carina zwei Riesenhände voll Lakritz und Gummibärchen. Eher können wir nicht gehen. Jetzt macht er das Licht wieder aus und geht rauchend zu seinem Platz zurück. Lange dachte ich, wir sind seine einzigen Kunden. Aber immer zum Feierabend viele Italiener auf dem Weg zum Westbahnhof. Italiener, die früher in Bockenheim wohnten und dann weiter hinaus in die Vororte ziehen mußten, nach Sulzbach, Eschborn, Unterliederbach, Griesheim, Höchst und in die Vororte dieser Vororte. Arbeiten immer noch in Bockenheim und kaufen, wenn sie zur S-Bahn gehen, alle ihre Lebensmittel bei ihm. Müssen uns das Espressokaufen jetzt immer einteilen, wann, wieviel und bei wem. Auch, damit unser Geld reicht. Noch mehr Espresso, sagt Sibylle zu mir, kannst du wirklich nicht trinken. Ein Blumenladen. Zeitungsverkäufer. Arbeitslose, die seit elf Uhr morgens hier stehen. Der gute Geruch der Kaffeerösterei. Ein goldener Stern. Weiter die Straße entlang alle drei und das Obst auf dem Rückweg kaufen, damit wir es jetzt noch nicht tragen müssen. Wie die Müdigkeit an mir zieht.

Im Kaufhof in der Kaufhauswärme mit Kaufhausmusik. Hier erst recht ist es so, als ob man getragen wird, zumindest geschoben. Parfümieren sie jetzt schon das ganze Kaufhaus? Die Verkäuferinnen, sagt Sibylle, die einmal in einem hellen Juni, als alles uns leicht war (immer erst mitten im Traum merkt man, daß man träumt), als Sommeraushilfe in Gießen beim Karstadt gearbeitet hat und mir dann nach und nach eine ganze Serie phantastisch-realistischer Pornogeschichten aus einem Kaufhaus geschrieben. Geschrieben und vorgespielt. Mußte mir jede einzelne Geschichte immer wieder vorspielen. Wenn man hier als Verkäuferin, sagt sie, arbeiten will, dann muß man gut riechen. Auch eine Friseurfrisur alle Tage. Obwohl sie nicht viel verdienen. Kleidung, Kosmetik, Schmuck, öfter mal was Neues. Die meisten wollen es auch, aber man muß. Kein Fenster, kein Tageslicht. Eine große verzweigte Bühne. Wie im Inneren einer dunklen Wolke, die langsam mit uns dahinzieht. Auf der Rolltreppe Rolltreppengedanken. Und im ersten Stock neu ein ganzer Tisch mit französischer Unterwäsche. Frisch ausgepackt. Eben angekommen. Nicht teuer (nicht zu teuer). Pas cher, sagt Sibylle, die als Kind ein paar Jahre in Frankreich gelebt hat. Die beste Zeit ihrer Kindheit. Dessous, einen ganzen Berg und so schöne Farben. Pastellfarben, aber auch weinrot, nachtblau, smaragdgrün. Aber auch nicht billig, sagt Sibylle, und muß jetzt nicht unbedingt. Aus Frankreich, sagte ich. Siehst du, wie zart sie sind. Würden eher Socken brauchen, sagt sie. Und kommen diesen Monat auch wieder nicht mit dem Geld aus. Keinen Monat. Socken gibt es immer, sagte ich. Aber diese französische Unterwäsche aus Frankreich gibt es nur jetzt. Denk an die Unterwäscheläden in Frankreich. Denk an Paris. Da hatten wir auch nie Geld. Endlich nimmt sie ein paar Höschen in die Hand. Das wollen sie ja gerade erreichen mit ihren Angeboten, daß man etwas kauft, weil es gerade jetzt da ist. Deshalb, sagte ich, weißt du ja, deshalb hab ich fast zwei Jahre lang so viele Bücher aus den Antiquariatswühlkästen mit heimgebracht, jeden Tag eins, mindestens eins. Eine Halbtagsstelle am anderen Ende der Zeil. Manchmal ganze Stapel auf einmal. Und dann auf dem Heimweg denken, das und das hättest du auch noch! Unbedingt. Also morgen wieder hin! Morgen nimmst du eine Tasche mit, am besten unsere große alte Reisetasche. Am besten gleich einen Koffer als Bücherkoffer. Wenigstens zwei Höschen, sagte ich, Unterhöschen, weil das noch schöner klingt. So zart, so feine Spitzen am Rand. Und eins von den Hemdchen dazu, eins das zu beiden paßt. Wir sparen das Geld demnächst schon woanders ein. Vielleicht sogar etwas mehr, dann hätten wir noch dran verdient. Du bist unersättlich, sagt sie und sträubt sich noch, aber fängt endlich an, auszusuchen. Ja, sagte ich, ein Zwang, eine Obsession. Wenn man nicht widerstehen kann, muß man es genießen. Sich hinreißen lassen. Die Socken demnächst, sagte ich, laß mich nur erst alles ausrechnen. Nimm unbedingt grün, sagte ich, nimm rosa, himmelblau, weinrot, flieder und nachtblau und noch ein paar Farben als Überraschung! Such sie aus und zeig sie mir später erst. Wenn man etwas nicht aushalten kann, das ist doch auch schön. Carina inzwischen mit ihren eigenen Angelegenheiten. Findet immer etwas zum Davorstehen und Gaffen. Beinah wie vom Dorf. Und muß oft auch mit sich selbst sprechen und mit den staunenden Dingen. Sibylle jetzt zur Kasse und ich darf die Farben vorerst noch nicht sehen.

Dann weiter die Straße. In den Nachmittag. Wie niedrig die Wolken ziehen. Beim Montanus schon Wandkalender. Wie lang ist das her, seit ich Sibylle einmal versprochen habe, daß wir jedes Jahr einen Kunstkalender kaufen und sie ihn jedesmal aussuchen darf. Das sind nur die ersten, sagt die Verkäuferin, die meisten kommen erst noch. Noch gut vier Wochen, sagt sie, bis alle da sind. Auch schon die ersten Weihnachtssüßigkeiten in den Läden. Seit es Adventskalender mit Schokolade gibt, sind die Adventskalenderbilder nicht mehr so schön. Im Bilka außer der normalen Süßwarenabteilung neuerdings noch ein großes

Regal mit besonderen Süßigkeiten. Wenn man aus der Lebensmittelabteilung im Tiefgeschoß kommt, fährt man mit der Rolltreppe direkt darauf zu. Wie ein verlockendes Tor das Regal. Auch extra beleuchtet. Pralinen, Nougat, Marzipan, Sahnetrüffel, Ingwerstäbchen, Krokant. Rumkugeln, Cognackirschen, kandierte Nüsse, Nüsse in Nougat und Nüsse in Schokolade. Schweizer Schokolade, Schokolade aus Belgien, aus Schweden und aus der Karibik. Teure ausgefallene Marken mit Goldprägung. Und Carina steht gern lang vor dem Regal, muß alles ansehen und läßt sich von mir erzählen, was da überall drin ist. Eine Reihe nach der andern. Alle Sorten. Jede einzelne Packung. Und sie steht davor und stellt es sich vor. Sie merkt sich den Anblick und die Namen und Wörter dafür. Wörter, die süß sind und zergehen auf der Zunge. Und sie glaubt fest daran, daß sie einmal Sorte um Sorte probieren wird. Höchstwahrscheinlich mit uns zusammen. Nach und nach. Muß man kosten und kennenlernen. Genau wie alles übrige im Leben und auf der Welt. Daß es eine Zeit gibt. Daß manche Tage uns leicht sind. Beim Kaufhof nicht, aber im Bilka auch ältere und sogar dicke Verkäuferinnen. An der nächsten Ecke neu ein riesiger türkischer Laden mit Töpfen, Pfannen, Zierschwertern, Werkzeugkästen und beleuchtbaren Tischmoscheen aus Messing und buntem Glas. Das Glas ist aus Plastik. Groß wie Kommoden sind diese Moscheen und elektrisch. Teegläser, Doppelstecker, Wanduhren aus Istanbul, anatolische Nachttischlämpchen. Was noch? Tauchsieder, Kocher, Tischdecken und Fußabstreifer mit Orientteppichmuster. Wasserpfeifen, Plastikblumen, ein Samowar. Scheren, Gartenscheren und orientalisches Parfüm. Der Laden noch neu. Daneben Obstläden, Obst und Gemüse und ein türkischer Metzger, auch neu. Große Gläser mit dunkelgrünen türkischen Salzgurken im Schaufenster. Und Blechtonnen mit Oliven und Peperoni.

Dann zu den Kastanien am Hessenplatz. Schon jetzt alle Taschen voll Kastanien und Sibylle hat noch eine große leere Plastiktüte mit. Hat meistens alles mit, was man zum Leben braucht. Messer, Löffel, Taschen, einen Dosenöffner. Früher auch immer Korkenzieher für mich, obwohl man die Korken zur Not ja auch mit dem Daumen reindrücken kann. Am Hessenplatz. Hier zuerst. Hier hat Frankfurt für uns angefangen. Vor sechs Jahren. Erst noch September und dann Oktober wie jetzt. Für sechs Wochen ein Zimmer in einer Wohngemeinschaft in der Basaltstraße. Eine Dachwohnung mit großen Fenstern und gleich mit der Reinschrift der letzten Fassung von meinem ersten Buch angefangen. Deshalb sind wir ja nach Frankfurt gekommen. Mein Freund Jürgen hat uns das Zimmer besorgt. Im Hof ein Getränkehandel und im nächsten Haus ein Obstladen. Gegenüber eine persische Autowerkstatt und auf der anderen Seite vier Änderungsschneider in einer Reihe. Aus Italien, Armenien, Griechenland und aus der Türkei. Daneben ein Wolllädchen und eine kleine Boutique. Im Obstladen jetzt ein Inder. Noch neu und kann uns nicht kennen. Und überall Kneipen und Restaurants. Italienische, griechische, türkische, jugoslawische Frankfurter Eckkneipen. Manche noch mit den alten Namen. Hesseneck, Basalteck, Jägerklause und Florastuben. Jedes zweite Haus eine Kneipe und wie sie abends mit ihren Lichtern locken. Mit Carina Kastanien aufsammeln. Viele Blätter schon abgefallen und wie es raschelt, das Laub. Schon die Dämmerung? Still um den Platz herum auf allen vier Seiten die alten Häuser. Jetzt noch erkennst du jedes einzelne Fenster. Mit noch mehr Kastanien dann wieder auf die Leipziger Straße zurück. So niedrig die Wolken und wie man den Lichtern ansieht, daß wieder Herbst ist. Daß es auf den Winter zugeht.

Noch schnell in den indischen Laden? Kleider, Duftöl, Räucherstäbchen und indische Musik. Eng ist es. Alle Wände mit Kleidern zugehängt. Kleider bis an die Decke. Die Besitzerin muß die Kleider mit einer Stange von den Wänden und von der Decke herunterangeln. Wenn es nicht regnet, viel auch vor dem Eingang. Der Laden überheizt. Ein Ofen mit tanzenden Gasflammen. Die Besitzerin immer gern beim Umziehen behilflich, aber ja. Jederzeit. Warum soll eine Kundin, so ein junges hübsches Ding denn nicht in Unterwäsche vor der Umkleidekabine warten. Sowieso nur ein Vorhang zum Zuziehen und in der Kabine kaum Platz. Eng. Alles vollgestellt. Halb durchsichtig der Vorhang und auch ein bißchen knapp. Die junge Dame soll ruhig halbnackt hier bei der Ladentheke, und sie wird ihr mit der Stange immer mehr Kleider, Blusen und Röcke herbeizaubern, immer noch eine Kollektion. Und dazu die Preise ausrechnen und ob sie ihr bei gutem Betragen nicht vielleicht doch noch einen kleinen Rabatt und wieviel? Sogar bei offener Ladentür ist es warm hier im Laden und von den Leuten, die draußen vorbeigehen, guckt doch auch nicht jeder rein. Und wenn auch. Inzwischen wird die Musik immer besser. Gern hätte ich so eine Musik auch beim Schreiben. Eine endlose indische Karawanenmusik. Der Gasofen glüht wie ein Götzenbild rot und golden. Vielleicht möchten wir einen Schluck Tee? Tee aus dem Himalaja. Gern hilft sie beim Anprobieren. Mit festem Griff. Wenn du nicht mitbist, sagt Sibylle zu mir, schubst sie mich noch viel mehr herum. Aber diesmal ist die Besitzerin gar nicht da. Eine Freundin, die sie vertritt. Lange Röcke mit Batikmustern in schönen Farben. Zum Binden die Röcke. Die Freundin der Besitzerin eher schüchtern. Blaß. Eine Pagenfrisur. Wenn man sie ansieht, schlägt sie gleich die Augen nieder, als sei ihr das mit Nachdruck so beigebracht worden, und weiß nicht wohin mit ihren Händen und Gedanken. Lange Röcke bis auf den Fußboden. Man müßte sie alle, sagte ich, weil Sibylle in jedem so schmal und so schön. Morgen ist meine Freundin wieder da, sagt die Freundin der Besitzerin. Sie ist die Chefin. Wenn Sie zwei nehmen, gibt sie sie Ihnen bestimmt sehr günstig. Morgen Nachmittag, sagt die Freundin, dann ist meine Freundin auf jeden Fall da. Für Carina ist der indische Laden wie eine schöne bunte Höhle. Warm, weich. Man kann sich überall anlehnen. Polster, Sitzkissen. Die Räucherstäbchen und Öllämpchen duften. Beinah als ob man in so einem Lämpchen sitzt. Eine Höhle mit einem großen Vorrat an Farben für Regenbogen. Und jetzt vor der Tür. In den Nachmittag und dann mit dem Nachmittag in den Abend hinein. Blau die Luft. Die Autos mit eingeschalteten Lichtern und wie die Straße immerfort in den Abend hineinfährt. Noch da rein, sagt Carina und meint den Teeladen, der unser Teeladen ist.

Wie Honig das Licht. Chinesische Lampen aus China. Es ist warm. Sie kennen uns. An hellen Holztischen steht man, läßt die Augen wandern und trinkt immer noch ein Glas Tee. Meistens drei-vier seltene Sorten zur Auswahl. Jeden Tag andere. Carina inzwischen mit all den chinesischen Zerbrechlichkeiten. Um die Tische herum, von Regal zu Regal und die Wände entlang. Elfenbein, Ebenholz, Glas, Porzellan. Teekannen, Kerzenständer, Elefanten aus Jade (aus Java). Kleine und mittlere Götter. Bemalte Fächer und seidene Kimonos. Rohrflöten, Messing- und Silberglöckchen. Wandschirme, Matten aus Stroh, aus Gras und aus Bast. Lackkästchen, winzige Bilder mit Flußlandschaften, groß wie der Himmel. Tai-Chi-Kugeln, Zauberkugeln und Zauberpferde und Drachen aus Messing, aus Mondstein und Speckstein und Onyx. Goldene Drachen mit grünen Augen und grüne Drachen mit goldenen Augen. Ganze Reihen großer bunter Teebüchsen und versiegelte Päckchen aus Jute und Wachspapier. Du mußt solche Päckchen als Kind schon einmal gesehen haben, aber weißt jetzt nicht, wo das war. Kleine chinesische Truhen für tragbare Geheimnisse, Truhen mit Krallenfüßen und geflügelten Griffen. Ein Jadepferd. Schon seit sie sich erinnert, kennt Carina den Laden. Als wir zum erstenmal hereinkamen, waren sie noch beim Auspacken und Carina erst ein paar Wochen alt. Als seien all diese seltsamen fremden Dinge lebendig, so bewegt sie sich zwischen ihnen. Kann sein, daß sie unhörbar mit ihnen spricht und jedes Ding auch mit ihr. Dazwischen kommt sie zu uns. Hier darf sie auf dem Tisch sitzen. Tee mit einem Teelöffel. Einmal bitteren Tee und einmal süßen Tee. Und Butter- und Ingwerplätzchen dazu. Tee, Kandiszucker, Gewürze. Manchmal ein Stück Kandiszucker, wenn man es auf einem Löffel eintaucht – schmilzt, knistert und fängt dann zu singen an. Erst auf dem Löffel und dann im Glas. Schmilzt und vergeht und singt dabei einen einzigen hohen Ton. Und vielleicht bist du der einzige, der es hört und mußt dir schnell eine Geschichte ausdenken, damit du das aushältst. Schnell ein ganzes Leben mußt du dir ausdenken, solange der Zucker so singt.

Schächtelein sagt Carina zu den Lackkästchen. Kleiner als Bierdeckel und Zigarettenschachteln die Bilder mit den Flüssen, die groß wie der Himmel sind. Und manche Tage, besonders im Sommer, ist hier vor dem Laden und ringsum in allen Straßen so ein helles Licht. Überall in der Stadt und weit in das Land hinaus dieses Licht. Nicht nur die Vororte, Großbaustellen und Autobahnabfahrten – die ganze Mainebene, Taunus, Wetterau, Spessart, Odenwald, Bergstraße. Weithin das Licht und du mußt eine Weile stehen bleiben und es dir für immer merken. Und wenn du dann weitergehst in diesem Licht, dann kommt dir vor, es ist das gleiche Licht wie auf den kleinen Bildern. Der Abglanz des Abends. Bilder, die nur aus kaum drei Strichen bestehen, also hauptsächlich Licht auf den Bildern. Wie kostbare Seide das Licht, wie sehr heller Tee. Darjeeling. Das gleiche Licht, in dem du manchmal am Abend müd heimgehst. Und einmal, das weißt du, einmal wirst du in so einem Licht aus der Stadt hinaus. Zu Fuß. Wie ein Wanderer auf einem Bild. Vielleicht als Kind einmal so ein Bild gesehen und den Wanderer auf dem Bild. Und ihm lang nachgesehen, weil er vorher mit dir gesprochen hat und dir zugenickt, bevor er dann weiterging in das Bild hinein. Aber kein Licht jetzt. Die Scheibe beschlagen. Nebel und Dämmerung. Und immer wieder große und kleine Monde an der Scheibe vorbei. Immer andere. Langsam. Halbmonde, Monde und Nebelsonnen. Einmal der Tee noch zu heiß. Einmal trinkst du ein Glas und gleich bleibt die Zeit stehen. Gleich auch so eine Nähe zu dir selbst. Du trinkst drei-vier Gläser in kaum fünf Minuten. Und stehst da, noch eben dein ganzes Leben im Gedächtnis und jetzt fällt nichtmal dein Name dir ein. Wer bin ich? Und warum hier? Wie die Wandbehänge, Götter, Kerzenständer und Seidenkimonos leuchten. Du stehst, du suchst dich. Suchst in deinem Gedächtnis und dann kann dir geschehen, daß dir vorkommen will, daß dein Leben, dein eigenes unwiderrufliches Leben in vielen Bildern und Bilderfolgen hier auf den Wandbehängen und Kimonos dargestellt ist. Und auch in den Rätseln und Ornamenten auf den Teebüchsen, die dich blenden. Jetzt nicht, ein andernmal wirst du dir das alles ansehen und jede Einzelheit wiedererkennen. Bild um Bild. Mit brennenden Augen. So stehst du und mußt auf dich einreden und horchst auf deine Gedanken. Wie mein Herz klopft! Und dann erst merkst du, wie müde du bist. Wie die Tage dröhnend vorbeigestürzt sind. Vielleicht wenn du so einen Drachen hättest, einen grünen mit goldenen Augen und könntest ihn immer ansehen. Und wenn du nicht da bist, aus der Ferne drandenken. Und dich erinnern, daß du auch einmal ein Drachen warst. Gestern? Vor tausend Jahren? Und wie ging das zu, daß du dann aus diesem Drachendasein erlöst worden bist, ohne daß man dich gefragt hat, ob du erlöst werden willst. Den Tee austrinken. Bezahlen. Es kostet fast nichts jedesmal und erst beim Gehen fällt uns auf, daß wir diesmal die schöne Besitzerin gar nicht gesehen haben. Nicht da? Oder ein paarmal vorbeigehuscht nur und jetzt im Büro? Auf die Post, auf die Bank? Heute eher weg? Schon daheim? Ganz woanders? Blond und schlank und so schmale graziöse Gesten. Müssen ihr immer zusehen, Sibylle und ich, damit Sibylle sie mir vorspielen kann. Auch nackt. Nackt sieht man es am besten. Übt sie die Gesten oder merkt sie es gar nicht? Angeboren? Und wenn sie allein ist? Müd, schlecht gelaunt, den Magen verdorben? Dann auch? Jederzeit so graziös? Und was für ein Jammer, daß du noch nie in China warst und heute fahren wir auch nicht hin. Wieder nicht. Du hast es auch schon im Indienladen gedacht. Von Nepal und Tibet und Indien und der Mongolei. Vielleicht denkst du es jedesmal wieder. Die transsibirische Eisenbahn. Kamelkarawanen. Schiffe. Auf die Straße hinaus. Eine naßkalte neblige Dämmerung. Vor unseren Augen der Abend mit vielen Lichtern die Straße entlang. Heim. Müd heim am Abend. Noch Obst kaufen auf dem Heimweg. Weintrauben, Äpfel, Birnen. Wenn die Äpfel alle gleich aussehen und auch noch gleich groß sind, dann mag ich sie nicht. Um Frankfurt herum, in Liederbach, Hofheim, Bad Vilbel, Bad Homburg und bis nach Usingen, Friedberg, Bad Nauheim und Wiesbaden, überall Obstbäume. Ganze Landstriche voller Bäume mit Obst, das keiner mehr erntet. Kirschen, Mirabellen, Äpfel, Birnen und Pflaumen. Eh und je Obstgegenden und nächstens ein Neubaugebiet, ein Gewerbegebiet, ein Einkaufszentrum, eine Umgehungsstraße und ein Autobahnanschluß. Meistens nur grüne Weintrauben will die Kundschaft, sagt der Türke am Obststand, ein Frankfurter Türke aus Izmir. Und in Gedanken mußt du den Obststand malen. Du mußt ihn jedesmal malen und wirst jedesmal nicht ganz fertig damit. Aber du nimmst die Bilder im Kopf mit und hebst sie alle gut auf.

Noch in die Bibliothek? Nur kurz, nur im Vorbeigehen? Meistens auf dem Heimweg noch kurz in die Bibliothek. Immer nur schnell im Vorbeigehen. Die Zweigstelle der Stadtbibliothek in der Seestraße. Mit Schaufenstern wie ein Laden. Jeden Nachmittag Schulkinder in der Bibliothek. Manche die Ranzen mit. Die griechischen Mädchen, sobald sie erst sieben oder acht sind, oft mit kleinen Geschwistern. Carina kennt sich bei den Bilderbüchern schon gut allein aus. Nur kurz jetzt nochmal hinein. Jeder noch schnell zwei Bücher und dann weiter die Seestraße.

Gleich Ladenschluß. Eine hellerleuchtete Apotheke. Die Kunden warten mit ihren Rezepten im Lampenlicht. Und wenn sie drankommen, wissen sie nicht mehr, was sie noch eben gedacht haben. Ein Friseurladen und für heute die letzten Kunden. Keine Uhr mit. Wird auf sechs, sagst du dir. Wo ist der Tag hin? Die ganze vordere Seestraße verschrobene kleine Antiquitäten- und Ramschläden mit alten Lampen und Stühlen, Kommoden, Nachtschränkchen, Spiegeln, Standuhren und blinden Bildern. Karaffen und Portweingläser. Ein Obstkorb voll mit Karaffenstöpseln aus Glas. Ein Kreuz, ein Kompaß, ein Globus mit deutschen Kolonien. Eine spätbürgerliche Zuckerdose, eine Jugendstilhutablage und ein großes grünes Samtkissen mit goldenem Rand (für einen König auf der Jagd). Und direkt neben dem Laden und ein paar Häuser weiter immer nochmal fast der gleiche Laden. Als ob man das alles träumt. Oder hat es ein anderer anderswo schon vorher für uns geträumt? Ein Trichtergrammophon, trübe Spiegel mit Goldrand und zwei grimmige alte Messingwecker. Und bei der Hutablage ein Spazierstock mit Silbergriff. Manche Läden oft tagelang zu. Man weiß nicht, warum es sie gibt (wie das kommt?) und sieht ihnen an, daß es sie nicht mehr lang geben wird. Die Läden, ein Schuster, neben dem Schuster ein Schnellschuster mit Schlüsseldienst, eine Automatenwäscherei, eine Stehkneipe für eilige Autogeschäfte mit Jugoslawen, die sich auskennen. Und drei Antiquariate. Bücher, Landkarten, Kupferstiche und alte Zeitschriften. Und müssen sich seit vielen Jahren die gleiche Kundschaft teilen. Kleine alte Läden. Ein Hoftor, ein Eisengitter, ein Baum im Hof und manchmal ein Hofhäuschen. Steht schon lang am Rand des Abends und ruft nach uns. Erdgeschoßfenster, Fensterläden, eine Lampe über der Haustür. Steht und ruft. Feucht und kalt ist die Luft, eine naßkalte neblige Dämmerung (*obwohl* ich mir einen trockenen hellen Herbsttag gewünscht hätte!). Straße und Gehsteig naß. Schon dunkel und alle sind auf dem Heimweg. Undeutlich. Schatten. Wir auch. Die Autos drängen sich. Eine

Straßenbahn hellerleuchtet über die Kreuzung. Abend und die Luft von den Abgasen blau. Naß die Straße und gleißend vom Licht der Autoscheinwerfer und rot von den Rücklichtern und wenn die Autos bremsen. Lichtwolken. Im Nebel glühen die Ampeln. Heimgehen. Carina auf meiner Schulter, weil man sieht, wie die Abgase giftig über den Gehsteig kriechen. Und die Menschen alle, als ob sie zerfließen im Abend. Wie ein mißglückter Vierfarbdruck in den frühen Fünfziger Jahren. Zeitschrift, Prospekt und Kalenderbild. Und die Ränder verrutscht. Umso sorgfältiger mußt du als Kind so ein Bild ansehen. Die Kundenzeitschrift für das Fleischerhandwerk, die Bäckerblume, die Münchener Illustrierte, der neue Neckermann-Katalog. Ein Edeka-Kalender für das Jahr 1952. Über die Kreuzung und sich nicht überfahren lassen. Und am Ende des Wegs in die Jordanstraße. Wo ist der Tag hin? Erst kürzlich neue Leute hier eingezogen. Zwei Häuser weiter. Ein riesiger Möbelwagen aus Köln und die Packer mußten bis in die Nacht hinein ausladen. Müd heim am Abend. Und das war noch nicht der Abend, als mein Freund Jürgen anrief.

Nach dem Essen. Alle Lampen an. Unser großes Zimmer. Carina im Schlafanzug. Ein Schlafanzug mit Enten und Gänseblümchen. Bilderbücher, Spielzeug, das Teppichmuster. Drei dicke Teppiche. Und Bücher. Überall Bücher. Regale, die Wände voll. Bücherstapel sogar auf dem Eßtisch und auf jedem Schränkchen. Für ein ordentliches Leben zu viele Bücher. Meine drei Arbeitstische, unser Eßtisch, die grauen Sessel und eine Stehlampe mit einem roten Schirm. Sibylle hat die Vorhänge zugemacht. Auf einer alten Kommode, die wir von meinem Vater haben, aufgeschlagen ein großer Bildband. Rembrandt. Aus der Bibliothek. Auf einem anderen billig gekauften Secondhandschränkchen der kleine alte Plattenspieler, den Sibylle schon hatte, als ich sie zum erstenmal sah. Geht immer noch. Man muß ihn nur ab und zu sachkundig anschubsen. Auf dem Plattenspieler Louis Armstrong. Louis and The Good Book. Eben abgelaufen. Carina wollte es hören. Eine alte Schallplatte, die Jürgen und Pascale gehört. Auf der Platte spricht Louis Armstrong mit Gott und dem Walfisch und Jonas und wahrscheinlich geht es auf eine diesbezügliche Anweisung Gottes zurück, daß im Hintergrund die Engel ihm singen helfen. Sibylle hat oft mit Carina auf dem Arm zu dieser Platte getanzt. Gestern noch. Und auch schon, als Carina noch nichtmal ein Jahr alt war. Mußten jedesmal extra einen Platz dafür freiräumen mitten im Zimmer. Abend. Auf dem Eßtisch Bücher, Notizzettel, Stofftiere, Aschenbecher, Zigaretten, Espresso, Mineralwasser, eine Kinderschere, Milchkaffee, Ovomaltine, Äpfel, Birnen, Tomaten und blaue Weintrauben. Müdigkeit. Kurz vor neun. Mitten im Zimmer ein Matratzenlager. Matratzen und Kissen. Zum Ausruhen. Zum Spielen. Für Ausschweifungen. Und als Gästebett, wenn Besuch kommt. So vertraut die Wohnung, jedes Ding an seinem Platz und du spürst das alles wie in dir drin. Zigaretten, mein sechster oder siebter Espresso. Und am Eßtisch mir schnell immer noch etwas aufschreiben und die Zettel schon zu meinen Arbeitstischen hinüber. Jeden einzeln und im Gehen vor mich hinreden und gestikulieren. Sibylle und Carina sind daran gewöhnt. Carina mit eigenen Angelegenheiten. Reichtümer. Ihre Postkarten und Tierbilder. Ihre Orangenpapierchensammlung. Bauernhoftiere aus Holz und aus Plastik. Stofftiere. Bilderbücher. Federn, Steine, bunte Bänder. Holzbuchstaben. Würfel. Ihr Kaufladen. Schon eher ein Markt. Größtenteils selbstgemacht. Sie klebt immer noch jeden Tag Tesafilm drauf. Schuhkartons. Holzkästen. Ein kleines Pult. Regale und Schränkchen. Und von Pascale ein Muschelkästchen voll Sommer. Ausschneidemappen. Eine Art Welturarchiv. Buchstaben und Bilder, die sie aus allen Schachteln und Verpackungen herausschneidet (manchmal muß man ihr dabei helfen). Bilder aus Zeitungen, aus Spielzeugkatalogen, aus Taschenbuchverzeichnissen und Kaufhausprospekten. Die wöchentlichen Angebote vom Plus, vom Penny, vom Schade und vom HL. Wurstsorten, Schweinekotelett, Tomaten, Eier, Käse, Knäckebrot, Spülmittel und Kartoffeln als winzige farbige Abbildungen, die sie ausschneidet und aufhebt, damit man weiß, daß es das alles gibt. Die Prospekte alle paar Tage im Briefkasten oder vor der Haustür. Carina am Abend jetzt eifrig. Ein Schlafanzug, der auch bald zu klein wird. Und ihre flinken gewandten neuen Fellhausschuhe. Handgemacht. Vor ein paar Tagen erst in einem griechischen Laden auf der Berger Straße gekauft. Sibylle hat den gläsernen Lichttisch eingeschaltet. Wird dann noch an einem Umbruch für den Verlag arbeiten. Wie ein von innen erleuchteter Eisblock steht der Lichttisch im Zimmer. Hätten eher heimkommen und uns alle drei noch ein bißchen ausruhen sollen. Der Rembrandt-Bildband. Sohn Titus, lesend. Schon fast zwei Jahre immer Bildbände aus der Bibliothek aufgeschlagen auf der Kommode. Immer andere. Manchmal blättern wir jeden Tag um. Dann wieder Tage und Wochen das gleiche Bild. Carina sieht jedes Bild mit mir an. Einer liest allein. Er kann alle Buchstaben. Und deshalb ist so ein Licht um ihn.

Stehengeblieben die Zeit und ich mit meinen Notizen weiter und mich in eine brauchbare Arbeitserregung hineinreden. Nochmal Louis Armstrong? Immer nochmal? Immer beim Schreiben Musik. Ich wollte Crosby, Still, Nash & Young hören, aber Louis and The Good Book ist auch nicht schlecht. Wenn ich Carina jetzt ins Bett bringe, schlafe ich eher als sie ein. 1951 in Staufenberg in der Volksschule in der dritten Klasse, warum fällt mir das jetzt ein, hat der Herr Schoullehrer im Herbst wie die Schule aus war, einmal mittags zu uns gesagt: Bringt morgen jeder ein schönes buntes Blatt mit. Zum Abmalen. Die Farben des Herbstes. Brängt rouäch boar mie met. Und wir gingen nach dem Mittagessen zu siebt mit zwei Handwägelchen in den Wald. Vier Jungen, drei Mädchen. Mein Hund mit. Brot und Äpfel mit, aber hungrig wird man trotzdem. Immer im

Wald hält man es nach einer Weile vor Hunger kaum aus. Ein Flüchtlingshandwägelchen und ein Kriegerwitwenhandwägelchen. Bollerwagen heißen sie nur in der Stadt. Nicht in den Burgwald, da sind für Handwägelchen die Wege zu steil. Mit den Handwägelchen aus dem Dorf und weit ins Feld. Bis zu den Dreiecksfichten. Dahinter ist Laubwald. Wir essen gleich das Brot und die Äpfel auf und bleiben den ganzen Nachmittag. Ein Waldhäher ruft. Buntes Laub, die schönsten Blätter, und obendrauf Tannengrün. Herbst. Schon die Dämmerung. Beide Wägelchen hochbeladen, so sind wir am Abend ins Dorf zurück und müssen uns zu siebt auf dem Heimweg nochmal den Tag erzählen. Das Tannengrün, damit die Blätter nicht dauernd wegfliegen und weil es auch schön ist und riecht gut. Können das Schulhaus damit schmücken. Die Bauern brauchen solche Handwägelchen nicht. Nur die Kriegerwitwen und Flüchtlinge. Die Bauern haben ihre Kuhwagen und Schubkarren, ein Tragejoch und oft noch Fahrräder und erstklassige Fahrradanhänger. Und das war so ein heller trockener Herbsttag, wie ich ihn heute gern gehabt hätte. Bevor ich neun wurde, der Herbst. Mit uns im Wald mein Hund. Zugelaufen. So ein fröhlicher schwarzer Hund, der immer zu mir hält. Wohin jetzt mit der Geschichte? Am besten sie gleich Carina oder doch ins Buch? Beides? Erst sie Carina jetzt, den Hund kennt sie schon vom Erzählen, und morgen malen wir bunte Blätter. Meine drei Arbeitstische. Die Schreibtischlampe. Das Manuskript. Noch der gleiche Tag? Einundderselbe einzige lange Abend? Immerhin hast du heute einer Verrücktheit und zwar der mit den Straßenecken auf Anhieb widerstanden. Zum erstenmal ist es dir gelungen. Und vergiß nicht, daß du einmal ein Drachen warst. Und in Wahrheit also eigentlich immer noch einer bist. Mit Flügeln. Mit goldenen Augen.

Gleich zu schreiben anfangen. Du schreibst jeden Morgen. Und immer am Abend fängst du nochmal an. In die Nacht hinein.

Unterwegs nach China. Immer tiefer in die Nacht hinein. Sonst meistens am Nachmittag oder am frühen Abend ein kleiner Schlaf. Du liest eine Dreiviertelstunde und schläfst zehn Minuten oder umgekehrt. Dafür ist es jetzt zu spät. Manuskript, Notizzettel, Schreibmaschine. Jetzt willst du anfangen, da fällt dir alles gleichzeitig ein. Einmal mittags mit den Kinderladenkindern. Langsam die Siesmayerstraße. Die Katherina, die Meike, die Myriam, der Marcel und der Domi. Carina und David. Und damals auch noch der Jochen. Der breite Gehsteig. Platanen. Die Blätter noch grün. Die hellen Stämme. Platanenschatten. Das Licht und die Vögel. Und die Stimmen der Kinder auch wie die Vögel hin und her unter den Bäumen. Noch Sommer. Spätsommer. Altweibersommer. Wenigstens über Mittag und immer noch einen Tag. Und dann in die Friedrichstraße. Ahorn, Linden, Kastanien. Schon abgefallen das Laub. Auf dem Gehsteig in dicken Schichten. Müssen extra schlurfen, die Kinder, damit es umso mehr raschelt und wie eine Bugwelle um ihre Füße die welken Blätter. Fast bis an die Knie geht ihnen schon das Laub und mit beiden Händen heben sie ganze Stapel von Blättern auf und lassen sie immer nochmal davonflattern. Zur Erde hin. Wie es raschelt, das Laub. Und der Wind von Nordwesten. Also doch, sagst du dir, doch schon Herbst. Schon tief die Sonne dort hinter den Häusern. Nur in der Siesmeyerstraße ist es mittags manchmal noch zwei Stunden warm. Es muß das Jahr gewesen sein, als die Kinderladenkinder endlich alle zwei wurden. Schon zwei. Mein zweites Buch. Ich schrieb nachts. Morgens zu meiner Halbtagsstelle im Antiquariat. Und nachmittags manchmal schlief ich im Gehen. Die nächste Straßenecke. Die Kinder vor mir und um mich herum. Wirklich Herbst, bald schon Herbst, sagst du dir. Man darf sich nichts vormachen. Und dann wenn du aufblickst, fängt es vor deinen Augen zu schneien an. Schneeflocken. Richtiger Schnee.

Im Kinderladen ein Durcheinander von Anoraks, Kindern, Mützen, Schals, Kinderjacken, gestrigen Tagen, Dreirädchen, Tretrollern, Rollschuhen. Auch schon die ersten Kinderfahrräder. Vorerst mit Stützrädern noch. Decken, Kissen, Namen, Töpfe und Deckel. Nicht so laut mit den Töpfen und Deckeln klappern! Nicht dauernd! Windrädchen, vier Rollen Klopapier, ein Henkelkorb, eine Jahrmarkttrompete und auch noch die freundlichen kleinen roten Plastikautos zum Draufsitzen, für die die Kinder jetzt bald schon zu groß. Sind schon zu groß, aber wollen sie noch ein Weilchen behalten. Zeitungsstapel. Warum Zeitungsstapel? Das sind doch nicht die Kinder, die hier jeden Tag stundenlang FAZ, Rundschau, Süddeutsche und die taz im Abonnement lesen? Federballschläger, Turnsachen, Zahnbürsten, Zirkuszeug. Wir sind ein Zirkus und du bist die Zuschauer. Du kriegst eine Eintrittskarte und dann kannst du mit deiner Eintrittskarte dort sitzen. Aber nicht die Augen zu! Eine Wandtafel, eine Tafel zum Aufstellen, bunte Kreide zum Drauftreten. Kalenderblätter, Buntstifte, Malbücher, Märchenbücher. Bücher zum Vorlesen. Janosch, Die Raupe Nimmersatt, Pipi Langstrumpf. Stofftiere, ein Plastikhaifisch zum Aufblasen, Waschlappen, Handtücher, eine Waisenhauspuppe. Vogelfedern und Steine, die Carina gehören. Darf niemand anfassen! Darf auch niemand zu schnell zu dicht dran vorbei, weil sonst der Luftzug die Federn bewegt! Winterstiefel, ein Schlitten, eine schlafende Luftmatratze. Teebeutel. Ein ganzer Hügel von Teebeuteln. Groß wie ein Ameisenhaufen. Wer schmeißt hier so viele Teebeutel hin? Das sind die Erwachsenen, sagen die Kinder, die sowieso immer recht haben. Wir wissen das nämlichst schon längst, daß Teebeutel Geld kosten, sagen sie. Sind alle schon vier inzwischen, vier Jahre alt. Können Rollschuh laufen. Auch im Kinderladen. Mitten in der Unordnung zwischen Wänden und Türen. Bloß bremsen noch nicht so richtig. Und spätestens im nächsten Frühling lernt jedes Kind Radfahren ohne Stützräder. Dick gelbe Farbe an den Wänden, wo wir im

Sommer wie jeden Sommer wochenlang renoviert haben und nächstens der Verputz wieder abfallen wird. In großen Brocken. Stücke wie vergessene Inseln und verschwundene Königreiche auf geheimen Landkarten. Illegal. Ein Kinderladen in einem besetzten Haus. Hoftor und Haustür immer offen. Der Eingang zum Kinderladen auch immer offen. Oder man schließt in Gedanken ab und läßt den Schlüssel stecken. Bälle, Tennisbälle, Kakaobüchsen, Kaba, Suchard, Ovomaltine. Haferflocken, Marmeladegläser, ein hoher weißer Turm aus leeren Joghurtbechern, ein angebissener Apfel, ein Musikkreisel, ein Hüpfseil, eine Leiter zum Umkippen. Und zwischen all dem Zeug, das sich meistens von selbst bewegt, manchmal ein leichter Schlafsack. Außen blau, innen gelb. Taucht auf. Wird angespült. Einer der beiden Schlafsäcke, die wir in unserem ersten Sommer mithatten, Sibylle und ich. Sechs Wochen in Frankreich. Die erste Woche in Paris ein Dachzimmer in einem billigen alten Hotel in der Rue St. Jacques. Und dann in den Süden. Kaum Gepäck, wenig Geld und wir trampen. In die Berge, ans Meer, nach Marseille. Leicht sind die Schlafsäcke und wenn man sie richtig zusammenrollt, winzig. Man kann sie sich an den Gürtel binden und merkt kaum, daß man sie mithat. Man kann sie gut überall im Gebüsch verstecken und wenn man am Abend zurückkommt, sind sie noch da. Wenn man die Reißverschlüsse aneinanderlegt, wird ein großer Schlafsack daraus. Vielleicht sogar beide Schlafsäcke jetzt im Kinderladen, aber man sieht sie nie gleichzeitig. Immer nur höchstens einen und den auch nur ab und zu. Außen blau, innen gelb. Liegt da und muß ohne Ende von einem vergangenen ewigen Sommer reden. Mehr ein Gemurmel nur. Auch wenn niemand zuhört. Ein Sommer, der nicht vergeht.

Schreiben, dann aufgehört. Und dann ist dir schwindlig. Alles vollgeschrieben. Gleich Mitternacht oder Mitternacht schon vorbei. Nicht eben kurz vorher noch Kneipengäste mit ihren

Schritten und Stimmen unterm Fenster. Ihr Heimweg. Eine Autotür zu und dann der Wind – oder war das ein anderer Abend? Carina schläft. Sibylle kommt ins Zimmer. Der Lichttisch noch an und schon abgeräumt. Sie kommt und umarmt mich. Merkt, wie angespannt ich bin und wärmt und massiert mir Nacken und Schultern. Wieder viel zu spät, sagt sie und hält mich. Jetzt hab ich aufgehört, sagte ich. Und sie sagt: Du hörst nie auf! Wir stehen und sie drückt sich an mich. Ich seh uns noch mit unserer Müdigkeit und dem heutigen Nachmittag auf der Leipziger Straße. Seh uns vorher im Westend. Erst heute und dann vor sechs Jahren und seither jeden Herbst wieder. Einmal mit, einmal ohne Carina. Oft ist mir, als ob ich das alles nur träume, sagte ich. Was alles? fragt Sibylle. Dich auch, sagte ich. Dich und mich und Carina und jeden Tag unsere Tage. Einmal als Kind am Küchentisch eingeschlafen. Abends. Und seither alles nur geträumt. Nur ein einziges Mal oder den gleichen Traum immer wieder?

5

Daß du auf den Weg achten sollst! Daß du dich nicht immerfort wegträumst im Gehen! Notizzettel, Wörter, das angefangene Buch – das Dorf *und* das Buch. Und die ganze Zeit mit Sibylle und Carina sprechen, auch wenn sie nicht neben mir hergehen. Mit meinem Freund Jürgen in Frankreich, mit Edelgard, mit Pascale. Dann meine Schwester. Hat sich scheints vorgedrängt. Erst als Zwölfjährige, dann mit achtzehn, mit vierundzwanzig. Und jetzt ist sie sechsundvierzig. Immer sechs Jahre älter als ich. Dann mit meiner Mutter, die tot ist. Und wie sie im Buch, in meinem angefangenen Buch im Jahr 1953 an einem Herbstnachmittag in ihrem alten Mantel in Staufenberg am Hoftor steht. Vor dem Gemeindeamtshof mit den Flüchtlingswohnungen. Und hat einen Brief, einen Zettel. Bewegt die Lippen und sieht mich nicht. Steht da und steht für immer. Dann sagt mein Vater zu mir: Wie oft bin ich zum Kloster Tepla zu Fuß. Von Tachau nach Tepla geht es immer bergauf. Dann wieder die Leute im Buch. Aus dem Dorf die seinerzeitigen Einwohner. Kleinbauern, Handwerker und dazu noch alle Tage auf Schicht auf die Hütt die Männer. Nach Lollar ins Eisenwerk und nach Mainzlar in die Schamottsteinfabrik. Hin im Fabrikschritt und müd heim am Abend. Meine ganze Kindheit lang sie nach Schichtende abends müd heimkommen sehen und drängen sich schon Jahrzehnte in meinem Kopf. Und müssen mir jetzt unentwegt in das Buch hineinreden. Von Tepla nach Marienbad, sagt mein Vater, da reicht einem ein Stück trockenes Brot. Aber wenn es dann in Marienbad keine Arbeit gibt und man muß weiter von Marienbad nach Karlsbad, da muß man sich eine ordentliche Mahlzeit ausdenken für den Weg. Wenigstens ausdenken. In Marienbad hatte noch nicht einmal die Vorsaison angefangen, sagt mein Vater. In Marienbad ist immer lang Winter. In Karlsbad auch. Also noch keine Kurgäste und folglich auch keine Arbeit. So bin ich weiter ins Land hinein. Das war im März. Schnee im Wald und der Frühling noch weit. Und wie ich dann in Pilsen angekommen bin, sagt er, da war es auf einmal schon spät im Sommer. Und da hab ich gemerkt, ich bin nicht verhungert und ich kann tschechisch. Und nickt und wird wieder durchsichtig. Und dann nochmal aus dem Hintergrund. Die Forellen, sagt er (solang er spricht, deutlich sichtbar!). Weißt du, man geht und die Forellenbäche kommen einem entgegen. Dann hat man Hunger und muß die Forellen mit der Hand fangen, sagt er. Autos hupen. Ein Taxi bremst. Eine Straßenbahn klingelt. Grau und feucht und wie schon gewesen ein Frankfurter Herbstvormittag, der zu deinem Leben gehört. Du gehst über die Straße und verlierst dich gleich wieder aus den Augen. Erzähl, Peta, sagt Carina, erzähl! Sie sagt es oft auch im Schlaf noch. Also weiter das Dorf ihr. Und zugleich mit mir selbst und mit den Dorfkindern aus meiner Kindheit. Die Kinder erzählst du ihr auch. Mit vielen Stimmen. Jedes einzelne Kind. Und merk dir die Namen! Wie soll man die Zeit erzählen? Ein oberhessisches Dorf. Bis weit in die Fünfziger Jahre hinein nur über eine mürrische Schotterstraße und ein paar unverdrossene Feldwege zu erreichen. Du gehst, du beeilst dich. Jederzeit ein paar kostbare halbe Sätze im Kopf, aber du schreibst sie dir noch nicht gleich auf. Damit sie noch wachsen können und sollen immer noch besser werden.

Weiter mit meinem Vater in Böhmen bergauf. Lang bergauf. Immer dichter der Wald. Tschechisch, sagt mein Vater, hab ich bei der Arbeit gelernt. Bei tschechischen Bauern für Kost und Logis. Und Russisch mit Büchern. Dann weiter nebeneinander her, er und ich. Schweigend. Wie soll man die Zeit erzählen? Und wie erzählt man sich selbst, ohne gleich für immer zur Märchengestalt? Bevor du mit dem Aufschreiben anfängst, mußt du dir alles immer wieder vorsagen. Wie ein Lied, ein Gebet. Im Liegen, im Gehen. Wort für Wort. Eine Beschwörung. Immer nochmal und jedesmal wahrer. Mir nachsehen, wie ich mit meinem Vater im Wald bergauf gehe und dann weiter mit Carina. Mit ihr, mit dem Dorf, mit mir selbst. Mit den Dorfkindern aus dem Jahr 1950 und mit dem Kind, das ich war. So durch den Tag, durch die Jahre. In Gedanken immer wieder mit der Vergangenheit oder vor dir selbst her und in deiner Vorstellung längst schon dort, wo du in Wirklichkeit erst noch hinwillst. So gehst du und gehst. Dann im Hof vor dem Kinderladen oder auf der Leipziger Straße. Vor dem Postamt am Rohmerplatz, vor deiner eigenen Haustür, vor der Zweigstelle der Stadtbibliothek in der Seestraße. Jedesmal wie gebannt stehst du und der Tag mit dir zum Stehen gekommen. Wer bin ich? Und warum hier? Meistens fällt es dir wieder ein. Oft nur mit Mühe und jäh einem Schreck. Aber wie hierher? Die Tageszeit. Keine Uhr mit. Nicht eben noch Sibylle und Carina neben dir her? Und ganze Scharen von Weggefährten. Die ganze Schulklasse aus dem ersten Jahr Volksschule. Das Dorf. Nachbarn. Einwohner. Zeitgenossen. Alle, die du kennst. Oder doch den ganzen Weg allein? Schon dreizehn Jahre, seit deine Mutter tot ist und du sprichst immer noch jeden Tag mit ihr. Einmal hast du zwei Pennern, die dich zu kennen schienen, je zwei Zigaretten gegeben. Zwei Zeugen also. War das auch heute? Einmal morgens vor der Haustür hast du fast von der letzten Nacht deinen Traum noch gewußt. Vielleicht ein anderer Tag, ein früheres Leben? Oder jeden Tag wieder? Du stehst, die Zeit ruckt, der Boden schwankt. Und dann endlich hast du dich eingeholt. Gegenwart. Aber wo bist du gewesen? Welchen Weg gekommen? Wo bin ich, wenn ich nicht bei mir bin? Du mußt sehen, wo du gehst. Die Welt tragen. Nicht stolpern. Dich nicht aus den Augen verlieren. Sprich weiter mit jedem, der dir einfällt. Kaum fällt er dir ein, siehst du ihn auch schon vor dir. Und gleich fängt er zu sprechen an. Und wie sie sich alle in dein Bewußtsein drängen und hören nicht auf zu reden. Schreib im Gehen. Vollzählig das Dorf im Kopf und die Zeit nach dem Krieg. Sibylle und Carina wie in mir drin. Aber hör auch, was die Steine sagen, den Weg entlang, hier in Frankfurt. Schrill eine Horde Spatzen im Rinnstein und sind vor dir aufgeflogen (die sollst du dir auch merken, genau wie den Wind und die Pfützen und wie die Pfützen zittern im Wind). In den Vorgärten Amseln. Die Schwindstraße. Vortreppen. Eisengitter mit Schnörkeln. Steinerne Torpfosten. Hohe Bäume. Die Gesichter der Häuser. Licht in den Fenstern. Und wie der Himmel über die Dächer zieht. Immer wieder hier gehen und jedesmal auswendig lernen den Weg. Gegen Morgen im Halbschlaf sagst du es dir und in der Stille nach Mitternacht. Im Traum. Auf der Treppe. Vor dem Haus und die Tür fällt hinter dir zu. Wie die Luft schmeckt. Der nächste Tag. Ein anderer Traum. Du sagst es dir immer wieder. Heb jeden Augenblick auf. Merk dir jeden Schritt Weg. Eilig über den Campus. Wolken. Der Brunnen rauscht. Tropfen sprühen. Über den Campus und an der Warte vorbei. Und vergiß nicht, die Bettler zu grüßen. Den Wind im Gesicht und beeil dich. Geht auf Mittag. Die Straße noch naß. Der Regen ist weitergezogen. Mit großen Schritten gehst du. Kastanien. Das Herbstlaub. Die vielen Gesichter.*

Am Anfang des Abends noch mit Sibylle und Carina. Vorher mein kleiner Schlaf und beim Aufwachen schon die Dämmerung. Und aus dem großen Zimmer das Lampenlicht und die Stimmen. Eine Frau und ein Kind. Und du liegst und horchst auf dein Leben und auf den Frankfurter Abendverkehr. Auf

* Und einmal wenn du aufblickst, werden alle Menschen, die du je gekannt hast, gleichzeitig auf dich zukommen. Am Fenster stehst du. Oder wieder als Kind vor der Haustür. Immer wieder ein anderes fremdes Land. Im Hafen. Am Kai. An einem Fluß – und wie der Fluß fließt, wie er immerfort an dir zieht, der Fluß, das spürst du in deinen Adern. Im Wald eine Lichtung und Vogelsang. Oder ist es die Wüste? Ein kleiner Platz, der der Sonne gehört. Ein Hof, wie die Höfe in deiner Kindheit. Weiß das Licht. Kaum daß dir Zeit zur Verwunderung bleibt. Alle auf dich zu. Eben noch warst du alt. Und dann geht dir auf, daß du tot bist. Soll man es glauben? Tot und sind angeblich alle miteinander ordnungsgemäß hier im Jenseits. Du kannst dich gern schon ein bißchen umsehen. Du kannst dir gern Zeit lassen jetzt.

dein Herz und die Stadt und das Rauschen der Zeit. Wie die Dämmerung an mir zieht. Nur diesen einen Augenblick noch, dann wirst du rufen und Sibylle und Carina kommen und feiern, daß du wieder aufgewacht bist und mit ihnen auf der Welt. Dann nach dem Essen. Längst dunkel. Erst jetzt geht dir auf, was für lange helle Sommerabende das kürzlich noch waren. Und so viele. Eine lange Reihe, eine ganze Ewigkeit solcher Sommerabende. Nicht erst vor ein paar Tagen noch? Und leuchten und glühen in deinem Gedächtnis wie Farbdias, die man ins Licht hält, wie winzige ferne Bilder in einem Kaleidoskop. Die Heizung summt. Der Eßtisch schon abgeräumt. Carina im Schlafanzug und wie immer um diese Zeit nochmal besonders eifrig. Ihr Kaufladen. Der Markt mit dem Welturarchiv. Müssen manchmal spielen, daß wir bei ihr einkaufen, Sibylle und ich. Getrennt. Jeder für sich. Und keinesfalls darf man so tun, als ob man sich kennt. Du zuerst, sagt Carina zu mir. Aber mach alles richtig! Zuerst Bücher! Sie hat sie schon zurechtgelegt. Kleine Bücher, Hefte, Broschüren und die Titelbilder von Kindertaschenbüchern. Aus Verlagsverzeichnissen ausgeschnitten. Briefmarkenklein. Dauernd muß man aufpassen. daß sie nicht wegflattern. Hier können Sie aussuchen, sagt Carina. Für meine Tochter, sagte ich. Kann sie schon lesen? fragt Carina. Nur fünf Buchstaben, sagte ich. Und dafür braucht sie auch noch ziemlich lang. Sie hat einen Kaufladen, ein großes Geschäft mit vielen Sachen, aber bis jetzt kann sie nur fünf Buchstaben. Das gültet jetzt aber nicht, sagt Carina. Du mußt sagen, zum Vorlesen, bis sie ein Schulkind wird. Zum Vorlesen, sagte ich. Ich dachte, meine Tochter ist mit, aber jetzt weiß ich nicht, wo sie ist. Im Kinderladen, sagt Carina, aber das brauchst du doch jetzt nicht sagen. Und dann wieder mit verstellter Stimme. Dann müssen Sie aussuchen. Wieviele Bücher wollen Sie? Vier, sagte ich. Minstens! Und noch drei jenfalls als Überraschung. Dann müssen wir die verwehten kleinen Bildchen wieder zusammensuchen, sie und ich. In Wirklichkeit, sagt Carina, täten die Bücher natürlich nicht hinfallen. Denk beim Bezahlen dran, daß du bezahlen mußt, sagt sie. Wie in einem richtigen Kaufladen. Und erst nach dem Bezahlen fällt mir ein, daß ich als jemand anders (jemand ganz anders) gut hätte fragen können: Was empfehlen Sie mir? Was steht in den Büchern drin? Nächstesmal, sagt Carina. Sibylle noch nicht an der Reihe und legt sich auf dem Lichttisch Verlagsarbeit für drei Wochen im voraus zurecht. Und dann sind wir wieder andere Menschen, Carina und ich. Und diesmal ist es ein Lebensmittelladen. Zuckerwürfel. Echte Nudeln. Haselnüsse, Salzstangen und die Bilder aus den Supermarktprospekten. Manchmal muß man ihr ausschneiden helfen. Denk dran, du bist jemand anders, sagt sie. Also, was wöllten Sie? Jetzt bist du dran! Wöllten Sie ein Lieblingsessen? Wöllten ist bei ihr Kaufmannssprache. Hier haben beste Sachen, sagt sie mit großspurigen Handbewegungen. Fleisch, sagte ich, viel Fleisch. Nicht für mich, für einen Löwen. Und muß gleich bedauern, daß ich nicht Tiger gesagt habe. Denn bei uns ist mein Vater der Löwe. Wir nennen ihn so. Jetzt aber meine ich einen echten richtigen Löwen, der ausgedacht ist. Ein Löwe aus Afrika, sagte ich. Er ist übers Meer gekommen, um mir zu helfen. Und weil er von mir manches lernen will. Als Praktikant. Wo ist er? Wie heißt er? fragt sie wie ein Paßbeamter. Er heißt Löwe, sagte ich. Jetzt ist er in der Bibliothek. Er hat einen Extraschlüssel und geht nur nachts hin, wenn die Bibliothek zu ist. Wo er den Schlüssel herhat, das weiß ich nicht, sagte ich. Ein Tiger war auch noch da. Aber jetzt hat der Tiger einen Führerschein und ist nach Indien zurück. Wieviel wöllten Sie? Suchen Sie aus! Kleine bunte Bildchen mit richtigem Fleisch aus den HL-Prospekten. Steak, Rollbraten, Hackfleisch, Schnitzel, Lende, Rippchen, Geflügel, Geflügelteile. Sonderangebote. Supersonderangebote. Dann die Wurst. Alles rosa und rot. Wurst frißt er nicht, sagte ich. Suchen Sie aus, sagt sie und läutet mit einem Glöckchen. Bei jeder Bewegung flattern und wehen die Fleischbildchen weg. Dann muß man sie aufheben und so tun, als sei nichts geschehen. Nur das beste, sagte ich. Er ist ein sehr feiner Löwe! Am liebsten Lamm und Rindfleisch. Und leise zu ihr: Rindfleisch ist das dunkelrote. Als Löwe, sagte ich, also nachts in der Bibliothek, kann er natürlich im Dunkeln lesen. Ganz allein geht er nachts in der Bibliothek herum. Ohne Lampe. Suchen Sie aus, sagt sie und die Bildchen flattern (sie können nicht anders!). Aber Lamm haben Sie nicht, sagte ich, und Wild auch nicht. Kommt morgen, sagt sie und glaubt es selbst und läutet mit einem anderen Glöckchen. Er liegt gern bequem, sagte ich. Wahrscheinlich alle Löwen. Entweder alle oder die meisten. Aber in der Bibliothek gibt es ja keine Sofas und Betten haben sie auch nicht. Manchmal, sagte ich, muß man auch kein Fleisch für ihn kaufen. Er frißt nämlich auch meine Feinde. Die ganz schlimmen frißt er. Die anderen jagt er nur weg. Auch Gespenster. Dann vergißt Carina ihr Geschäft und fragt: Welche Tiere kennen Sie noch?

Als Kind, sagte ich, hatte ich einen Hund. Zugelaufen. Schwarz und einen weißen Fleck auf der Brust. Ich wollte, daß er wild sein soll und gefährlich. Mindestens wie ein Wolf. Gib ihm viel frisches Blut zu trinken, sagten die Männer im Dorf zu mir. Und der Metzger Kuhl sagte: Immer montags und donnerstags. Breng ower en Ehmer met! Hunde müssen beim Metzger vor der Tür warten. Sie wissen das, aber sie begreifen es nicht. Blut, dunkelrot. Tierblut. Immer den ganzen Eimer voll. Manchmal ist das Blut noch warm. Das ist den Fliegen am liebsten. Ein Eimer voll Blut ist schwer, wenn man acht ist. Bald schon neun. Aus Zink der Eimer. Plastikeimer gab es noch nicht auf der Welt. Aber viel mehr Fliegen als jetzt, weil es noch Misthaufen gab und Ställe. Und abends kommt das Vieh vom Feld herein, abends werden die Kühe durchs Dorf geführt. Die Misthaufen nach Möglichkeit immer unter den Küchenfenstern. Schon auf dem Heimweg lasse ich meinen Hund öfter trinken, damit der Eimer dann nicht mehr so schwer ist. Meistens ist das Blut beim Metzger umsonst. Nur wenn seine Frau im Laden ist, kostet es dreißich Fennich. Deshalb muß man immer mindestens dreißich Fennich mithaben, auch wenn es meistens umsonst ist. Rolf heißt mein Hund. Er merkt sich gleich jede Woche die Montage und Donnerstage. Er trinkt gierig das Blut, leckt sich das Maul und bleibt trotzdem ein lieber freundlicher Hund, der mit jedem spielen will. Ein Hund, der gern lacht. Und dann, sagte ich, ein Eisbär. Er kommt immer nachts. Nur wenn Schnee liegt. Er klingelt nicht, er wirft Schnee ans Fenster. Wenn man dann ans Fenster kommt, steht er mitten auf der Straße im Schnee. So spät in der Nacht kaum je noch ein Auto bei uns durch die Straße. Wenn Schnee liegt, erst recht nicht. Man steht am Fenster und merkt vielleicht jetzt erst, daß es geschneit hat. So dicht die Vorhänge. Muß schon seit Stunden geschneit haben und vielleicht war es deshalb den ganzen Abend so still. Hoher Schnee. Nacht ums Haus, eine Schneenacht und er steht unterm Fenster und winkt. Blau sein Schatten auf dem Schnee. Erst sieht man seinen Schatten und dann erst den weißen Eisbär. Er ist groß. Am schönsten bei Vollmond und Frost. Manchmal bleibt er ein paar Stunden bei uns in der Wohnung und geht, wenn es hell wird. Manchmal auch ein paar Tage. Er ißt gern Anisplätzchen. Den kenn ich auch, sagt Carina. Und, sagte ich, ein Braunbär. Und der wohnt in Bornheim. Er fährt U-Bahn und Straßenbahn. Er hat eine Latzhose und eine Schirmmütze. Er kennt viele Leute. Er grüßt und winkt immer schon von weitem. Ich kenne ihn nur vom Sehen. Ich glaube, er hat ein Geschäft. Kachelöfen und Kacheln für Badezimmer. Vielleicht auch noch Lacke und Farben. Meistens ißt er im Gehen. Eis, Süßigkeiten, im Winter getrocknete Feigen und Datteln. Also, sagte ich, packen Sie alles gut ein. Ich hole es dann mit dem Auto. Ich muß nur erst das Auto suchen. Erst bezahlen! sagt sie. Das vergessen wir manchmal. Jetzt weiß ich wieder nicht, wo mein Geld ist, sagte ich und sie schiebt es mir unauffällig zu. Sehr schönes selbstgemachtes Papiergeld. Künstlerisch wertvolle Banknoten. Dann rechnet sie auf dem kleinen Pult. Schreibt, kritzelt, murmelt Zahlen. Fünfneun-sieben-zwanzig. Paarhundert. Drei. Läutet mehrere Glöckchen. Als ob sie zaubert. Auch die Handbewegungen wie beim Zaubern. Dann mit dem Geld hin und her. Die Glöckchen von Jürgen und Pascale. Aus Messing. Große und kleine. Graviert und mit Ornamenten. Die Gravuren rot, grün und blau unterlegt. Aus Burma, aus Laos und Tibet. Vielleicht werden die gleichen Glöckchen als Massenware für zahlreiche Indienramschläden überall in Europa und zur Erleuchtung weltferner buddhistischer Klöster im Himalaja hergestellt. Aber wo? Und vom wem? Einheitspreis. Muß die Pascale wieder sehen, sagt Carina schon bald jeden Tag. Manchmal wenn man einkauft, macht sie einem noch zusätzliche Angebote. Wöllten Sie vielleicht auch einen schönen Würfel kaufen? Danke, ich brauche jetzt keinen schönen Würfel. Dann bietet sie einem den gleichen Würfel nochmal als Kühlschrank und Gasherd an. Oft auch unsichtbare Sachen, die sie einem zeigt. Muß man sich umso genauer vorführen lassen. Hat man dann immer noch Fragen, sagt sie: Das sehen Sie doch! Manchmal kriegt man mehr Geld zurück, als man bezahlt hat. Carina am Pult. Wie ein Barackenlager umgibt sie ihr Markt. Beinah unabsehbar. Nicht nur nebeneinander, auch hoch aufeinandergetürmt die Baracken. Wie um eine Bucht herum und sie steht davor und glaubt daran, glaubt fest, daß sie daran glaubt. Alles echt. Wirklichkeit. Immer wieder mit Tesafilm geklebt. Also sobald ich das Auto gefunden habe, sagte ich. Erschrecken Sie nicht, wenn der Löwe mitkommt. Er fährt gern Auto. Er interessiert sich sehr für Geschichte. Besonders das alte Ägypten.

Dann kommt Sibylle dran. Ist der Reihe nach mehrere gute Kunden. Und ich schon mit Notizzetteln zwischen Eßtisch und Arbeitstisch hin und her. Drei Arbeitstische. Oder mitten im Zimmer auf den Matratzen und Kissen. Mich treiben lassen und zuhören, wie sie Handel treiben und dabei den Kopf voller Wörter und Bilder. Gleich dann anfangen! Eine elektrische Schreibmaschine. Vor viereinhalb Jahren vom Vorschuß für mein erstes Buch. Immer auch geschrieben, wenn Carina dabei ist. Sowieso nie ein Arbeitszimmer gehabt. Nie genug Zeit und Platz. Und sie kennt das eh und je. Ist daran gewöhnt, sieht dir zu, spielt daß sie auch schreibt, kommt und spricht mit dir. Ein Spiel. Du hast Störungen bei der Arbeit gern, weil sie zum Leben dazu gehören. Vor zwei, vor zweieinhalb Jahren hast du alle Abende angefangen mit ihr auf dem Schoß. Ihre in meiner Hand und mit ihren Fingern auf der Schreibmaschine die Buchstaben. Wörter. Den ersten Satz. Sie will es auch jetzt noch oft. Immer nochmal (Kinder sind traditionsbewußt). Man muß ihr die richtigen Tasten nur zeigen, dann kann sie es schon allein. Und wie leicht sie doch war vor zwei Jahren. Sogar noch mit drei. Gestern noch. Wie die Buchstaben tanzen. Wenn du die Arbeit dann unterbrichst, geht das Schreiben im Kopf von allein weiter. Mit ihr nochmal Rembrandts Sohn Titus. Er liest immer noch. Wann blättern wir um? Erst das Bild und dann vom Fenster aus nochmal die Straße. Ob alles noch da ist? Straßenlampen, die Dunkelheit, Abendfenster. In der Jordanstraße ist es am Abend still. Die meisten Leute sind jetzt schon daheim. Wer später kommt, muß lang nach einem Parkplatz suchen. Der Gehsteig. Das Straßenpflaster unter den Lampen. Und dort die Stelle, wo der Eisbär steht, wenn er nachts Schnee ans Fenster wirft. Wenn er zu Besuch kommt. Jetzt nicht, jetzt ist er nicht da. Auch kein Schnee. Das Pflaster glänzt. Und an jeder Ecke die Eckkneipen mit ihren Lichtern. Nochmal mit Carina durch die ganze Wohnung. Die Bilderbücher und Stofftiere, die sie mit ins Bett nimmt. Nochmal den Tag herbei. Nochmal heiße Milch mit Honig in kleinsten Schlückchen. Entweder wir bringen sie beide ins Bett, Sibylle und ich. Oder heute Sibylle allein mit ihr und sie rufen noch dreimal nach mir. Noch eine Geschichte! Sollst mir eine Straßenbahn malen und einen Weihnachtsmarkt mit Karussell, Peta! Nochmal Durst und die Stofftiere haben auch alle nochmal Durst! Am meisten Durst hat die Giraffe. Wenn Carina nicht einschlafen kann, muß man sie in den Schlaf reden und in den Schlaf streicheln und in den Schlaf atmen. Und dann sitzt du wieder und schreibst.

Carina schläft. Du spürst ihre Atemzüge durch die Wand. Und Sibylle? Entweder mit ihr eingeschlafen, dann weiß man nicht, ob sie heute noch einmal aufwacht. Oder in Küche, Flur, Bad und wird gleich hereinkommen. Sitzt am Lichttisch mit Arbeit für den Verlag. Hat mich eben umarmt. Sträubt sich noch und schreibt mir dann doch einen Nachtrag für eine Pornogeschichte, die sie mir vor ein paar Tagen erst pflichtbewußt schrieb. Schreibt Briefe, schreibt Tagebuch, liest in meinem Manuskript. Liest Noten, als ob sie Musik hört. Immer andere Abende, ein einziger langer Herbstabend und immer tiefer in die Nacht hinein. Noch überall im Zimmer Carinas Spielzeug herumgestreut. Solang sie da ist, leuchtet das Spielzeug und jetzt läßt sein Leuchten nach. Schreiben. Manchmal beim Schreiben muß man den Atem anhalten. Manchmal beim Schreiben muß man sich festhalten. Zwischendurch mit Sibylle am Eßtisch. Salat, Joghurt, Obst, einen Imbiß, Pampelmusensaft, den ich in der Küche ausgepreßt habe. Dann wieder Milchkaffee, Zigaretten, Espresso und weiter mit dem Manuskript. Kettenraucher. Beim Schreiben Musik. Immer noch Louis and The Good Book oder seit Tagen schon Crosby, Still, Nash & Young, bis du am Ende doch wieder bei Hard Rain von Bob Dylan landest. Ein ganzes Kapitel lang immer wieder das gleiche Lied. Und dann um Mitternacht. Aufgehört? Eine Pause? Mit brennenden Augen. Die Platte abgelaufen. Die Luft blau vom Rauch. Mitten im Zimmer stehst du und weißt nicht gleich, wo du bist. Und Sibylle? Nicht eben noch hier mit dir? Ihr habt euch umarmt. Du kannst sie noch an dir spüren. Oder schläft seit Stunden? Läßt uns Badewasser einlaufen? Wird gleich hereinkommen und du siehst dich in ihren Augen. Ein goldener Spiegel. Nochmal das Rembrandt-Bild. Morgen umblättern mit Carina! Dann am offenen Fenster.

Kühl die Nachtluft. Fußgänger auf der Straße. Aus den Kneipen heim. Nachtgestalten. Noch kürzlich mit Sommerstimmen und hellen Kleidern. Paare und Gruppen von Paaren. Konnten sich Zeit lassen und blieben mitten auf der Straße stehen und an jeder Ecke. Gelächter. Umarmungen. Sind oft nochmal umgekehrt. Lachen und rufen. Müssen immer noch etwas sagen. Konnten lang sich nicht trennen. Und jetzt? Vereinzelt nur und in Eile. Mit frierenden Schatten unter den Lampen durch. Schritte, Stimmen, eine Autotür, eine Haustür. Sind weg. Sind gegangen. Wieder Herbst. Herbst, Nacht, Oktober und auf dem Dachboden fängt sich der Wind. Oktober und wer wir selbst sind. Neun Jahre mit Sibylle. Ein Kind und mein drittes Buch angefangen. Nachts hört man Züge fahren. Oktober und daß wir jetzt hier sind, sagst du dir. Zum Verwundern. Und mit einem jähen schmerzhaften Stich (das spürst du am Herz): Daß nichts bleibt und wir auch nicht!

6

Im letzten Licht, in der Dämmerung. Erst noch bei den Lichtern auf der Leipziger Straße. Und dann mit Taschen und Tüten durch die Seestraße heim alle drei. Müd heim am Abend. Gleich Ladenschluß. Wird jetzt jeden Tag früher dunkel. Nur ein paar wenige Leser noch in der Bibliothek. Buchnarren. Sonderlinge. Haben die Bücher zum Mitnehmen alle schon ausgesucht und bereiten umsichtig jetzt ihren Aufbruch vor. Aber noch nicht gleich, können sich noch nicht trennen. Die Bibliotheksangestellten beim Aufräumen. Und grüßen uns durch die Scheiben. Schaufenster wie ein Laden. Und wir stehen davor, als ob wir uns suchen. Als müßten wir darauf warten, daß wir da innen drin, daß wir jetzt gleich hereinkommen. Hier ins Licht. Zu den Büchern. Vor unseren eigenen Augen. Erst nur Sibylle und ich. Dann mit Carina in einer Tasche, die man auf der Brust trägt. Carina sechs Wochen alt. Erst noch in der Tasche und dann schon auf eigenen Füßen. Da ist sie schon anderthalb. Und dann zwei und dann drei. Und schon immer schneller die Zeit. Bücherwände, Regale. Wir sind schon am Nachmittag im Vorbeigehen in der Bibliothek gewesen – und jetzt vor der Scheibe packt dich gleich wieder die Gier. Schnell nochmal rein und quer durch das Alphabet in Eile, im letzten Moment. Entdeckungen. Eine Plünderung. Erst nur Prosa, dann auch Lyrik, Theater, Hörspiel, Kunst, Biographien und schnell einen Blick in die Nachschlagewerke und alles mit heim – dann aber doch nicht. Vor der Scheibe im Dunkeln und jede Einzelheit wie für ein Bild. Und warum packt dich das so? Als ob man sich selbst durch das Glas, als ob man die Gegenwart zeitversetzt sieht. Immer nachmittags viele Kinder in der Bibliothek. Manche mit Schulranzen. Oft den ganzen Nachmittag lang. Schulbücher, Hefte, Brot, einen Apfel, Kakao. Alles ausgepackt, als ob sie hier wohnen. Oder lassen die Taschen und Ranzen hier und hinüber zum Kurfürstenplatz. Hin und her. Bis in den Abend hinein.

Und jetzt gehen die letzten heim. Schulkinder, sagt Carina bewundernd.

In der Apotheke die Kunden. Im Neonlicht. Stehen und warten, bis sie an der Reihe. Sorgen, Schmerzen, ein Rezept. Hustenbonbons. Die Frau, die erschüttert vom Arzt kommt. Einer mit Grippe. Eine Frau, die ein krankes Kind daheim hat. Eine alte Frau mit Kopftuch und Röntgenbild und hat keinen, der zu ihr halt. Ein Kind allein. Und soll sich beeilen, aber kommt dauernd nicht dran. Ein Taxifahrer und sein ungeduldiges Auto scharrt und stampft vor der Ladentür. Noch einer mit Schnupfen, Grippe, Halsentzündung und wie ungerecht das Leben schon eh und je zu ihm ist. Der Nächste, bitte! Wie Schlafwandler. Stumm. Verzaubert. Als ob es immer die gleichen sind und stehen und warten in diesem Licht. Und wenn sie dann drankommen, wissen sie nicht mehr, was sie noch eben gedacht haben. Eine Apotheke, die nach Apotheke riecht und jedes Ding an seinem Platz. Brauchen eine Weile, bis sie sich selbst erkennen. Und würden sich auch nicht wundern, wenn jetzt vor den polierten Apothekenschubladen (jede mit einem blanken weißen Porzellanknauf) ein Engel, ein lichter Engel erscheint und laut ihren Namen aufruft. Zu- und Vorname, Geburtsdatum, Krankenkasse, Arbeitgeber. Der gleiche lichte Engel mit dem sie als Kind oft im Gespräch und haben ihn jetzt schon seit vielen Jahren nicht mehr zu Gesicht und auch nicht an ihn gedacht. Und haben auch sich selbst seither (wie ging das denn zu?) weitgehend aus den Augen verloren, aber berufliche Fortschritte und seit vier Jahren eine Eigentumswohnung. Mit Wertsteigerung. Leider die falsche Lage, aber sonst einwandfrei und ein guter Kauf. Die Apotheke. Neonlicht und gleich Ladenschluß. Stehen wie Statuen, die schon lang stehen.

Im Friseurladen der Letzte gerade fertig. Ihm nochmal mit dem Spiegel die runderneuerte Rückseite seines Schädels im Spiegel gezeigt. Ein leeres Gestirn. Unbewohnt. Nochmal geschickt mit der Schere klappern, als sei da ein einzelnes letztes widerspenstiges Härchen, das unter keinen Umständen länger geduldet werden kann. Gelernt-ist-gelernt. Ihm proforma den Kragen abbürsten oder proforma so tun. In die Jacke hilft er sich selbst. Laufkundschaft. Geschoren, gesalbt, eingesprüht. Steht im Friseurladen abends an der Kasse, der letzte Kunde, und riecht wie ein Friseurladen. Riecht wie an einem Feiertag. Kassieren und hinter ihm gleich die Ladentür zu. Auf Wiedersehen. Danke schön. Gute Nacht. Schon aufgeräumt. Nur schnell nochmal auskehren und dann den Magenbitter. Immer mittags und abends einen. Der wichtigste Moment des Tages. Jeden Tag zweimal der wichtigste Moment. Soll er ab jetzt abends zwei? Und vielleicht ab und zu auch morgens schon einen? Gesundheit! Zum Wohle! Früher hat seine Frau noch jeden Tag im Laden mitgearbeitet. Gelernte Friseuse. Aber jetzt schon seit vier Jahren daheim. Der Haushalt. Sie hat es mit den Gelenken. Man wird nicht jünger. Der Gehilfe krank geschrieben. Noch keine dreißig und bleibt bei jedem Husten daheim und kassiert. Dann noch eine Aushilfsgehilfin für die Samstage und wenn Hochbetrieb ist. Hochbetrieb ist vielleicht zu viel gesagt. Ein kleiner Friseurladen. Bescheiden. Preiswert. Hauptsächlich für Kinder und alte Leute hier aus der Nachbarschaft. Seitenstraßen. Ein Eckhaus. Altmodisch, grau und verblichen der Laden und dazu auch ein bißchen mürrisch. Schränkchen, Schubladen, Waschbecken, sogar die Spiegel sind mürrisch. Jetzt macht der Friseur ein paar Lampen aus. Nur bei der Theke noch Licht. Einen morgens, einen mittags, zwei abends. Und daheim dann beim Fernsehen die zählt er nicht. Sind privat. Eine Flasche mit Schraubverschluß, je eine für Laden und Wohnzimmer. Und immer rechtzeitig nachkaufen. Meisterbrief. Eine lange glückliche Ehe. Irmtraud heißt seine Frau. Manchmal kommt er nicht gleich darauf, aber er hat es außerdem ja auch schriftlich.

Die Post noch auf? Das Postamt am Rohmerplatz. Ein Gedränge von Lieferwagen. Autos, die vorbeiwollen. Autos, die einen Parkplatz suchen. Passanten, die Treppe, ein grauer Kittel mit Armbanduhr. Einer mit Bauch und Sackkarre. Einer schiebt ein Fahrrad. Noch zwei graue Kittel und haben es eilig. Der mährische Lagerarbeiter aus der Kaffeerösterei. Mit einem alten grünen Hut, aber ohne Hund. Fußgänger zur Leipziger Straße, Fußgänger von der Leipziger Straße heim, Fußgänger in Scharen zum Westbahnhof. Ein Auto hupt. Bremsen quietschen. Eine Frau mit zwei Kindern auf eine Haustür zu. Telefonzellen. Das Licht auf dem Gehsteig. Weiter vorn auf dem Platz hohe Bäume und schon die Nacht in den Bäumen. Eine Straßenbahn hört man. Ein Kind rennt über die Straße. Jetzt werden die Läden zugemacht. Vielleicht hat es vorher geregnet. Nur kurz. In der Dämmerung. Kaum mehr als ein kleines Geniesel. Nur gerade genug, damit Straße und Gehsteig matt glänzen. Die Mauern auch. Und so ein Schimmer um jedes Licht. Und man kann es der Luft anmerken und sogar auf der Haut spüren. Ein Herbstabend. Vorbei der Regen oder ist weitergezogen. Und jetzt im Dunkeln ein leichter Wind. Kommt dahergerannt und auch schon wieder weg. Kommt und geht und kehrt wieder. Rennt durch Seitenstraßen, versteckt sich im Hof. Hat an der Haustür gewartet. Schnauft, schüttelt sich, schüttelt die Regentropfen aus den Bäumen – und dann schnell weg.

Hinüber zum Kurfürstenplatz. Sehen, ob der Brunnen noch an und schnell die Fontänen verwehen. Gleich weiter und nochmal zurück der Wind, und den Steinzentaur streicheln, ihn und das Kind, das er trägt. Sandstein vom Main. Tropfen sprühen. Keine Papierschiffchen? Wie der Brunnen rauscht, wie das Wasser sich kräuselt. Gleich weiter der Wind. Spielt mit den Blättern, spielt mit dem abgefallenen Laub, muß lang mit einer leeren Plastiktüte Gespenst spielen. Hat alles schon auf ihn gewartet. Die Hecken zittern im Dunkeln. Mehrfach erst über, dann rings um den

Platz der Wind und die Bäume rauschen. Muß an dem bunten hölzernen Kiosk rütteln, der wie ein Strandpavillon am Rand des Platzes im Sand steht. Wie ein Andenken aus vergangenen Sommerferien, an die man sich kaum noch erinnert. Geschlossen. Alles zu. In den Hof der Feuerwache und mit den Garagentoren klappern. Kein Feueralarm? Nirgends ein Feuer? Hinüber zu der kleinen Kirche auf der anderen Seite des Platzes. Aus Sandstein. So still und bescheiden die Kirche. Nicht auf, sondern neben dem Platz. Dahinter. Man weiß ihren Namen nicht. Die meiste Zeit vergißt man, daß da überhaupt eine Kirche steht. Elisabethenkirche, katholisch. Die Leute gehen vorbei und sehen sie nicht. Zur Kirchentür hin der Wind, dann aufs Dach und ringsum in jeden Winkel. Da im Schatten: ein Pfosten, ein Bettler, ein Paar oder nix als bewegliche Schatten nur, die sich zusammenfinden im Schatten. Steine. Das trockene Laub. Und in der Stille das Echo der Stimmen. Er spielt mit dem Laub, der Wind. Er würde gern Glocken läuten. Am liebsten eine ganze Reihe von Glocken, die offen im Freien hängen und jede klingt anders. Glocken und Glöckchen, aber sind keine da.

Zur Straßenbahnhaltestelle auf der Schloßstraße und immer wieder mit den anfahrenden Straßenbahnen ein Stück weit mitrennen. Aber das wird ihm bald langweilig. Wieder zur Seestraße. Zur Seestraße und in die Leipziger Straße. Und in die Seitenstraßen der Seestraße und der Leipziger Straße. Da ist es belebt. Noch überall Menschen. Und sind auf dem Heimweg. Kinder auch. Viele Kinder noch unterwegs. Von der S-Bahn, vom Bus, von der Straßenbahn heim. Waren im Sportverein. Tischtennis, Langlauf, Fußballtraining und manchmal Tischtennis mit Mädchen. Pfadfinder, Jungschar, Jugendzentrum. Nachmittagsunterricht. Turnstunde. Die Turnschuhe an und den Turnstundenbeutel nicht vergessen. Kurz vor Ladenschluß schnell noch einkaufen. Sind geschickt worden. Zwei neue Schulhefte, Zucker, Maggiwürfel, Margarine. Beeil dich! Vergiß nichts! Verlier das Geld nicht und komm gleich zurück! Aus der Bibliothek heim die Kinder. Manche den Schulranzen von heute Mittag noch mit. Die Aufgaben in der Bibliothek gemacht oder wenigstens angefangen. Zumindest es vorgehabt. So spät schon? Schnell heim jetzt. Die Bibliothek macht um sieben zu. Wo von Rechts wegen Flügel sein sollten, alle Tage der Ranzen mit seinem Gewicht. Ein griechisches Mädchen, neun Jahre alt. Mit Schulranzen, Büchern, Einkaufstasche. Der kleine Bruder mit und auch noch eine kleine Schwester. Und beeilen sich alle drei. Manche Kinder mit Fahrrädern. Das Fahrradlicht an und wie die Dynamos surren im Dunkeln. Einer allein und hat eine ganze Oper im Kopf. Ein ernstes Mädchen mit einem großen Hund. Musikunterricht. Nachhilfe. Hausaufgaben. Die Hausaufgaben bei einem Freund. Fernsehen, Video, Flippern. Auf die Leipziger Straße und stundenlang durch die Kaufhäuser. Schulfrei. Schulfrei und kein Kinogeld. Schulfreie Nachmittage. Keine Aufgaben auf. Die Schule vergessen. Zu den Schrebergärten am Bahndamm und Ball spielen. Den Bahndamm entlang auf die Ginnheimer Wiese. Über die Schienen und an die Nidda. Einen Steg, eine Brücke finden und immer weiter hinaus. Obstbäume, Hochhäuser, Stoppelfelder, eine verlassene Ziegelei. Am Horizont die Nordweststadt und kommt immer näher. Da sind sie umgekehrt und in die Niddaauen. Der Fluß nimmt sie mit. Zum Rebstock und in den Biegwald. Unter der Autobahn durch und dann kommen Teiche und eine Eisenbahnsiedlung und man muß immer weiter. Nach Nied. Bis zur Mündung. Mit dem besten Freund. Mit zwei besten Freunden. Blutsbrüder. Steppen, Urwald, Prärie. Der Amazonas. Feuerland. Mexiko. Ein langer Nachmittag. Äpfel probiert, Haselnüsse und Pflaumen. Kastanien gesammelt. Und jetzt heiser, müd, Halsschmerzen, nasse Füße und wie soll man den Heimweg finden? Und wo ist der Schulranzen? Wo der Nachmittag? Wo ist unser Sommer hin? Wollten wir nicht einen Drachen bauen, ein Floß, ein Schiff, einen Flugballon, in dem man drinwohnen kann? Den eigenen Namen vergessen und heim im Dunkeln. Beeil dich! Acht Jahre alt. Nächstens neun. Zu spät dran. Schnell heim. Heiser und außer Atem. Mit dem Mut der Verzweiflung. Und sich dabei ein Leben ausdenken. Herbst, Oktober. Ein Herbstabend und in der frühen Dunkelheit überall Kinder. Auf jedem Gehsteig. In alle Richtungen. Überall Kinder noch unterwegs. Und eifrig der Wind.

Kommt und geht. Will überall hin. Schnell-schnell. Muß überall schnuppern. Schmeichelt. Muß alles berühren, kosten, streicheln und ablecken. Lockt, spielt, versteckt sich, ruft aus der Ferne und kommt im Bogen zurück. Und die Kinder in Gruppen und einzeln. Von allen Seiten die Kinder. Rufen Namen und lachen. Überall in der Dunkelheit ihre Stimmen und der Wind macht sie froh. Weggeblasen die Müdigkeit. Weit weg Schultage, Ranzenlast, Aufgaben, Noten, Sorgen. Wach. Aufmerksam. Überwach. Auf dem Heimweg und der Wind rührt sie an. Unter den Straßenlampen. In dunklen Torwegen, die am Abend hauptsächlich für Katzen und Geister da sind. Genau wie die stillen alten Höfe in den Seitenstraßen der Leipziger Straße. Geheime Ecken und Winkel. Wie eine Erscheinung eine Straßenbahn hellerleuchtet über die Kreuzung und die Kinder am Kurfürstenplatz im Schatten. Beinah unsichtbar in der Dunkelheit. Dicht am Rand und die Bäume rauschen. Der Wind nimmt die Tropfen mit. Auf jedem Gehsteig, an allen Straßenecken die Kinder. In der Adalbertstraße im Licht vor einem offenen Büdchen, wo es den besten Kaugummi gibt und auch die besten Kaugummibildchen (Schulkinder, sagt Carina). Und bei den Mietshäusern vom Sozialen Wohnungsbau. Rasen, Mülleimer, Teppichklopfstangen, Fahrradständer, Garagen und die Amseln noch wach. Hinten bei den Schuppen und Fahrradständern die Kinder. Im Dunkeln. Hören die S-Bahn. Hören Züge fahren. Spüren den Wind im Gesicht. Wie die Zeit selbst. Als ob es die Zeit ist, die immerfort über sie hinstreicht, unablässig, die heilige Zeit.

Abend. Nach Herbst und Mietshaus und Keller riecht es. Nach Herbsterde, Feuchtigkeit, welkem Laub. Heimwege. Schon stundenlang auf dem Heimweg. Längst zu spät dran und können nicht heimgehen. Allein, zu zweit, zu dritt und zu viert. Und sehen das Licht in den Fenstern. Überall Fernsehen. Sehen die Fenster von außen. Müssen mit dem Wind spielen und an fremden Haustüren klingeln. Erst klingeln und dann die Luft anhalten. Ihr Herz klopft. Nicht lachen. Stehen dicht an der Hauswand. Schubsen sich, halten die Hand vor den Mund. An der Haustür die Sprechanlage. Der Türöffner summt. Ist oben ein Fenster aufgemacht worden? Nacht, Wind, Finsternis. Ist dir kalt? Stehen an der Mauer im Schatten. Jetzt Licht im Treppenhaus. Licht und Gepolter. Solange es geht, stehenbleiben und dann schnell! Du mußt rennen, so schnell du nur kannst. Auf und davon. Im Dunkeln unsichtbar. Stimmen, Rufe, Gelächter. Nimmt alles der Wind mit. Stimmen, Gelächter, Hausmeisterflüche und Drohungen. Autos, ein Hund bellt. Das Licht einer Taschenlampe. Fremde Türen. Und den ganzen Spuk nimmt der Wind mit. Die erste Abendkälte. Autos hupen. Eine Straßenbahn klingelt. Nach Kohlen und Heizöl und nach Sozialem Wohnungsbau riecht es. Und jetzt im Oktober sogar hier in der Stadt noch nach Äpfeln, Kartoffeln und Keller und Herbst. Und dazu noch hat jedes Haus seinen eigenen Hausgeruch. An den fremden Türen klingeln. Im Dunkeln die Luft anhalten. Sich in frohem Schreck mit der Hand an den Hals. Die Luft anhalten, solang es geht. Tief atmen dann und schnell weg.

Mit acht Jahren mit deinem besten Freund hinten beim Schuppen oder an der Kellertür stehen (ein Dreiminutentreppenhauslicht tickt die Zeit weg; das ganze Haus riecht nach Ordnung und Bohnerwachs). Lang in den Abend hinein, lang am Rand der Nacht. Auf der Kellertreppe und wie im Fieber von Afrika sprechen. Das Morgenland. Indien, China, die Südsee und wie man am besten hinkommt. So lang davon sprechen, bis man das Warten schon jetzt kaum noch aushält. Einmal abends am Küchentisch im letzten Moment einen Schulaufsatz schreiben und dabei erst die Schule und dann auch den Tag und die Zeit und dich selbst vergessen. Und alles übrige auch. Erst wenn der Aufsatz fertig ist, findest du dich am Küchentisch unter der Lampe wieder. In einem Schwung vierzehn Seiten im Schulaufsatzheft. Mit acht, neun, zehn auf jedem Heimweg komplett ein Leben sich ausdenken. Und wer man außerdem andernfalls auch noch sein könnte. Immer noch eine Zukunft. An solchen Herbstabenden, im Wind, in der Dunkelheit. Ist dir kalt? Stehen und wie eine Kerze brennen. Mit fünf manchmal schon, mit achtzwölf-dreizehn – und von da an dann sowieso. Von da an dann immer. Ein Feuer, das nicht verbrennt. Er dreizehn, sie beinah dreizehn. Verliebt und noch keine Wörter dafür. Die Wörter erst suchen und nach und nach ausprobieren. Erst im Dunklen nebeneinander her und einander nur manchmal im Gehen mit Armen und Schultern berühren. Noch nichtmal berühren, nur daß man die Nähe spürt. Wo gehen wir hin? Lampenlicht. Fremde Fenster. Gehen und dabei die ganze Zeit sacht atmen, sacht. Dann vor einer fremden Haustür mit Küssen, Umarmungen, Herzklopfen und Gestammel. Lang und als ob man nie mehr loslassen könnte. Erst bei der Haustür, dann auf einem kalten Mäuerchen dicht am Hang. Dann auf einer feuchten hölzernen Sitzbank. Trauerweiden. Ein Gitter. War das Tor offen? Auf einer Bank unter Herbststernen oder im Nebel, in einem leuchtenden städtischen Nebel, der mit uns langsam dahintreibt. Und manchmal Schritte und Stimmen. Wie vom Rand der Welt. Wie von einem anderen Stern. Dann auch bei Tag mit ihr. Mittage. Herbsthimmel. Wolken ziehen über die Stadt. Bei Tag mit ihr in den Gärten, im Kino, auf allen Straßen und sogar in ihrer vorwurfsvoll schweigenden Wohnung. Ihre Mutter arbeitet Mittelschicht in der Kleiderfabrik.

Ein Herbstabend. Schon dunkel. Der Wind weht. Wie es raschelt, das Laub. Oktober. Abend und alle gehen heim. Mit unserer Müdigkeit, mit Einkaufstaschen und Tüten lang durch die Seitenstraßen, Sibylle, Carina und ich. Da vorn geht der Tag. Sanierung Bockenheim. Abbruchhäuser, Abendruinen, schweigende leere Plätze. Bei manchen die Reste der Grundmauern noch. Wie auf den Trümmergrundstücken nach dem Krieg. Brennesseln, Dornen, Gestrüpp. Und wachsen bald wieder Bäume darauf. Manche von den Abbruchhäusern schon leer. Fenster und Türen mit Brettern vernagelt. Und stehen wie blind. Andere noch bewohnt. Ausländer. Arme Leute. Familien mit vielen Kindern. Die letzten Wohngemeinschaften. Ein Kinderladen, den die Stadt nicht will. Auf Abruf. Kein Mietvertrag. Mietvertrag abgelaufen. Manchmal ein Haus zum Teil noch bewohnt. Erdgeschoß leer. Ein Warenlager im ersten Stock. Havariewaren, Eigenimport, Waren aus Armeebeständen. Der erste Stock übervoll, dann zwei Stockwerke leer. Hohläugig, leere Fenster. Die nächste Etage zur Hälfte bewohnt. Nur nach hinten raus noch bewohnt. Verputz abgefallen. Dem Haus steht der Schreck im Gesicht. Und im Dachgeschoß brennt immer die halbe Nacht Licht. Zittern die Häuser? Sanierung Bockenheim. Auf Abruf, auf Abbruch die Häuser. Eine Kneipe im Erdgeschoß und ein Laden. Schon zu der Laden. Eingang mit Hohlblocksteinen vermauert. Manchmal ein Laden, der ganz zuletzt schnell nochmal aufgemacht hat. Secondhandkleidung. Neuheiten. Einheitspreisramsch. Schuhe vom Balkan, auf denen Made in Italy steht. Deutsche und englische Markensportkleidung aus Polen. Türkisches Werkzeug und Besteck, Rostfrei Solingen. Original US-Jeans aus Marokko. Quarz-Uhren, Elektrogeräte, Putzeimer, Wäschekörbe und Salatschüsseln aus Singapur, Manila, Malaysia und den Philippinen. Ein türkischer Obststand in einem Torweg und ein tunesischer Obststand in einer leeren Garage. Oft kurz bevor ein Haus abgerissen wird, schnell nochmal frische Farbe drauf. Wenigstens um den Eingang herum.

Und eine Stehpizzeria rein. Das Backofenfeuer, bunte Lämpchen und Holzrauch. Holzrauch macht Heimweh. An der Wand Capri, Palermo und der Golf von Neapel als Farbfotos aus dem Reisebüro. Ein halbes Fischernetz, leere Chiantiflaschen und eine echte Mandoline, die einen Sprung hat. Eine Stehpizzeria mit Radiocassettenrecorder. Rotwein, das Glas einsfuffzich. Eine Stehpizzeria mit erst zwei und dann vier und dann fünf alten Küchenstühlen. Jeder Stuhl anders, als ob der Pizzabäcker sie sich in seinem Bekanntenkreis alle nur eilig ausgeliehen hätte. Jeden Stuhl einzeln. Nur ganz kurz, nur schnell für die nächsten paar Tage. Fünf Stühle, zwei Barhocker und ein grüner Blechtisch. Wackelt der Tisch? Algerier und Inder mit Original italienischer Pizza. Bulgaren, die sich als Italiener ausgeben, sogar voreinander müssen sie italienisch tun. Sogar vor sich selbst. Mazedonier. Griechen aus Bulgarien. Bulgarische Griechen mit Pizza und Pita Gyros. Bald jedes zweite Haus eine Stehpizzeria. Gemeint sind die Abbruchhäuser.

Neben Abbruchhäusern, die noch bewohnt sind, die leeren Plätze, auf denen die Nachbarhäuser standen. Sind weg. Wie nie gewesen. Also ob der Erdboden sie verschluckt hat. Wie nach einem Erdbeben. Und auf den leeren Plätzen der restliche Hausrat aus den abgerissenen Häusern. Überzählig. Matratzen, Sessel, ein Schränkchen mit schiefen Türen. Sperrmüll. Ein zerbrochenes Bettgestell. Kühlschrank, Fernseher, Gasherd. Die Bewohner? Die Bewohner sind schon entsorgt. Wohnen jetzt in Hattersheim, Griesheim, Eschborn, Niederhöchstadt und Offenbach. Aber dürfen natürlich auch weiterhin jeden Tag noch zum Arbeiten in die Stadt. Ausländer. S-Bahn. Schichtbetrieb. Der verlassene Hausrat wie angespült. Für die Unsichtbaren. Für Gespensterfamilien. Ein Spuk. Das meiste wohl im letzten Moment aus dem Fenster. Mit Schwung. Muß man zum Abschied nochmal am Fenster stehen und nachsehen dem Zeug, wie es durch die Luft stürzt. So ähnlich also geht fliegen. Hausrat, Unrat, ein Bretterzaun, Riesenpfützen. Mauerreste, ein Keller, Löcher wie Bombentrichter. Ein alter Mercedes mit Dachgepäckträger und Anhängerkupplung. Ein paar verbeulte riesige alte Fordbusse und Pritschenwagen. Meistens von Türken. Türken und Kurden. Wohnen in den Abbruchhäusern und verdienen ihr Geld mit Lasttaxifahren. Arbeiten auf dem Flughafen, arbeiten bei den Farbwerken, bei Messer Griesheim oder in Rüsselsheim bei Opel am Band. Handlanger hier und dort. Und fahren nach Feierabend. Freizeit. Legal oder unter der Hand. Transporte, Transporte. Die leeren Plätze, immer mehr leere Plätze und darüber auf einmal der Himmel so groß. Und sogar noch in der Dämmerung und bis in die Nacht hinein überall Kinder. Spielen bei den Matratzen, Autos, Bauzäunen, Pfützen und Erdlöchern. Spielen mit dem Sperrmüll, spielen deutsch, griechisch, türkisch und serbokroatisch, spielen Familie und Wohnen und Schule und Arbeit und Eltern. Abend und Licht in den Abbruchhäusern, die noch bewohnt sind. Noch übrig. Auf Abbruch. Auf einmal allein und stehen wie Felsen. Licht in den Fenstern. Fernsehstimmen, Antennen. Die Fenster nicht selten mit bunten Tüchern aus fernen Ländern verhängt. Manchmal in den Fenstern Tücher, die wie ein Zimmerbrand leuchten. In der Dunkelheit Kinderstimmen, Fledermäuse und eine Frau, die immer wieder nach den Kindern ruft. Und ein Stück weiter schon die schlafenden Bauwagen, Bagger und Kräne für die morgigen Baustellen. Heimgehen. Müd heim am Abend. Als ob man jeden Abend wieder durch viele Länder und Zeitalter heimgehen muß.

Abbruchhäuser, Ruinen, Trümmergrundstücke, leere Plätze und Baustellen. Der Abend. Und davor haushohe Plakatwände. Seit Carina auf der Welt ist, gehen wir mit ihr an diesen Plakatwänden entlang. Bausparkassen, Geldanlagen, Versicherungen. Wie man schnell reich wird und überlebensgroß. Erfolgreich. Aktionär, Fernsehstar, Hausbesitzer. Ein Chef. In natürlichen

Farben. Laut die Plakate und grell. Und nehmen den Himmel weg. Mode, Bier, Urlaub, Götzenbilder, Fernflugreisen und noch eine Lebensversicherung. *Die* Frühstücksmarmelade. Neue Automodelle, welche Zeitung man jeden Tag lesen soll und die passenden Schuhe dazu. Und immer wieder die gesunden fröhlichen Dauerraucher in Beruf und Freizeit. Heimwege. Immer wieder den gleichen Weg. Müd heim am Abend. Und dann ist es so, daß auf Schritt und Tritt und mit jedem Ding dein Leben dich eindringlich ansieht. Zwei riesige Feuerwehrautos an uns vorbei und Carina muß ihnen nachsehen. Müssen alle drei stehenbleiben und ihnen nachsehen bis zur Einfahrt der Feuerwache auf dem Kurfürstenplatz. Carina denkt, daß die Feuerwehrmänner sich jeden Tag tolle Spiele ausdenken – nur aber ziemlich laut! Erst die Feuerwehrautos und dann wieder der Wind. Seitenstraßen. Ein Hofeingang. Schaufenster mit alten Schränkchen, Kommoden, Nachttischlämpchen, Blumenvasen und Kaffeekannen. Vergangenheit. Die seinerzeitige Zeit. Gleich mehrere Läden nebeneinander. Dann die jugoslawische Kneipe für eilige Autogeschäfte mit Jugoslawen. Winzig klein, eine Stehkneipe. Ganze Reihen von Antiquariaten. Manchmal um Mitternacht steht man in einer Seitenstraße vor so einem Antiquariat und betrachtet die Bücher. Keine Schaufensterbeleuchtung, nur spärlich das Licht von der Straße und im Laden ganz hinten eine kleine Lampe mit einem grünen Schirm. Und dann siehst du, da zwischen den Regalen, da sitzt ja einer und liest. Oder hat einen Kunstbildband, einen Atlas und blättert von Zeit zu Zeit achtsam um. Seite für Seite. Mitternacht schon vorbei. Er sitzt in der Stille hier bei der Lampe, als ob er längst schläft. Ganz woanders. In weiter Ferne. Schläft in der Ferne und träumt, daß er hier sitzt und liest. Träumt auch die Lampe mit.

Damals, sagt mein Vater jetzt in meine Gedanken hinein und gleich sehe ich ihn vor mir. Damals, als in Marienbad die Saison noch nicht angefangen hatte und ich mußte nach Karlsbad zu Fuß und in Karlsbad gab es auch keine Arbeit. Und wie ich dann weiter ins Tschechische hinein bin. Bis nach Rakovnik, nach Slany und Kladno, da sieht man schon Prag in der Ferne, sagt mein Vater. Da ist die Ferne beinah wie ein Bild. Jede Arbeit angenommen, sagt er. Bei einem Tischler zur Aushilfe. Bei einem Ofensetzer. In den Dörfern Fenster und Türen gestrichen. Sogar eine Marienkapelle ausgemalt. Mit einem richtigen echten Kapellenheiligenmaler aus Meran. Die Madonna nicht, die hat er sich nicht nehmen lassen. Aber um ihren Heiligenschein herum den Himmel und in der Ferne die Wiesen und Felder und sogar einen Teil von ihrem Gewand, sagt mein Vater, da hat er mir freie Hand gelassen. Von dem Geld hab ich dann einen Schinken mir und ein gutes Taschenmesser gekauft. Und einen Strohhut, einen tschechischen Panamahut. Einmal auch bei einem Bäcker und einmal in einem Bräuhaus, aber meistens bei Bauern ausgeholfen. Gegen Kost und Logis. Sie haben dort gutes Korn. Und wie ich nach Pilsen gekommen bin, da war es schon spät im Sommer. Dann von Pilsen nach Klattau. Ich wollte nach Domažlice, sagt mein Vater, aber dann bin ich auf einem Waldweg nach Klattau. Der Böhmerwald. Wenn man aus dem Wald kommt, Kornfelder. Erst noch Kornfelder, dann die Garben, die Mandeln, große Garbenbündel in Reihen auf jedem Feld. In den Dörfern schon überall Dreschmaschinen. Und dann hab ich gemerkt, es ist schon August. Daß ich auf meinen Geburtstag vergessen konnte, sagt mein Vater. Daß ich so auf die Zeit vergessen konnte! Daß die Zeit auch so schnell vergeht! Man weiß es und kann es doch nicht begreifen, sagt er und sieht mich eindringlich an. Gut, daß ich den Strohhut hatte. Und dann in Klattau in einer feinen Konditorei hab ich mir einen ganzen Mohnstriezel für mich allein gekauft, sagt mein Vater und wird wieder durchsichtig. Erst durchsichtig und dann unsichtbar. Aber noch nicht ganz. Beinah, als ob er auf Antwort wartet. Oder falls ihm noch etwas wichtiges einfällt.

Sibylle, Carina und ich müd auf die Kreuzung zu. Ampeln, Lichter, der Feierabendverkehr. Direkt vor uns eine Straßenbahn über die Kreuzung. An der Ecke der Homburger Straße ein Tabakladen und eine Kneipe. Von dem Haus ist im Krieg nur das Erdgeschoß stehengeblieben. Der Tabakladen schon zu. Die Kneipe eine Bierkneipe mit dicken braunen Glasfenstern. Musikbox, Groschenspielautomaten. Eine Bierkneipe wie im Jahr 1958. Als ob man in einer Flasche sitzt. Eingesponnen? Gefangen? Verzaubert? Gegenüber im Blumenladen sind sie beim Putzen. Noch bei den Griechen, sagst du dir, im Vorbeigehen Schafskäse und Oliven. Gleich bei uns um die Ecke. Lebensmittel und Obst. Ein Familienbetrieb. Vier Generationen. Und bei jedem Einkauf kann man ihnen weiter bei ihrem Leben zusehen und erzählt ihnen immer noch eine wahre Geschichte von sich selbst. Bei der Theke noch eine besondere Glasvitrine mit vielen bunten Nuß-Sesam-Honig-Mandel-Nougat-Pasteten. Bunt. Süß. Klebrig. Jede anders. Sind gut, aber man kann davon nicht viel auf einmal, so üppig und schwer. Übersüß. Carina und ich haben uns vorgenommen, sie der Reihe nach alle auszuprobieren. Noch zwei Schritte weiter und dann fällt dir ein, daß es den Laden schon eine ganze Weile lang nicht mehr gibt. Jetzt ist da eine türkische Kneipe, in der die Gäste an kleinen Tischen sitzen und ernst um Geld spielen. Alle rauchen. Nur Männer und sagen kaum je ein Wort. Die Marienkapelle, sagt mein Vater. Wie ich den Hintergrund ausgemalt habe, Kornfelder, Kirchtürme, Wald und Himmel. Gern hätte ich da in der Ferne Prag mit hinein gemalt. Aber es hat mir an Übung gefehlt. Und ich hätte auch Gold dazunehmen müssen und das ist die teuerste Farbe. Nur für den Heiligenschein und den Saum vom Mariengewand, sagt mein Vater. Es sind ja dem Meraner seine Farben gewesen. Und der, sagt mein Vater, war ein Trinker und fromm. Weit herumgekommen. Einer, der sich auskennt. Ein gottesfürchtiger Säufer.

Sibylle, Carina und ich über die Homburger und in die Jordanstraße. Der Tannenbaum auf. Überhaupt alle Kneipen in der Straße und wie am Abend jetzt ihre Lichter schimmern. Noch nicht lang, da hatten die Kneipen noch abends die Türen offen. Sind die Amseln noch wach? Seit uns einmal auffiel, daß die Amseln auch im Dunkeln noch wach sind, viel länger, als die anderen Vögel bei uns in der Straße, seither muß Carina immer nachsehen. Und ihr ja auch, sagt die eine Amsel, die immer mit uns spricht, ihr seit ja auch noch wach! Und hüpft auf dem Gehsteig und läßt sich nicht aufhalten. Hat noch viel zu tun heute. Es ist ja auch noch nicht wirklich spät. Wird nur so früh dunkel. Haben am Ende des Sommers verpaßt, uns von den Mauerseglern zu verabschieden. Und müssen jetzt warten, bis sie nächstes Jahr wiederkommen. Müssen abwarten, ob sie überhaupt wieder kommen. Und jetzt kommt uns unsre Haustür entgegen. Der Wind mit uns bis zur Haustür. Seit sechs Jahren schon in der Stadt, aber immer im letzten Moment, bevor man ins Haus geht, muß man nochmal mit dem Blick zum Himmel. Tschüß, Wind! sagt Carina im letzten Moment. Hat vorher lang nichts gesagt und wir wissen nicht, was sie den ganzen Weg entlang gesehen und gedacht hat für sich allein.

Auch wenn die Post morgens schon da war, trotzdem bei jedem Heimkommen wieder im Briefkasten nachsehen. Erst recht als Arbeitsloser. Immer im Treppenhaus kommt einem vor, daß man sein halbes Leben im Treppenhaus zubringt. Dumpf und mühsam bergauf. Von Treppenabsatz zu Treppenabsatz. Soll man immer wieder die Stufen zählen? Und muß sich mit dem Tag und dem eigenen Leben abschleppen. Eingemauert. Nicht genug Luft. Kaum daß man sich noch erkennt. Und erkennt sich auch nicht in seinen Gedanken. Milchglasfenster, Fenster aus Riffelglas. Neu im Treppenhaus eine grelle Tapete. Wie eine optische Täuschung. Als würde sie gleich zu schreien anfangen und heftig zucken und Funken sprühen. Wenigstens kann man auf der Treppe jetzt immer an die schöne alte Tapete denken, die einem vorher kaum auffiel und jetzt nicht mehr da ist oder unsichtbar unter der neuen. Und wird mit der Zeit immer schöner. Noch bevor wir im zweiten Stock sind, von oben das Telefon. Man hört gleich, daß es wichtig ist! Also die Taschen und Tüten abstellen, weg damit und gleich los. Noch besser, man läßt sie fallen und ist auch schon unterwegs. Aufwärts. Die Treppe hinauf. So schnell wie möglich. Es klingelt, es ruft! Du kommst in den dritten Stock und es klingelt immer noch. Atemlos noch zwei Treppen. Nicht stolpern! Die Stufen aus Holz. Als stünde die Zeit still, beeil dich! Sogar wenn sie so vorbeistürzen, erkennst du noch jede einzelne Stufe. Und dann vor der Wohnungstür. Vierter Stock. Dachgeschoß. Es klingelt und du suchst den Schlüssel. Auch beim Aufschließen klingelt es noch. Diesmal hast du es bis in den Flur geschafft. Beinah bis an die Zimmertür. Manchmal mitten im Rennen ist dir, also ob du bloß träumst, daß du rennst. Manchmal – statt loszurennen – bleibt man stehen und horcht, wie es klingelt. Steht und grübelt und horcht. Manchmal schafft man es bis ins Zimmer und muß das klingelnde Telefon dann erst noch lang zwischen Pullovern, Decken, Kissen Büchern, Spielzeug und Zeitungen suchen. Manchmal wie mit Flügeln. Manchmal rennt man mit allen Taschen, Tüten, Sorgen und langwierigen Erwägungen los. Kopf und Hände voll. Mit sich selbst beladen wie eine Schildkröte. Man steht vor der Tür, schon im voraus in viele Gespräche und fremde Angelegenheiten verstrickt und findet den Schlüssel nicht. Oft Zeug im Flur, Spielzeug, Schuhe, Regalbretter, Bilder, Manuskripte, Waschmittel, Besen, Bilderrahmen. Sowieso eng der Flur und man kommt kaum durch. Manchmal klingelt es noch, wenn man abhebt und dann ist man doch zu spät. Jemand, der jedesmal anruft, wenn wir nicht da sind? Seit Jahren schon? Mehrere? Immer der gleiche? Und erreicht und erreicht uns nicht? Immer wenn es aufhört zu klingeln, ist es, als ob in weiter Ferne einer ertrinkt.

7

Soll man sich schon im voraus beeilen? Auf Vorrat. Auf Verdacht? Für den Fall, daß vielleicht einer anruft? Anrufen könnte? Vielleicht? Auf jedem Heimweg jedesmal zehn Minuten eher dran? Und immer mehr Zeit dazugespart? Vor sich selbst her? Immer schon da? Nur noch abwechselnd? Nach Plan? Gar nicht mehr aus dem Haus? Wird schon wieder anrufen, sagt Sibylle und macht die Vorhänge zu. Und weiß doch, daß ich immer erst noch aus dem Fenster schauen muß. Von oben die Straße. Die Gesichter der Häuser. Das Licht in den Fenstern. Ob alles noch da ist? Ob man sich unten noch gehen sieht, dem Gehsteig wenigstens ansieht, daß wir noch eben da gingen? Und was übrig bleibt von der Welt, sobald wir im Haus sind. Aber wer? fragte ich. Wann? Woher? Warum? Und wenn nicht? Wer war es? Was will er? Was macht er jetzt? Sollst mir helfen, meine Schuhe mir ausziehen, sagt Carina zu mir. Ich kanns schon allein, nur aber diesmal nicht. Weil nämlich wieder hat die Schleife sich zu einem Knoten gemacht. Sibylle zieht ihre Jeans aus und eine dünne blaue Strumpfhose an und ich sehe ihr zu dabei. Vielleicht deine Schwester, sagt sie. Nein, sagte ich, sie würde es nicht solang klingeln lassen. Aus Ungeduld. Eher probiert sie es alle zwei Minuten wieder. Müd bin ich, sagt Sibylle. Du auch Milchkaffee und Carina Ovomaltine? So müde, sagt sie nochmal. Und nur allein von dem Wort und weil sie es sagt und mich dabei ansieht, ist mir gleich, als ob ich vor Müdigkeit nie mehr irgendwas tun könnte. Jetzt und in Ewigkeit nicht. Höchstens noch über meine Müdigkeit sprechen. Und dabei immer müder werden. Aber auch nur leise und vor Zuhörern, die sich mit Müdigkeit auskennen. Oder lieber gleich essen, fragt Sibylle. Schreibst du heut noch? Hat die Heizung aufgedreht und stellt sich vor mir auf, damit ich sie streicheln kann. Inzwischen alle Lampen an. Die Heizung summt. Carina jetzt bei mir auf dem Sessel. Große weiche Polstersessel aus grauem Samt. Vier Stück. Aus einem

Secondhandladen. Wie Licht ein mattes silbriges Hellgrau. Wie ein Frühlingstag in Paris, wenn man nach langer Zeit aus weiter Ferne drandenkt. Der Knoten, ein dicker Knoten. An jedem Schuh einer. Mit Carina die Knoten aufknoten und dabei warten, ob das Telefon wieder klingelt. Soll man dauernd auf die Uhr sehen oder lieber gar nicht? Ohne Sibylle und Carina würde ich so ein Warten nicht aushalten. Gleich der Reihe nach alle anrufen, die mir einfallen und fragen, ob sie eben angerufen haben? Aber dann wäre hier ja dauernd besetzt. Es kann keiner anrufen. Und auf den Richtigen kommt man nicht oder erst ganz zuletzt und dann ist er nicht mehr daheim. Jeden fragen und wenn alle leugnen, wem soll man fortan noch trauen? Man hält das Warten nicht länger aus und geht aus dem Haus. Wohin? Auf den Horizont zu. Von jeder Telefonzelle aus die eigene Nummer anrufen. Frei? Besetzt? Wieder frei? Oder hast du dich verwählt? Vielleicht weißt du deine eigene Nummer schon gar nicht mehr? Adresse, Beruf, Familienstand? Vielleicht bist du das gar nicht gewesen? Ein Irrtum! Du hast dir das alles nur eingebildet. Darauf kommst du erst jetzt. Müd oder nicht, wenn einer aus dem Haus geht, kann ihm geschehen, er geht und geht und dann merkt er, er kann nicht umkehren. Vielleicht merkt er es nicht einmal. Muß nur immer weiter. Und dann sind die Knoten auf und Carina sagt: Und jetzt nochmal zwei richtige Schleifen, die aber auch wieder aufgehen, damit ich die Schuhe dann auch allein ausziehen kann! Weil ich das nämlich schon kann!

Schon zwölf Minuten in der Wohnung. Erst zwölf, dann gleich vierzehn. Und dann hat Carina ihre neuen Hausschuhe an und wir fangen an, die Einkaufstaschen und Tüten auszupacken. Ein altes Spiel. Noch aus der Zeit, als Carina kaum erst zwei und muß jedes Wort kosten. Muß kauen und lutschen die Wörter und aussaugen jede Silbe. Alles noch neu! Jedes Ding und auch die Wörter dafür. Und größtenteils eßbar die Welt. Die Taschen und Tüten teils auf dem Eßtisch und teils auf dem Fußboden. Ich im Sessel. Man kann bei diesen Sesseln gut auch auf einer Armlehne sitzen und hat einen besseren Überblick. Ein Spiel. Carina kann es kaum abwarten jedesmal. Begeisterung. Steht und wartet und muß herumzappeln. Oft steht sie auf einem Bein. Noch klein und ich muß ihr die Sachen geben. Jedes Ding einzeln. Als ob es jetzt erst erschaffen wird oder jedesmal wieder. Und dazu Namen, Herkunft, Bestimmung und wo es hinsoll. Aber das wichtigste: wie man die Wörter sagt! Wie ich ihr etwas hinhalte, damit sie es sieht. Immer neu, immer anders sieht und kann sich aussuchen, wie sie es anfaßt und trägt. Eine Zitrone für sie. Zwischen Daumen und Zeigefinger. Eine quer und die nächste senkrecht. Dann eine auf der Handfläche und die nächste ihr in die Hand drücken. Riechen gut. Wachsen auf Bäumen. Gelb, jede anders gelb. Von weither. Beim nächstenmal zwei auf einmal. In den Obstkorb, muß man jedesmal dazu sagen. Sind sauer, das weiß sie schon lang. Hat immer kleine Löffelchen Fruchtfleisch probiert, wenn ich in der Küche Zitronen ausgepreßt habe. Sehr sauer! War sie da ein Jahr alt? Sie kann schon krabbeln. Sie sitzt auf dem Kühlschrank, hält mir ihr Gesicht entgegen und ich muß bei jedem Löffel mit Nachdruck zu ihr sagen: Gut, aber sauer! NICHT die Augen zukneifen! Mit Überzeugungskraft. Mit einer Bühnenstimme. Und Carina reibt ihre Stirn an mir. Kleine Kinder haben es gern, wenn man rhythmisch spricht. Sie *spüren* die Töne. Beinah als ob die Stimme sie anstupst und streichelt und kitzelt. Schon von dem Wort kitzeln muß Carina lachen und windet sich. Kann gar nicht aufhören.

Weiter auspacken! Das meiste gehört in die Küche. Eng eine Stehküche. Als wir anfingen mit dem Spiel, war Carina noch gut zwei Köpfe kleiner als der Kühlschrank. Mehr als zwei Jahre fast alles, was wir kaufen, so ausgepackt. Wurst, Käse, Milch, Joghurt, Eier. Unser ganzes Essen. Nicht hinfallen mit den Eiern! Und auch nicht an die Wand rennen! Klein und eng ist der

Flur, aber voller Stolperstellen, Hindernisse, Ecken und Kanten. Zahncreme, Waschmittel, Haarschampon, Klopapier, Papiertaschentücher, Kugelschreiberminen. Und immer dazusagen, wo es hingehört. Manchmal Sibylle in der Küche, um die Sachen gleich in Empfang zu nehmen. Ein Brot, ein großes Sauerteigbrot aus der Schwalm oder aus Udenhausen. Groß wie ein Wagenrad. Die ganze Wohnung riecht nach diesem Brot. Carina atemlos vor Begeisterung, trägt es auf beiden Armen. Brot, Schnittlauch, Quark, eine Gurke. Dann Radieschen. Schön rot und die Blätter noch frisch. Die ersten Radieschen! In die Küche, sagte ich. Muß man waschen. Die essen wir nachher mit Butterbrot und mit Salz und wollen saure Milch dazu trinken. Die Fenster offen. Lebendig die Sonne an den Wänden und auf dem Fußboden. Es muß ein Frühling gewesen sein! Sogar in der Stadt! Und wie hell und froh unsere Stimmen und jedes Geräusch! Vielleicht der Frühling, bevor sie drei wurde. Die Welt mit ihr teilen und unsere Freude an der Welt. Alles ausgepackt und die Taschen und Tüten an ihren Platz. (Für dich allein hast du die Radieschen nie vor dem Essen gewaschen!) Soll ich jetzt deine Schleifen dir aufmachen, sagt Carina. Weil ich es nämlich schon kann! Und ihr wißt ja, daß ich es schon kann! Lieber nicht, sagte ich. Sonst kann ich nicht so gut warten, bis das Telefon wieder klingelt. In Gedanken noch der, der aus dem Haus geht und nicht weiß, ob er wieder zurückkommt. Als ob man sich nachsehen muß. Erst da und dann nicht mehr. Warum hast du dir zuletzt nicht wenigstens noch gewunken? Gehen und gehen.

Du mußt doch nicht dauernd das Telefon anstarren, sagt Sibylle zu mir. Nein, sagte ich, doch! Wenn wir nun nie erfahren, wer anrief und was er von uns will, wie soll man das aushalten? Dann denkst du dir einfachst etwas anderes aus, sagt Carina. Vielleicht einer, der sich verwählt hat, sagt Sibylle. Der Goldene Steig, sagt aus dem Hintergrund mein Vater. Ich weiß gar nicht, ob du den kennst. Von Klattau aus, sagt er, nach Budweis und

Böhmisch-Krumau. Ich hätte jetzt auch auf tschechisch in einem Hotel arbeiten können. Sogar mit einem gestärkten Kragen an der Rezeption. Oder weiter. Es ist ja noch Sommer. Von Budweis und Krumau über den Nordwaldkamm und dann kommt man durch Freistadt. Wenn man über den Nordwaldkamm ist, geht man in die Sonne hinein. Es geht tagelang nur bergab. Läßt man sich in der Sonne Zeit, sogar wochenlang. Bis an die Donau und mit der Donau in die Wachau. Den ganzen Weg entlang später Sommer und bunt ausgemalte Marienkapellen. In der Wachau gibt es das beste Obst, sagt mein Vater. Und Wein wächst da. Freundlich die Leute. Lange Sommer. Bei jedem Haus Obst- und Weingärten. Dort, sagt mein Vater, hätte ich bleiben können. Aber da fließt die Donau und wenn man sie jeden Tag fließen sieht, dann kommt bald der Tag, da muß man mit ihr mit. Aber wie ich dann mit der Donau mit mußte, das war ein anderes Jahr, sagt mein Vater. In dem Jahr, in dem ich auf meiner Wanderschaft Tschechisch gelernt habe, muß ich lang auf dem Marktplatz in Budweis stehen. Er ist wie eine große geschmückte Sonnenuhr. Erst auf dem Marktplatz in Budweis also und dann nochmal lang in Krumau auf der Brücke. Und dann auch noch oben auf dem Berg im Vorhof vom Schloß bei den hohen Bäumen. Sind das Linden gewesen? In Böhmen sind die Linden ja heilig. Dort ist die Moldau noch jung, sagt mein Vater. Lang steh ich und weiß nicht, soll ich in die Wachau und dann mit der Donau weiter. Oder nach Osten zu in die Slowakei. Da wird es einsam und weit. Man kommt in Dörfer, da haben die Leute noch nie einen Fremden gesehen oder seit vielen Menschenaltern nicht mehr. Die Tatra, die Hohe Tatra, sagt mein Vater und ich kann sehen, daß er sie jetzt vor sich sieht. Seit er alt wird, sieht er alles umso deutlicher vor sich. Man sieht sie von weitem schon, sagt er. Dort ist eine klare Luft wie fast nirgends. Man geht auf die Berge zu und dann lang bergauf und wenn man hinkommt, ist Herbst. Dort schneit es schon im Oktober. Die Wachau oder die Tatra? Ich stand in Budweis auf dem Marktplatz und konnte mich nicht entscheiden. Eine alte Zigeunerin kam und wollte mir aus der Hand lesen. Sie war barfuß. Sie sagte, sie ist aus Preßburg. Wenn sie sagen, sie sind aus Preßburg, dann sind sie meistens aus Kaschau, sagt mein Vater. Sagen sie, daß sie aus Kaschau sind, dann kommen sie aus Ungwar. Jetzt heißt es Uschgorod. Oder aus dem Banat. Und wenn sie sagen, sie sind aus dem Banat, dann sind sie aus Oltenien oder der Bukowina. Die Zigeunerkönige sind alle aus Oltenien. Ich wollte keine Zukunft von ihr, sagt mein Vater, aber gab ihr trotzdem Geld. Vier Kronen in Münzen. Das war damals viel Geld für mich. Und sie hat mir mit Brunnenwasser ein Kreuz auf die Stirn gemacht. Mit dem Daumen. Braun wie Lehm ihre Hände. Bis Krumau, dachte ich, wenn ich zu Fuß gehe, dann werde ich in Krumau schon wissen, wo ich von Krumau aus hin will.

Aber dann auf der Brücke. Der Fluß rauscht, ein Mühlenwehr, das Wasser ist grün. Direkt am Ufer ein Wirtsgarten. Die Gäste essen Karpfen, Forelle und Zander, aber auch Wiener Schnitzel, Backhendl, Rostbraten, Apfelstrudel und Birnenkompott. Es wird ein Sonntag gewesen sein. Sonntagnachmittag. Heiß. Schon August. Überall Blumen und Schmetterlinge. Die Leute sitzen beim Essen, der Fluß rauscht und ich weiß nicht, was ich tun soll. Wohin? War das neunzehnhundertdreiundzwanzig? Neunzehnhundertsechsundzwanzig? Es zieht mich, es zieht mich, aber wo soll ich hin? Und muß noch einmal hinauf auf den Berg. Man geht durch einen Torbogen und steht im Schloßhof bei den Linden. Nachmittag. Schon August, aber in den Bäumen singt und summt es vor lauter Sommer und Leben. Dicke Mauern und im Schloßhof ein Weinausschank. Schon damals kamen viele Fremde nach Krumau. Sommerfrischler, sagt mein Vater. Ein Glas Wein. Ich mußte es zweimal bestellen. Einmal auf tschechisch und einmal auf deutsch. Schon immer länger die Schatten. In die Wachau, sagt er, und vielleicht, daß ich diesmal bleiben könnte? Mich ansiedeln? Oder durch die Tatra und sehen, wer mir begegnet und was nach der Tatra kommt. Jetzt wird mein Wein gebracht. Wein aus Ungarn. Vielleicht Tokajer, sagt mein Vater. Durst! Ich wollte trinken, aber konnte nicht, weil ich mich nicht entscheiden konnte. Ich war wie gefangen. Und dann, sagt mein Vater und jetzt sehe ich sein Gesicht aufleuchten im 1923er Augustsonntagnachmittagschatten der heiligen Linden von Krumau, dann mußte ich wieder an den Goldenen Steig denken.

Carina mit Block und Buntstiften und räumt sich eine Ecke vom Tisch frei. Man muß nur alles beiseiteschieben, aber so, daß nichts auf den Fußboden fällt oder nur die weniger wichtigen Sachen! Sollen langsam fallen! Sibylle sagt zu mir: Wenn du mittags allein bist, ißt du nichts, weil du allein bist. Nur vergessen, darauf zu achten, sagte ich, daß ich daran denke. Carina legt sich die Kassenbons zurecht, um sie abzuschreiben. Kniet auf dem Sessel und hält vor dem ersten Strich schon vor Eifer die Luft an. Und abends, sagt Sibylle, abends willst du nichts essen, weil du dann besser arbeiten kannst. Doch, sagte ich, nur nicht soviel und nicht dauernd, nicht stundenlang. Du schreibst, du ruhst dich nicht aus und rauchst Tag und Nacht, sagt sie. Und gleich noch deutlicher meine Müdigkeit. Schwer. Schwer und schon lang. Liegt auf mir, ein schwerer Traum. Ausnahmsweise vielleicht heute nicht mehr? Eine Pause? Ausruhen? Aber das fehlt mir dann morgen früh und was fehlt, fehlt für immer. Nicht nur die fünf Sätze von heute Abend oder anderthalb Seiten, die ich dann zwei Jahre lang immer wieder ab- und umschreiben muß (und vielleicht werden sie nie fertig!) – sondern auch, daß ich in Gedanken nicht bei der Arbeit war. Und dann geht es morgen früh auch nicht so gut weiter. Und kann sein, morgen Abend fang ich gar nicht erst an. Und wer weiß, wieviel Zeit mir noch bleibt. Im Juni meine Arbeit verloren, eine kleine Abfindung für den Schreck, und mit dem neuen Buch angefangen. Alle zwei Wochen zweihundertzwanzig Mark vom Arbeitsamt und deshalb das Arbeitsamt in meinem Kopf. Aktenzeichen, Sachbearbeiter, Dienstvorschriften, Formulare. Ständig, dauernd, fortwährend. Die gesamte Behörde in meinem Kopf. Unentwegt, sogar im Schlaf noch. Und braucht immer mehr Platz. Summt auch, summt und vibriert. Man spürt es im Kopf und spürt es am Herz und spürt es im Magen. Sowieso fast schon ein Wunder, daß sie mich nicht alle paar Tage zu sich bestellen und auch immer noch keine Handlangerstelle für mich. Lagerhilfskraft. Regale einräumen. Sauberkeit. Ordnung. Im Kaufhof, im Woolworth, beim Schlecker. Flink, eifrig, pünklich. Ein grauer Kittel. Demnächst mit Glatze und Brille. Bei der Arbeit nix als nur immer die Arbeit im Kopf. Nach Bewährung als linke Hand des stellvertretenden Filialleiterstellvertreters. Lagerhilfskraft, Verkaufshilfe, Anrufbeantworter, Brieföffner, Schreibautomat und Buchungsmaschine. Wie mit fünfzehn wieder. Lastträger und noch dankbar dafür. Also solang es geht, jeden Tag weiter das Buch! Beeil dich! Schreib schneller! Wenn sie wenigstens noch eine Halbtagsstelle für mich hätten. Egal, wie schlecht sie bezahlt wird, aber halbtags. Wenn du schreibst, sagt Sibylle, hörst und siehst du nichts, aber dann läßt du dich von so einem Telefon hypnotisieren! Aber wenn jemand etwas will! Wenn einer etwas braucht und erreicht uns nicht! sagte ich und muß jetzt im Zimmer herum. Hin und her. Weißt du noch die alte Frau, sagte ich zu Sibylle. In Staufenberg. Die aus der Baracke. Einmal nachts im Bus und hat uns angesprochen. Vor neun Jahren. Weißt du noch, sagte ich.

Am Tag vor Sylvester. Das war 1974. Sibylle und ich abends im letzten Bus von Gießen nach Staufenberg. Eine Winternacht. Wir kennen uns noch nicht lang. Im Bus nur ein paar müde alte Männer. Kurz vor der Rente. Ohne Worte. Schon lang ohne Worte. Müd und grau von der Spätschicht beim Bänninger heim. Eine dicke Frau mit zwei Taschen. War in Frankfurt oder hat die Schwester, Tochter, Schwiegertochter in Langgöns oder

Butzbach besucht. Bringt ihr immer Wurst, Eier und Eingemachtes mit und läßt sich manchmal von ihr etwas nähen. Der Fahrer, der schweigend fährt. Und ein paar angetrunkene Dorfjugendliche, die nächstens den Führerschein machen. Sportsfreunde. Großspurig. Ziemlich laut. Zwei Mädchen dabei. Lehrmädchen, Verkäuferinnen. Können sich nicht entscheiden, wieviel sie mit den Jungen jetzt in der Nacht noch zu tun haben wollen. Und eine geduckte kleine alte Frau. Ärmlich. Mit mausgrauen Löckchen. Hast du sie nicht schon öfter gesehen? Erst durch die leere gutbeleuchtete Nachtstadt der Bus und dann weiter im Dunkeln. Schnee, leere Felder, eine Tankstelle und dann in der Nacht still der Wald. Einmal im Bus eine kleine Unruhe. Die alte Frau hat sich weiter vorgesetzt. Die Jungen lachen. Und dann merken wir erst, daß sie die ganze Zeit schon die alte Frau von hinten stupsen und kneifen und an den Haaren ziehen. Hört auf damit, sagen wir. Hört sofort auf! Und sie stoßen sich an und lachen. Die stinkt, sagt einer. Und sie säuft, sie hat eine Fahne. Halts Maul, sagte ich. Schluß jetzt! Gottverflucht! Und sie sitzen mit offenem Mund da. Zu fünft und sowieso alle größer und breiter als ich. Nicht aus Staufenberg, aus Mainzlar, Treis oder Londorf. Sibylle sagt zu den Mädchen: Und ihr sitzt dabei und findet es noch gut! Ich hab nix gemerkt, sagt der Fahrer. Wenn was is, dann müssen die Leut zu mir kommen. Wenn ich hier sitz und fahr und es is was, dann merk ich nicht, daß was is. In Staufenberg steigen wir aus. Die alte Frau auch mit. Ein Hund bellt. Dann ist der Bus abgefahren. Weiter das Lumdatal hinauf. Und wir in der Stille unter der hohen Nacht. Schnee. Kälte. Die Frau stellt ihre Taschen und Tüten ab und gibt uns die Hand. Bedankt sich. Die tun das jedesmal, sagt sie, in dem späten Bus. Die Jungen sind schlimm. Wir stehen bei der Straßenlampe und sie gibt uns nochmal die Hand. Ich, sagt sie und schluckt. Hustet. Muß immer weiter husten. Da vor dem Dorf in der Siedlung, sagt sie. Herwig heiß ich. Auf den Steinäckern. Vorher in Wetzlar. Ich hätte auch nach Siegen hinziehen gekönnt. Einen

Sohn, eine Tochter, aber die wollen von ihr nichts wissen. Mein Freund hat mich ausgenützt, sagt sie. Geld, Kleidung, Geschenke und in allen Imbißstuben und Gastwirtschaften. Fast zwei Jahre hab ich mich von ihm ausnützen lassen. Sogar für über zweitausend Mark ein Mofa für ihn und sie hat die Raten bezahlt. Und jetzt kommt er nicht mehr und sie kriegt eine Mahnung nach der andern. Er ist kein schlechter Mensch, sagt sie. Aber trinkt gern und schlechte Gesellschaft. Er ist ja erst Mitte dreißig und ich bin schon Ende sechzig. Helfen Sie! Greift wieder nach meiner Hand. Wie dünn sie ist unter ihren vielen Jacken. Überall Mottenlöcher. Sie zittert. Ein schlimmer Gestank, sogar hier im Freien. Und dazu noch der Fusel aus ihrem Mund. Auch nur eine kleine Rente und zwei Putzstellen, sagt sie. Und jetzt kommt er nicht mehr. Helfen Sie doch! Einen Brief, wenn Sie für mich einen Brief schreiben! Sie verzieht das Gesicht und fängt wie ein Kind zu weinen an, aber nur kurz. Wir sind nach dem Krieg aus Schlesien weg. Jetzt bin ich allein. Eine Holzbaracke mit Pachtvertrag, sagt sie, und von der Gemeindeverwaltung jetzt schon den zweiten Brief. Will alles gleichzeitig sagen, alles auf einmal. Jetzt auch noch Schluckauf. Und greift immer wieder nach unseren Händen. Elfriede Herwig, sagt sie. Arme Elfriede. Immer nur Unglick. Herr, helfen Sie! Alt und ein Kindergesicht. Kaum noch Zähne. Und schon haben wir ihr versprochen, daß wir zu ihr kommen. Am Neujahrstag, weil ich Sylvester noch in der Buchhandlung arbeiten muß. Jetzt aus ihrer Tasche ein gestricktes Mützchen. Das Kinn nach vorn und gleich noch ein Kopftuch über das Mützchen. Unter der Straßenlampe im Schnee. Überall Mottenlöcher. Es ist kalt. Ein Hund bellt. Also übermorgen! Zwei Taschen, vier Tüten. Hat sie immer mit. Schnell heim jetzt. Angst nicht! Sonst ja auch allein. Wie eine geschickte eilige Maus mit ihren Taschen und Tüten und macht sich jetzt auf den Weg. Aus dem Lampenlicht. Schnell an den Häusern und Zäunen entlang. Richtung Dorfrand und in den Winter hinein. Rauhnächte, sagen die Bauern zu diesen Nächten. Die Rauhnächte zwischen den Jahren. Und daß einem geschehen kann, daß man in den Rauhnächten Wahrträume träumt. Sibylle und ich die Vorstadt hinauf. Bergauf. Eine Straße, die weit in meine Kindheit zurückreicht. Sogar ein paar von den hohen Bäumen noch übrig. Schnee auf der Straße, Schnee auf dem Gehsteig und sorgsam aufgeschippt ein Schneewall am Gehsteigrand. Nacht und die Bäume rauschen. Still das Dorf. Winterschlaf. Und jetzt in Nacht und Stille die Turmuhr. Mitternacht. Wir kennen uns seit Oktober, Sibylle und ich. Sie ist neunzehn und geht noch zur Schule, aber geht fast nie hin. Ist Ende November zu mir gezogen. Kisten, ein Koffer, eine Matratze, Regalbretter und Kartons. Bis jetzt noch kaum etwas ausgepackt. Steht uns alles im Weg, aber man gewöhnt sich schnell an, daß man drumherumgeht. Sie hat vorher in Gießen am Stadtrand in einer leeren Fabrik gewohnt. Hatte auch dort schon kaum etwas ausgepackt. Erst die Turmuhr und dann die Stille danach. Und wir durch den Schnee bergauf. Wird kalt in der Wohnung sein, wenn wir heimkommen. Kalt und still. Erst die Stille und dann unsre Stimmen. Lang in der Nacht. Eine Winternacht.

Sitzen am Neujahrstag mittags bei der Frau in der Baracke, Sibylle und ich. Der gleiche Gestank, aber stärker noch und von allen Seiten. Schweiß, Kohl, Klo, Fäulnis, Moder, Schimmel, verdorbene Lebensmittel, feuchte Lappen, verwesende Kleider und ranzige Butter. Man kann kaum atmen. Sie mit Kopftuch, Lockenwicklern, Pullovern, Strickjacken, Mottenlöchern und einer Art Trainingshose, die ihr zu groß ist. Drei Paar Socken. Pantoffeln. Und geduckt. Wie eine Maus, die es eilig hat. Dauernd hin und her. Und dazu die ganze Zeit ein Gemurmel. Soviel Unglick! Die Sorgen! Die Briefe! Wo hab ich jetzt? Arme Elfriede. Spricht mit sich selbst, mit uns und mit Gott, einem müden alten Flüchtlingsbarackengott. Spricht, flüstert, spricht. Schubladen auf und zu. Raschelt mit Tüten, Gedanken, Papieren. Ihre

Brille? Sie findet zwei Brillen, aber die falschen. Amtliche Papiere. Urkunden, Kaufverträge, Rechnungen, Mahnungen, Zahlungsbefehle. Sie findet immer andere Sachen, als die, die sie sucht – aber auch wichtig. Endlich ein Aschenbecher. Schon viermal aufgehört, sagt sie und nimmt eine Zigarette von mir. Ob wir Nescafé wollen? Nein, danke. Wir sind schon froh, daß wir zwei halbwegs saubere trockene Holzstühle haben, um darauf zu sitzen. Und daß sie uns nichts zu essen anbietet. Am besten pausenlos rauchen und im übrigen die Luft anhalten, so gut es geht. Um den Tisch ist der Fußboden klebrig. Bei der Tür knirscht jeder Schritt, als ob man auf Zwieback oder Knäckebrot geht. Hinkt sie nicht auch? Es zieht. Alles feucht und kalt. Waren bis vier Uhr nachts wach, Sibylle und ich. Und sind dann nach elf erst aufgestanden. Und jetzt fehlt mir der Neujahrsmorgen (mein Leben lang wird mir ein Neujahrsmorgen fehlen!). Amtliche Papiere, Quittungen, Zahlungsbelege. Ihr Rentenbescheid, die Stromrechnung, amtliche leere Briefumschläge. Noch mehr Mahnungen. Der Pachtvertrag für die Baracke, ein geänderter Rentenbescheid und eine Aufstellung von Notariatsgebühren für den Pachtvertrag, aber wie es scheint, schon bezahlt. Sie hat letztes Jahr eine Rentennachzahlung bekommen. Hätte sonst gar nicht hier einziehen können und wo wäre sie dann? Die gleichen Baracken, die nach dem Krieg Behelfsheime hießen. Für Flüchtlinge und Ausgebombte. Die eine Siedlung nach Lollar zu auf der Schanz und eine hier bei den Steinäckern. Beide Siedlungen in den ersten kalten Nachkriegswintern immer wieder für Wochen und Wochen im Schnee versunken. Eingeschneit. Schon um drei Uhr nachmittags matt eine niedrige rote Wintersonne. Lange Schatten auf dem Schnee. Blau der Schnee und es friert wieder. Um vier ist die Nacht da. Polarhimmel, eine lange Winternacht. Der Wind heult mit vielen Stimmen und haushohe Schneewehen ziehen vorbei. Oft als Kind mit meiner Mutter hier in den Baracken. Lebensmittelkarten und Flüchtlingserfahrungen tauschen. Eine Kuchenform leihen und wer kann oder könnte uns eine Lampe reparieren? Sowieso überall im Dorf Flüchtlingsfamilien, Strohsäcke, Amibetten, Flüchtlingsdecken und Flüchtlingskisten. Die Kisten als Möbel und als Ersatzmöbel. Ungeheizte Wohn- und Schlafkammern. Auf Bezugsschein ein Flüchtlingsofen, aber wie soll man ihn anschließen? Kein Ofenrohr, kein Rauchabzug und im Oberstock der Schornstein ist auf der anderen Seite. Zerbrochene Fenster, geflickte Fenster. Zeitungen und Packpapier auf die Fensterscheiben geklebt. Lebensmittelmarken, Bezugsscheine und die Not. Hausierer, Schwarzhändler, Hamsterer, Diebe, Hofhunde, Kettenhunde, Vorhängeschlösser. Amtliche Bekanntmachungen, ein Dekret der Besatzungsmacht, Not, Hunger und fremde Wörter. Und kommen immer noch Flüchtlinge nach. Aus Böhmen, Mähren, Schlesien, Ostpreußen, Danzig. Aus Estland, aus Lettland, aus der Russenzone. Aus dem Banat, aus der Bukowina und aus Bessarabien. Hauptsächlich alte Leute, Frauen und Kinder. Die Männer noch nicht aus dem Krieg zurück. Gefallen, vermißt, in Gefangenschaft. Ich war vier und dann fünf. Eine Welt voller Türen und Kinder. Brennt die Lampe jetzt wieder? Einer macht Schuhsohlen und sogar komplette Sandalen aus alten Autoreifen. Ja, wenn man Mehl eintauschen könnte! Wir stehen in einer vornehmen fremden Baracke. Eine Baracke mit Radio und Teppichen und einem grünen glänzenden Porzellanofen. Überall Bilder in Silberrahmen. Fotografien. Du hast nicht gewußt, daß es so große Fotografien gibt und daß man sie aufstellen und an die Wand hängen kann. Und ein Glasschrank mit Büchern. Wir stehen in der Baracke, meine Mutter und ich, und wollen aus einer alten Jacke, die vorher jemand anders gehört hat, eine neue Jacke für mich nähen lassen. Da war ich sieben. Beim Zuschneiden muß man die abgenutzen Stoffpartien aussparen mit Geschick. Knöpfe sind vorhanden, aber mit Nähgarn und Roßhaar und Futterstoff wird es schwierig. Eine ausgebombte Theaterschneiderin aus dem Rheinland. Erst muß sie jetzt noch an mir maßnehmen und dann zeigt sie mir

Deutsche Heldensagen und die Nibelungen. Illustriert. Groß wie Meßbücher. Und ich darf sie mit heimnehmen. Du kannst sie so oft lesen, wie du willst. Und wenn du sie dann zurückbringst, suchst du dir wieder andere Bücher aus. Sie fragt mich, wie die Jacke sein soll. Mit Gürtel, sagte ich. Weil die Ritter in den Büchern auch immer Gürtel haben. Die Schneiderin hat eine Tochter, die auf Zehenspitzen geht. Erst geht und dann steht. Ganz vorn auf den Spitzen. Und mich ansieht und nichts sagt. Dünn. Graue Augen. Ein Bubikopf. Kein Mädchen im Dorf hat so kurze Haare. Sie sagt nichts und sagt nichts. Mit ein bißchen Glück, dachte ich, müßte es mir gelingen, daß ich sie denken höre. Weiter ihr Blick. Ich kann ihn noch spüren, auch wenn ich längst ganz woanders bin.

Erst die Baracken. Und dann ab 1950 kann man vom Dorf aus (über die Wiesen hin) viele Jahre lang zusehen, wie die Zeit vergeht und aus den Baracken nach und nach Häuser werden, Häuser aus Stein. Erst ein Brett über die Dauerpfütze vorm Eingang. Erst eins, dann ein besseres und dann zwei. Und die zwei ein bißchen befestigen, damit man nicht jedesmal ausrutscht. Ein Brett, ein Vordach, ein Windfang. Ein Zaun, ein Schuppen, ein Anbau. Und immer noch ein zusätzliches Ofenrohr mit Knick und Gegenknick seitlich aus der Wand heraus. Mit Silberbronze anstreichen das Ofenrohr. Und obendrauf ein spitzes Hütchen aus Eisenblech. Die hölzernen Eckpfosten mit Eisenbahnerkerosin. Noch ein Stück überzählige Dachpappe auf die Dachpappe. Den Schuppen voll trockenem Holz und dann kann man einheizen. An den Anbau noch einen Anbau. Die Ritzen abdichten. Die Wetterseite. Wenn man Pech hat, zwei oder drei Wetterseiten. Günstig Schamottziegel unter der Hand sich besorgt und um den Ofen herum. Immer noch ein paar praktische kleine Verbesserungen. Und im nächsten Frühling kann man schon anfangen, daran zu denken, daß man bald anfängt, vor dem Behelfsheim einen Keller auszuschachten. Mit Familien-,

Verwandtschafts- und Nachbarschaftshilfe. Und bald schon im Keller zu wohnen anfangen. Erst unser Nachbar, dann wir, dann der Nachbar vom Nachbarn. Immer schon zeitig im Vorfrühling. Sobald der Frost vorbei ist, wird weitergebaut. Ein Haus nach dem andern. Die neue Zeit und sobald sie erst anfing, immer noch eine neuere neue Zeit und vom Dorf aus sieht man die Lichter. Im Sommer, wenn man als Kind hier in der Flüchtlingssiedlung bei den Baracken spielt, heiß und trocken das Holz, dann riecht es wie bei einem Holzhaus im Böhmerwald.

Auch die Häuser aus Stein dann noch zwanzig Jahre lang immer wieder an- und umgebaut. Erst das Dach ausgebaut, dann doch aufgestockt und nochmal das Dach ausgebaut. Eine Treppe aus Stein. Einen Vorplatz davor, einen Pfad, einen Weg durch die Wildnis. Das Unkraut besiegt. Eine Wäscheleine, zwei Reihen Kartoffeln, ein Gärtchen, Karnickel, Hühner, ein Apfelbaum und ein Pflaumenbaum. Vögel. Die Hecken blühen. Brombeeren, Hagebutten, Holunder. In der Sonne in jedem Winkel Holz aufgestapelt. Die neuen Häuser mit blanken Fenstern. Alle noch nicht ganz fertig. Warm ist es. Überall Katzen. Sogar auf den niedrigen Dächern. Junge Katzen in allen Farben. Heiß und trokken das Holz und riecht gut. Die Baracken räkeln sich in der Sonne. Schmetterlinge. Ein gefleckter Hund kommt bellend herbeigerannt. Noch jung und man kann ihm ansehen, wie sehr er sich freut. Ein heller Vormittag. Wie ein Kalenderbild. Vier schöne kleine Mädchen in bunten sorgsam geflickten Kleidern spielen mitten auf dem Weg. Du hörst ihre Stimmen. Du wirst ihr Bild nie mehr los. Schnell weiter die neue Zeit. Die Wege verbreitert und aufgeschüttet die Wege. Bauplätze. Jede Art Zäune. Alles aufgegraben und Rohre verlegt. Eine Kanalisation. Straßen und Straßennamen und Hausnummern. Straßenlampen, Lichtmasten, Leitungsdrähte, Vorgärten und Garagen. Und jetzt zwischen all den alten und neuen und neueren Neubauten von der ganzen Behelfsheimsiedlung nur zwei Baracken noch übrig. Die zweite steht leer. Wird nächstens abgerissen, falls sich nicht noch beizeiten ein ortsfremder unerwünschter Asozialer herbeifindet, eine unerwünschte ortsfremde asoziale kinderreiche Familie. Mit vielen Kindern, die auch schon so sind. Angelernt, angeboren, Vererbung. Schon wie die Eltern. Genauso. Anspruchsvoll, arbeitsscheu und bedürftig. Zugezogen. Fremd. Gehen uns nix an. Möglichst bald wieder loswerden. Das wird auf den Dörfern nicht gern gesehen, wenn ortsfremde Arbeitslose und Sozialhilfeempfänger von außerhalb zuziehen und den Gemeindehaushalt, das Dorfbild und die Statistik belasten (versauen!).

Der erste Januar 1975. Nein, keinen Nescafé, danke. Das Dach, sagt sie, undicht. Von Anfang an. Muß eigentlich die Gemeinde. Sie stellt immer Eimer, Töpfe und Schüsseln unter. Legt auch alte Lappen hin, aber nach und nach wird der Fußboden morsch. Und jetzt auch noch eine zweite Stelle, wo es reinregnet und bei der Gemeindeverwaltung will keiner zuständig. Immer hin und her. Sie sagt alles doppelt. Der Fußboden klebrig. Sie stolpert. Trinkt zwischendurch immer wieder einen Schluck Bier. Je eine offene Bierflasche auf Tisch, Fensterbank und Kommode. Trinkt jedesmal im Vorbeigehen. Trinkt, wischt sich den Mund und merkts kaum. Kommt mit einem Foto. Auf dem Foto ein Hund. Der Bello, sagt sie. Jetzt tot. So ein treuer Hund. Von ihrem Onkel und wie der Onkel ins Pflegeheim mußte, hat sie den Bello genommen. Da war der Bello schon alt. Hat zuletzt fast nichts mehr fressen wollen. Nur immer beim Ofen liegen. Nicht der, der andere Ofen. Beide ziehen nicht richtig. Der Bello hat einen schwarzen Fleck beim Auge gehabt und das hat so lustig ausgeschaut. Wie wenn der Bello sich selbst angemalt hätte, damit er einen dann so anschauen kann. Ein kleines Schwarzweißfoto. Sie will es schon länger in einen Rahmen tun. Hier ist auch sein Freßnapf. Den hebt sie ihm auf. Und was hat sie mit dem toten Hund gemacht?

Noch ein Foto. Ihr Freund, der sich nicht mehr blicken läßt. Ich kannte ihn schon. Drei Jahre älter als ich. Aufgewachsen in Baracken und Kinder- und Jugendheimen. Wohnt jetzt mit seinen Eltern, die Analphabeten sind, in einer Baracke in Friedelhausen. Flüchtlinge. Fünf oder sechs Geschwister. Eine Schwester hat einen Wolfsrachen. Friedelhausen gehört auch zur Gemeinde Staufenberg. Er trinkt gern. In den Dorfwirtschaften gibt man ihm nichts. Deshalb muß er zum Trinken nach Gießen. Extra in die Kreisstadt. Hilfsarbeiter, Handlanger, arbeitslos, Schwarzarbeit, krankgeschrieben. Einmal bei der Arbeit vom Dach gefallen. Er ist unzuverlässig, aber kein schlechter Mensch, sagt sie, küßt das Foto und trinkt aus der Flasche, die auf der Fensterbank steht und gleich leer ist. Einmal hat sie einen Kanarienvogel gehabt. Aber von dem hat sie kein Foto, von dem Kanari. Wie spät wird es sein? Wir suchen die Briefe, Mahnungen, Zahlungsbefehle heraus, die man als nächstes beantworten muß. Nur die dringendsten. Sieben Stück. Erst sieben, dann neun. Schon als Kind wußte ich, daß sich in einer Baracke der Wind anders anhört. Vor den Barackenfenstern der Wintertag. Das Land meiner Kindheit. Steinalt das Dorf. Steht auf einem Basaltfelsen. Um das Dorf Neubauhäuser. Und von Norden in weitem Bogen die alte Landstraße, die Chaussee, die Bundesstraße 3. Und gemächlich die Lahn. Die Lahn ist ein langsamer Fluß. Der Fluß und das alte Land zwischen Fluß und Berg. Und durch das alte Land zwischen Fluß und Berg in neuerer Zeit noch die Eisenbahn. Die Eisenbahn und die Chaussee. Beide mit Abstand am Dorf vorbei. Das Dorf steht auf einem Basaltfelsen. Schon Nachmittag. Nur wenige Autos auf der Chaussee. Still das Dorf und ringsum die Stille der Felder. Alter Schnee. Viehweiden, Hecken und hohe Bäume. Und von allen Seiten der Wald. Ich hätte ewig bei diesen Barackenfenstern sitzen können und in Ruhe die Zeit, immer weiter die Zeit aufschreiben. Den Fluß und die Zeit und das ganze Land.

Dann auf! Es wird Zeit! Vielleicht schon drei Uhr vorbei. Die dringendsten Briefe, neun Briefe, die nehmen wir mit. Sie kriegt übermorgen die fertigen Antworten mit der Schreibmaschine. Und die muß sie dann nur noch unterschreiben und abschicken. Gleich abschicken. Am besten per Einschreiben. Sie bedankt sich. Immer wieder bedankt sie sich. Mit beiden Händen drückt sie meine Hand an sich und zittert dabei. Ich hatte Angst vor Läusen. Schlimmer als Flöhe. Man wird Läuse nicht so leicht los. Den Freund kann ich ihr nicht herbeischaffen. Sie sagen, er hat auswärts eine Arbeit, sagt sie, fängt nochmal zu weinen an und hört gleich wieder auf. Wie ich den Kanari gehabt hab, sagt sie, in Pforzheim. Und leichte Arbeit in der Kartonfabrik. Und da bin ich erst Ende vierzig gewesen. Das waren so schöne Tage. Aber leider kein Foto zum Vorzeigen. Vielleicht kommt er doch noch zur Einsicht. Sie hustet und wischt sich mit dem Ärmel über den Mund. Zu ihren drei Putzstellen in Gießen hat sie noch Arbeit in einer Spülküche gehabt, keine schlechte Arbeit, aber die hat sie jetzt nicht mehr. Sie geht mit uns bis zur Tür. Wir gehen. Im Nachbarhaus unsichtbar bellt ein Hund. Hat auch schon gebellt, als wir kamen. Ein großes weißes Haus mit Einfahrt und Tor. Zwei Garagen. Die Winterluft. In den Bäumen die Vögel. Die alte Frau klein und arm bei der Tür, die mit Linoleum und Brettern geflickt ist. Winkt uns und steht und friert. Ein glückliches neues Jahr! Bis sie hineingeht, müssen wir winken und immer noch einmal winken. Was sind das für Vögel, fragt Sibylle. Mitten im Winter? Stare, sagte ich, die singen immer. Die singen sogar, wenn es schneit! Wie nach dem Krieg, sagte ich, lebt sie in der Baracke. Wie ein alleingelassenes Kind nach dem Krieg. Wahrscheinlich schon seit dem Krieg lebt sie überall, wo sie ist, wie im Krieg oder nach dem Krieg. Ein Krieg, der nie aufgehört hat. Meinst du, daß sie sich Butter ins Haar schmiert? Ranzige Butter? Margarine? Ich weiß nicht, sagt Sibylle und geht neben mir her. Schmal und groß. Eine Schülerin. Obersekunda. Ihre alten Stiefel und große Schritte. Vorher der

Himmel ein trüber Spiegel und ist jetzt höher. Die Siedlung. Dann Viehweiden und hohe Bäume. So hohe Bäume, daß ich als Kind immer an die Bäume im Paradies denken mußte. Über den steinigen Kirchberger Weg und dann die seinerzeitigen Sommerwiesen, Herbstfelder, Schneehänge und Schlittenbahnen meiner Kindheit. Wolken und Licht am Himmel. Nachmittagswolken. Ich wünschte, ich hätte eine kleine Flasche mit Schnaps mit. Auf der Chaussee die Autos und wie sie langsam durch den stillen Neujahrstag fahren. Schnee auf den Wiesen. Tauwetter, aber wird wieder kalt auf die Nacht. An den Flüchtlingsgärten vorbei, Sibylle und ich. Und durch die Borngärten. Da sind Teiche. Schnee, Schneereste, fahles Gras und die Äcker mit Wintersaat und Krähen, Neujahrskrähen. Zuversichtliche Krähen, die sich um die Wintersaat kümmern. Sibylle und ich auf den Wald zu. Leer und still ein Neujahrstag, bald Abend und über dem Wald der Himmel fängt an zu leuchten.

Ach, die! sagt Sibylle. Wie kommst du jetzt auf die? Nur so, sagte ich. Neun Jahre! Und wo ist sie jetzt? Nicht daß ich denke, sie könnte uns anrufen, aber was ist mit ihr? Und genauso die andren Verrückten. Welche? fragt Sibylle. Alle, sagte ich. Die vielen Verrückten, die man jeden Tag sieht. Die Bettler, Säufer und Penner. Der mit den Erdstrahlen. Die mit den drei Pudeln im Kinderwagen. Die Verrückten in allen Ländern. Was wird mit ihnen? Ich stand mitten im Zimmer. Einem Anruf kann man nicht entgegengehen. Peta, sagt Carina und zeigt mir die Kassenbons. Sollst mit mir die Zettel abmalen! Aber nicht bloß das Geschriebene. Auch das Papier, auf dem das Geschriebene drauf ist, Peta! Und wie das Papier mit dem Geschriebenen drauf auf dem Tisch liegt, Peta! Ja, sagte ich, gleich. Jetzt gleich dann. Der Obstkorb. Die Zeit. Unser Obstkorb jetzt im Oktober. Grüne und rote Äpfel. Drei Grießbirnen und eine Kaiserbirne. Schon keine Pflaumen mehr. Keine Feigen. Die letzten Weintrauben, blaue aus Frankreich und kleine gelbe aus Griechenland. Eine

Handvoll Haselnüsse. Zitronen. Die ersten Mandarinen. Aus Tunesien. Sind übers Meer gekommen. Noch mit grünen Flekken, aber schon saftig und süß. Erst kürzlich Brombeeren noch gepflückt. Bei den Schrebergärten am Bahndamm. Vor ein paar Tagen noch. Und kurz davor sogar Himbeeren. Bei Kronberg im Wald. Fichten und Kiefern. Wie heiß es da war und der Himmel so blau. Gepflückt und gleich aufgegessen die Himbeeren. Und jetzt? Oktober, schon wirklich Oktober, Mitte Oktober. Abend. Ein Auto vorm Haus. Wind. Eine Autotür. Der Wind in der Straße und der Wind auf dem Dachboden. Und bei uns an den Fenstern schon die Vorhänge zu. Die Heizung summt. Dicke Teppiche. Die Stehlampe mit dem roten Schirm. Gleich acht, gleich wird das ganze Land mit dem Fernsehen in die Nacht hineinsinken. Ich wollte zum Fenster hin. Erst zum Fenster und dann in dem Rembrandtbuch auf der Kommode die nächste Seite aufschlagen. Ich konnte spüren, wie es mich in alle Richtungen gleichzeitig zieht. Carina mit Buntstiften und macht mir schon auf ihrem Sessel Platz. Und jetzt klingelt das Telefon. Vielleicht für dich, sagte ich zu Sibylle.

8

Mein Freund Jürgen. Aus Frankreich, aus Barjac. Schon heute Nachmittag, sagt er, und dann noch zweimal probiert. Vorhin deinen letzten Anruf eben gerade beinah noch erreicht, sagte ich. Vom Warten noch atemlos. Vom Leben, der Zeit und dem heutigen Nachmittag. Sind nach dem Kinderladen alle drei noch in der Bibliothek und dann auf der Leipziger Straße gewesen, sagte ich und hätte ihm gleich fast den ganzen Weg erzählt. Grau, sagte ich, ein Frankfurter Herbstnachmittag. Bißchen Wind. Wolken ziehen. Und bei euch? Habt ihr Mistral? Bis gestern, sagt er. Gestern noch. Und hat in der Nacht aufgehört. Pascale, sagt er dann, sie geht! Was war? fragte ich (weil man immer denkt, es müßte für alles eine Erklärung geben!). Ach, sagt er. Schon seit wir hier sind. Du weißt es ja auch. Das Geld und die Sorgen. Und daß man dann Streit hat um jede Kleinigkeit. Und die Gäste? fragte ich. Das Restaurant? Wieviel Gäste heute? Drei, sagt er, heute mittag drei. Komische Leute! Zwei Männer und eine Frau. Die Frau sogar schön, aber sitzt da und sagt nichts. Lammkoteletts, grüne Bohnen, Reis und Salat. Die Männer mit Brieftaschen und Manschettenknöpfen. Vielleicht Belgier, sagt er. Mit einem Michelin-Führer. Reisen herum, kaufen alte Möbel, kaufen Antiquitäten, Grundstücke, Häuser, einen Wald, einen Berg, ein Schloß und ein Herrenhaus an der Ardèche. Was für Manschettenknöpfe? fragte ich. Goldene, sagt er, natürlich goldene! Und wie sie beim Essen vor der Frau, die nichts sagt, leise von ihrem Geld und von ihren Häusern und von ihren Geschäften sprechen. Glänzende schwere Krawattenspangen wie echte Amerikaner. Aber wollten vielleicht auch nur ans Meer. Die Saison ist vorbei. Jetzt im Oktober fahren viele nochmal ein paar Tage ans Meer und unterwegs halten sie an und sehen sich um und gehen essen. Ja, sagte ich, schade, daß man nie ihre Autos sieht und was vorher war und wie es bei ihnen dann weitergeht. Muß man sich ausdenken. Hätten gut immer weiter so, mein Freund Jürgen und ich. In aller Ruhe. Noch lang. Als ob man sich Träume erzählt. Auch die von früher. Und solche, die vielleicht jemand anders geträumt hat. Vor langer Zeit. In einem früheren Leben. Träume und Wolkenbilder.

Die Sorgen, sagt er. Erst um elf aufgemacht. Schon vorher Streit. Wie soll man da kochen? Die Belgier gehen, sagt er, und sobald sie weg sind, müssen wir nochmal von vorn, Pascale und ich. Und immer wieder die gleichen Wörter. Satz für Satz. Bis sie zu weinen anfängt und sagt: Ich halt das nicht aus! Und geht. Ist gegangen. Sie war müde, sagte ich. Erschöpft. Stimmt, sagt er. Haben schon morgens zueinander gesagt, wir ruhen uns am Nachmittag aus. Überhaupt mehr Ruhe. Wir sagen es uns jeden Morgen und werden immer müder dabei. Sie hat geweint, als sie ging. Ist heim, sagte ich, um sich auszuruhen. Wie spät war es da? Drei, sagt er. Nein, später. Halb vier oder vier. Tee, sagt er. Mir Tee gemacht und mit dem Aufräumen angefangen. Je enger es ist, umso mehr muß man aufräumen. Erst Tee, sagt er, und dann Wein. Rosé. Sie trinken hier Rotwein sogar zum Fisch. Weißt du ja. Inzwischen gemerkt, daß wir den Belgiern zu wenig berechnet haben. Passiert uns öfter. Blöd, wenn es einem bei reichen Leuten passiert. Warum bist du nicht zu ihr? Ich dachte, das macht es noch schlimmer! Als sie ging, war sie wie in Panik. Bevor es dunkel wurde, sagt er, bin ich in die Wohnung und da war sie beim Packen und hat mir schon nicht mehr geantwortet. Ich stand dabei und konnte nur wieder weggehen. Schon vorher es bei euch probiert und dann noch zweimal. Jetzt abends kein einziger Gast. Dunkel und still die Straße. Der ganze Ort dunkel und still, sagt er und ich sehe gleich alles vor mir. Ich muß stehen beim Telefonieren, damit ich mich besser bewegen kann. Den Hörer in der Hand und die Ferne im Blick. Stehen und telefonieren und dabei alles vor mir sehen. Pascale und die Wohnung und wie es draußen noch eben hell. In der Wohnung die Lampen an. Alle Türen offen. Schränke und Schubladen offen. Die fertig gepackten Taschen stehen im Flur. Pascale mit verschlossenem Gesicht. Stumm, damit sie nicht gleich wieder weinen muß. Was hat sie an? fragte ich. Eine schwarze Cordhose, sagt er. Nein, das war gestern. Einen grünen Pullover und einen dunklen Rock. Grau, graubraun. Kurz. Ein rauher Wollstoff. Und darunter? hätte ich fast gefragt, weil ihre Röcke meistens sehr kurz sind. Und sehe ihn dann gleich zurückgehen. Einzeln. Allein. Im letzten Licht. In der Dämmerung. Bergab in den Ort zurück. Ein schöner Weg, den wir im Juni oft morgens gingen, Sibylle, Carina und ich. Und haben manchmal den ganzen Vormittag dafür gebraucht. Erst einzeln die Häuser noch. Hoftore, Hecken, Gärten und alte Mauern. Geißblatt, Mohnblumen, Weinstöcke, ein Lavendelfeld. Bei Tag sieht man die Cevennen. Weiter bergab. Römerziegel auf allen Dächern. Eine Biegung. Bäume. Ein kleiner Platz, schräg am Hang und Hunde rennen herum. Und daneben der Kindergarten und die Grundschule. Säulen, ein Vordach, der Schulhof. Bei Tag Kinderstimmen und eine Pausenklingel und nach jeder großen Pause in Scharen die Vögel. Zuständig für die Pausenbrotkrümel. Einmal morgens aus einem Schulsaal Blockflöten. Ein Junimorgen. Und wenn man dann weitergeht, stolpert der Weg noch ein paarmal und dann wird aus ihm eine Kleinstadtseitenstraße, die sich Mühe gibt, eine ordentliche Kleinstadtseitenstraße zu sein. Jetzt am Abend die Stille. Stimmen. Das Fernsehen. In jedem Haus Fernsehstimmen. Der Abend. Sein Rückweg. Gleich dunkel. Überall Katzen. Holzrauch von den Kaminfeuern. Ich kann den ganzen Nachmittag vor mir sehen wie auf einem Bild.

Ein kleines Kaminfeuer. Die Belgier, die schon bezahlt haben (zu wenig, aber das wissen sie nicht!) und sich jetzt auf den Weg machen. Vor der Tür eine Einbahnstraße. Für Parkplätze zu eng. Auch kein Platz für Tische und Stühle vor dem Restaurant. Wollen ans Meer, die Belgier. Sollen wir ihnen einen gepflegten braunen Jaguar zugestehen? Einen fast neuen weißen Mercedes?

Allein auf dem Rücksitz die Frau? Oder ist sie es, die fährt? Nach Saintes-Maries, nach Grau du Roi, nach Aigues-Mortes und schon überall Herbst. Kaum sind sie gegangen, Jürgen und Pascale weiter mit ihrem Streit. Schon beim Abräumen. Oder nichtmal ein Streit. Müssen nur immer weiter, müssen sich selbst und einander immer nochmal ihre Not. Not, Angst und Sorgen, eine Aufzählung, eine Beschwörung. Man will es nicht und kann doch nicht aufhören. Draußen ein kleiner Regen und dann eilige dunkle Wolken. Jetzt ist die Straße naß und die Wolken ziehen tief. Pascale geht. Mitten im Weinen zur Tür hinaus. Von gegenüber die Frau des Metzgers hat sowieso schon Verdacht geschöpft. Wird später denken, sie hätte von Anfang an gewußt, daß da etwas nicht stimmt. Oder doch an die Côte d'Azur die Belgier? Ein weißer Mercedes mit belgischem Kennzeichen oder ein schwarzer BMW-Mietwagen? Pascale schnell die enge Straße entlang und auch schon um die Ecke. Weint sie noch? Ihr Rock weht. Sie hat keine Jacke mit. Um die Ecke und dann gleich noch schneller, obwohl es bergauf geht. Und fängt an zu rennen.

Ich sehe den Mistral von gestern und vorgestern. Hell das Licht, überhell. Und alles weht. Alles winkt und rauscht und bewegt sich. Jeder Zweig, jeder Halm lebendig in diesem Licht. Mistral und die Luft bringt er aus den Alpen mit. Von den Rhone-Gletschern. Eine eisige klare Hochgebirgsluft. Schneeluft und heiß brennt die Sonne drauf. So eine Luft, daß dir ist, du wirst ewig leben. Solang Mistral ist, keine Wolke am Himmel. Nie sonst die Farben so schön. Ein Fest für die Augen. Nie sonst so nah und so deutlich die Ferne. Auch ein-zwei Wochen vor Allerheiligen noch der Mistral. Hell das Licht und in allen Dörfern werden Chrysanthemen und Friedhofskerzen verkauft. Grabschmuck, Kranzschleifen, Heiligenbilder und Windlichter für die Nacht der Toten. Und manchmal sogar den ganzen Dezember Mistral und ein brennender blauer Himmel. Und vom

Januar bis in den März hinein, bis alles blüht. Vom Alpenrand bis an die Küste, Tage und Wochen liegt das Land in diesem hellen gleißenden Licht. Liegt unter dem Wind und leuchtet und ruft. Weit das Land – und weht immerfort alles zum Meer hin. Wenn der Mistral aufhört, von Westen her feuchte Luft. Von der Biskaya. Wolken, Regen und Wind. Schwer die Wolken und ziehen landeinwärts. Trüb ist es. Finster. Die Mauern naß. Manchmal Sturm. Unwetter. Aber selten ist mehr als drei Tage der Himmel bedeckt. Und jetzt kannst du es vor dir sehen, das alte goldene Land. Die Provence. Schon dunkel, schon lang, doch du siehst sie im letzten Licht. Erst die Provence und dann das ganze Land von hier bis dorthin. Sind im Juni dortgewesen, Sibylle, Carina und ich. Sind getrampt, die ganze Strecke auf kleinen Straßen getrampt. Drei Tage hin, vier zurück. Und jetzt muß das alles nochmal vor dir aufflackern. Auch die Gesichter und Stimmen. Im Sommer, sagte ich, ist es hier länger hell. Aber jetzt schon nicht mehr. Jetzt schon bei euch wieder. Vielleicht, sagt Jürgen, vielleicht ist Pascale schon weg.

Mit dem Auto? Das fährt nicht, sagt er. Motor kaputt. Wahrscheinlich endgültig. Ein uralter dunkelgrüner VW-Bus, für den sie vor dem Umzug nach Frankreich ihren kleinen alten seifengrünen Fiat eingetauscht haben. Aber wie kommt sie dann weg? Gibt einen Bus nach Avignon, sagt er, aber ich weiß nichtmal, wo er abfährt. Fährt vielleicht auch nur früh am Morgen. Und vielleicht noch ein Bus nach Pont-Saint-Esprit – oder ist das der gleiche Bus? Vielleicht kommt aus Lyon ihre Freundin Christine und holt sie ab. Vor ein paar Tagen auf der Rückfahrt von Alès, sagt er, dauernd Fehlzündungen. Immer lauter der Motor. Und unterwegs ein paarmal auch stehengeblieben. Sind gerade noch heimgekommen. Ausgerechnet jetzt, sagt er. Vielleicht bloß die Kupplung, sagte ich. Dann muß man sich jemanden suchen, der einem eine gebrauchte Kupplung besorgt und sie einbauen kann oder wenigstens einen weiß, der sie einem billig einbaut. Wenn die Kupplung kaputt geht, riecht es beim Fahren nach verbranntem Gummi. Wie wenn man stundenlang mit angezogener Handbremse fährt, so riecht es und ruckt und knirscht, als ob man dauernd falsch schaltet. Kardanwellen haben die Autos auch. Vielleicht ist es eine empfindliche Kardanwelle. Man muß es jemandem zeigen, sagt er, aber François ist nicht da. Kein Geld und haben ja die ganze Zeit schon damit gerechnet, so ein altes Auto. Vielleicht fährt es morgen wieder, sagte ich. Man muß Geduld haben mit alten Autos. Geh zu ihr, sagte ich, geh gleich! Es hat keinen Sinn zu streiten. Schon gar nicht im Herbst und wenn sowieso alles immer schlimmer wird. Ja, sagt er, aber warum kommt sie dann nicht? Weil sie immer gekommen ist, sagte ich. Und jetzt ist sie erschöpft und es ist Nacht und das Wetter ist schlecht. Wenn sie ich-kann-nicht-mehr sagt, mußt du zu ihr gehen. Aber wenn sie schon weg ist? Es fährt nichts, sagte ich. Geh und dann könnt ihr euch ausruhen! Ich sehe mich am Telefon und die Nacht ums Haus. Ich muß solang auf ihn einreden, bis ich vor mir sehe, wie er sich auf den Weg macht. Von außen die Restauranttür zu. Er vergißt öfter abzuschließen. Aus dem Haus und die enge Straße entlang, die die alte Hauptstraße ist, die Durchgangsstraße. Und dann bergauf bis zum Ortsrand und auf das Haus zu. Ein großes Haus, das dem ehemaligen Bürgermeister gehört. Geh, aber ruf nochmal an, damit wir Bescheid wissen. Jetzt wieder die Wohnung in der Jordanstraße um mich herum. Unser großes Zimmer. Der Abend. Alle Lampen an. Sibylle hat sich zu Carina gesetzt. Sie haben die Buntstifte gespitzt. Und sehen mich jetzt beide an, als sei ich eben hereingekommen. Bis dann, sagt Jürgen und ich muß in Gedanken nochmal die ganze Strecke hin und zurück, dann aufgelegt. Ist er schon unterwegs? Jürgen, sagte ich zu Sibylle und Carina. Er hat es vorhin schon dreimal probiert. Sie haben sowieso alles mitgehört. Und die Pascale? fragt Carina. In der Wohnung, sagte ich. Er hat aus dem Restaurant angerufen. In der Wohnung ist ja kein Telefon. Sie hatten ein bißchen Streit.

Muß bald die Pascale wiedersehen, sagt Carina. Vielleicht hat außer ihm noch jemand angerufen, sagte ich. Schon am Nachmittag. Vielleicht sogar mehrere Leute. Fang nicht wieder an, sagt Sibylle. Und Carina sagt: Sollst mit mir ansehen, wie die Buntstifte jetzt alle frisch gespitzt sind, Peta!

Den ganzen Abend noch nicht gearbeitet. Längst Schlafenszeit für Carina, wenn wir uns zum Essen setzen. Kaum ist der Tisch abgeräumt, weiß ich schon nicht mehr, was wir gegessen haben. Lammkoteletts? Grüne Bohnen? Nein, das waren die Belgier in Barjac. Und auch der Kaminfeuerrauch in der Dämmerung dort und nicht hier. Weil es schon so spät, weil der Abend fast schon vorbei ist, jetzt nicht wie sonst am Manuskript weiter, sondern nur schnell meine Notizen sortieren. Sind viele. Haben sich angesammelt. Alle Sorten Zettel und Einfälle. Seit Ende Juni schon. Die meisten unterwegs mir. Im Gehen und während ich mit anderen Dingen. Einkaufen, Straßenbahn, Kinderladen, Post, Sorgen, Arbeitsamt, der Tag und die Uhrzeit, Sibylle und Carina. Zwischendurch. Meistens in Eile. Auch beim Schreiben, wenn mir schnell noch was anderes einfällt und dann noch mehr, was nicht in diesen Absatz, nicht in dieses Kapitel, fremd, anders, etwas, das jetzt nicht hierhergehört. Vielleicht nirgendshin, aber zum Leben dazu und das ist ja mein Thema. Halbe Sätze. Der Anfang von einer Geschichte. Abkürzungen, Buchstaben, Wörter. Nicht nur sortieren und abschreiben die Notizen, auch verbessern und weiter ausführen jetzt. Soll nichts verlorengehen. Alles in einen dicken amerikanischen Spiralblock. Manches kaum zu entziffern. Muß man lang rätseln und grübeln. Meine eigene Handschrift. Oft nur ein einziges Wort und sogar wenn du es lesen kannst, weißt du nicht mehr, warum es da steht. Aber beim Aufschreiben hast du es ganz genau gewußt. Und deshalb ist dir jetzt, du hättest etwas veruntreut, verloren, verschlampt. Etwas, das dir nicht gehört. Es war wichtig und jetzt ist es weg. Weg für immer? So sitzt du und liest und grübelst und schreibst. Carina in einem blaugrünen Schlafanzug. Keine Bilder drauf. Gestern ein gelber mit Enten und Gänseblümchen. Davor einer mit Marienkäfern. Und einen gibt es, da sind Giraffen und Kirschen drauf. Du merkst dir jedesmal ihren Schlafanzug, weil du sonst vielleicht denken müßtest, es ist die ganze Zeit einunderselbe Abend. Immer wieder der gleiche Moment. Damit ich weiß, daß ich nicht alles nur träume. Oder träumst du das auch? Müdigkeit. Immer schwerer mein Kopf. Laß mich, sagte ich zu Sibylle, Carina ins Bett bringen. Vielleicht weiß ich dann danach ungefähr, wie er weitergehen soll, der Tag.

Erst vorlesen. Zwei Bilderbücher. Beim zweiten fast eingeschlafen. Und dann erzählen. Aus unserer Reihe Fuchs- und Dachsgeschichten. Eine endlose Serie. Der Fuchs heißt Leo, der Dachs Josef. Beide als Stofftiere bei Carina, aber in den Geschichten lebendig und wirklich. Wie so viele von diesen Fuchs- und Dachsgeschichten fängt auch diese damit an, daß der Dachs Josef gerade aus seinem Nachmittagsschlaf aufgewacht ist. Schon dämmrig der Wald und der Dachs sitzt in seiner Winterhöhle und weiß nicht gleich, wer er ist und wie es weitergehen soll mit ihm und dem Tag und mit seinem Leben als Dachs im Wald. Die Höhle mit Moos gepolstert. Erzähl, Peta! Beim Erzählen erst noch bei Carina am Bett und dann im Zimmer herum. Der Dachs ist ein scheues Tier. Sibylle kommt dazu und sagt: Wenn du beim Erzählen vor dem Bett auf- und abgehst, schläft sie nie ein. Binnicht-müd! sagt Carina. Sitzt aufrecht im Bett. Die Knie angezogen. Die Bettdecke wie ein Zelt auf den Knien. Eine weiße Kugellampe im Zimmer. Riesig. Aus Japanpapier. Die billigste große Lampe, die wir finden konnten. Weiß und rund wie ein Mond. Mit einem langen Kabel. Überall kleine Haken im Zimmer. Ich hab es mir ausgedacht und Sibylle hat die Haken angeschraubt und jetzt kann man die Lampe umhängen, hierhin und dorthin. Ein Vollmond für alle Abende. Unser Schlafzimmer. Schräge Wände, blau und lila die Wände und ein großes Oberlichtfenster mit Nachthimmel und einer Bastjalousie, mit der man vorsichtig. Ist leicht beleidigt und klemmt dann. An manchen Stellen hängt die Lampe so tief, daß man sich bücken muß oder um sie herumgehen. Schon der leiseste Luftzug läßt die Lampe erzittern. Als ob das Zimmer sacht schwebt und beim Schweben ins Schlingern gerät. Jetzt trinken wir nochmal heiße Milch mit Honig, sagte ich. Carina mit in die Küche. Wir müssen immer zusehen, Carina und ich, wie die Milch auf einmal ganz weiß wird, glatt und weiß, bevor sie emporkocht. Dabei muß man die Luft anhalten. Carina auf meinem Arm. Honig in die Milch. Der Honig aus Barjac schon wieder aufgebraucht. Hatten Thymian- und Lavendelhonig. Schaumig die Milch und zu heiß. Muß man kalte Milch dazu, muß pusten und lang umrühren und die Milch dann in kleinsten Schlückchen und dazu schon passend die ersten Einschlafgedanken. Manche Abende muß Carina vier-fünfmal heiße Milch mit Honig trinken und schläft doch nicht ein, aber jetzt bringe ich sie ins Bett zurück. Sie ist schon ganz schlafschwer und ich muß nur noch sagen, wie weich, wie schön weich das Moos in der Höhle ist und wie der Dachs sich jedesmal wieder freut über das schöne weiche Moos in seiner Höhle. Und daß er seine Höhle gern hat und dann ist Carina eingeschlafen.

Sie schläft und ich wieder am Tisch und mit meinen Zetteln weiter. Noch der gleiche Abend. Erst nur ich und die Zettel und dann Sibylle bei mir und schreibt in ihr Tagebuch. Warum stöhnst du die ganze Zeit, fragt sie mich. Das ist nicht gestöhnt, sagte ich, auch wenn es sich vielleicht so anhört. Die Zettel, sagte ich, du siehst sie ja selbst. Ich hab damit angefangen, weil es sowieso schon spät und ich müd und der Tag durcheinander. Schnell zwischendurch, dachte ich, das denkt man ja immer, und jetzt wird es tagelang. Nimmt vielleicht nie ein Ende. Man muß sie sortieren, verbessern, abschreiben. Kann ich es nicht für dich machen? fragt sie. Nein, sagte ich, auch wenn du alles lesen kannst, sogar auch die Wörter, die ich nicht lesen kann! Aber ich muß beim Abschreiben auch herausfinden, was es bedeutet. Oft weiß ich nichtmal mehr, was ich damit gemeint habe und warum es da steht. Ich muß es ausführlicher, besser auch. Was sind es für Zettel? fragt sie. Wo hast du sie her? Von mir selbst, sagte ich. Notizen zu dem Buch. Staufenberg-Notizen, aber solche, die ich im Moment noch nicht brauchen kann. Vielleicht sogar nie! Aber das kann man jetzt noch nicht wissen. Ich dachte, wir hätten alle weggeräumt, sagt sie. Ja, aber das waren die aus der Zeit, bevor ich mit dem Buch anfing. Wir haben diese alten Notizen im Sommer alle eingepackt, sie und ich, und Sibylle hat alles ausgemessen und dafür dann extra ein Brett im Flur, eine Art Zwischendecke über der Eingangstür. Und eines Tages wird alles herunterstürzen. Entweder wird man darunter begraben oder sitzt dann in der Wohnung fest. Kann nicht raus. Nie mehr! Oder wie ausgesperrt vor der Tür und der Eingang verschüttet. Unser ganzes früheres Leben verschüttet und wo sollen wir dann hin? Das Brett hält, sagt Sibylle. Du darfst diese vorigen Zettel jetzt gar nicht erwähnen, sagte ich, sonst muß ich sie gleich wieder auspacken und sehen, ob alles noch da ist und sie dann auch wieder lesen, sortieren, verbessern und abschreiben. Aber nicht mit diesen hier durcheinanderbringen. Und wo sollen sie dann danach hin? Ich hätte jetzt nicht damit anfangen sollen, aber je länger man wartet, umso schlimmer wird es. Jetzt muß ich weitermachen und komme tagelang nicht zum Arbeiten. Auch zu sonst nichts. Aber das ist doch auch gearbeitet, sagt sie. Nein, sagte ich, richtig gearbeitet ist nur, wenn ich an dem Buch weitermache. Und sowieso bin ich damit im Verzug. Nicht nur mit dem Buch. Mit meinem ganzen Leben. Tag für Tag. Und nicht erst, seit wir uns kennen. Viel länger schon. Mit jedem einzelnen Atemzug und Gedanken. Und muß jetzt diese Zettel nicht nur lesen, kapieren, abschreiben, ich muß bei jedem einzelnen Zettel bei jedem Wort mich erinnern, wann und wo ich das schrieb, wie der Tag beschaffen war und was ich mir dabei gedacht habe. Vieles im Gehen schnell mir notiert. Und muß jetzt sogar wieder vor mir sehen die Gesichter von Leuten, die ich gar nicht kenne. Die nur gerade vorbeigingen. Und die Mauern und Wolken und Pfützen. Warum? fragt sie. Weil ich es sonst nicht aushalte! Und wenn ich mit diesen Zetteln fertig bin, wo sollen sie dann hin? Ins Buch können sie jetzt noch nicht. Aber lassen sich auch nicht beiseiteschaffen wie die vorigen. Vielleicht kommen die vorigen auch wieder. Für jede einzelne Notiz eine DIN A4 Seite und dann jede Seite einzeln und alle nebeneinander der Reihe nach auf einen langen Tisch und Glasscheiben drauf, damit sie nicht verrutschen und wegflattern. Aber so einen langen Tisch gibt es auf der ganzen Welt nicht. Und auch keinen Platz, wo er stehen könnte. Oder tausende von Manuskriptschränkchen mit Nummern und Glastüren. Als ob man, sagte ich, während man das Buch schreibt, zum gleichen Thema noch ein zweites, ganz anderes Buch schreiben muß, aber es bleibt im Kopf – so ist das mit diesen Zetteln. Und wenn du, sagt sie, vorerst vormittags am Buch weiterarbeitest und abends an den Notizen? Bis du mit den Notizen fertig bist und dann wissen wir vielleicht auch wohin damit. Gut, sagte ich, vielleicht geht es so. Muß mich immer wundern, daß ich auf etwas so Praktisches nicht von allein komme. Schon gedacht, ich kann nicht mehr atmen, also nicht weiterleben.

Müßte mehr arbeiten können, sagte ich, aber wie? Wie und wann? Die Notizen ja meistens im Gehen. Beim Essen, Einkaufen, Baden undsoweiter, also nebenbei. Sogar wenn ich Carina ins Bett bringe, kann ich mir dabei noch Notizen machen. Sie kennt das, sieht gern zu, wenn man murmelt und sich etwas aufschreibt. Es ist für sie wie der Anfang vom Zaubern. Aber die Notizen sortieren und überarbeiten, das geht schon nicht mehr im Gehen. Man braucht einen Tisch. Höchstens essen könnte man gleichzeitig noch. Kommt darauf an, was es zu essen gibt. Früher in Staufenberg, als ich jeden Tag mit dem Bus nach Gießen fahren mußte, konnte ich morgens im Bus immer eine halbe oder sogar eine ganze Seite lesen und korrigieren. Manchmal auch mehr. Zur Not im Stehen. Meistens die Seiten vom Abend vorher. Und genauso hier in Frankfurt in der Straßenbahn, als ich noch jeden Morgen mit der Achtzehn zum Allerheiligentor fahren mußte. Aber du hast immer geklagt, wieviel Zeit dich das kostet und wie sehr es dir auf die Nerven geht. Und wie froh du wärst, wenn du nicht mehr jeden Tag Bus und Straßenbahn fahren müßtest. Stimmt, sagte ich, es kostet auch Zeit und ist dumpf und quälend. Jeden Tag. So früh und es ist noch dunkel. Der Bus bremst, die Straßenbahn ruckt. Alle Leute müd und mit stumpfen Gesichtern. Kaum auszuhalten, aber trotzdem konnte ich auf der Fahrt jeden Tag ein kleines Stück Text korrigieren. Jahrelang jeden Tag. Im Gehen geht das nicht. Solang ich noch trinken konnte, sagte ich, von Kneipe zu Kneipe. Da warst du ja mit, du bist bei meinem Trinken viele Jahre neben mir hergegangen. Hier einen Cognac, da einen Korn, ein Glas Wein, einen Pastis, einen Portwein, einen Cinzano, einen Wodka, einen Kaffee mit Rum. So durch den Tag. Und entweder schreibt man sich jedesmal etwas auf und mit der Zeit vielleicht wird ein längerer Text daraus. Oder man hat einen längeren Text mit und schreibt mit jedem Schluck noch ein bißchen daran herum. Man braucht jedesmal nicht lang bleiben. Nur schnell rein und meistens gleich wieder raus. Man sieht alles und nimmt es im Kopf mit. Alle Sorten Kneipen und Menschen. Wie ein einziger langer Tag, wenn man so herumgeht und trinkt. Sowieso – je länger man schreibt, umso schwerer wird es, das Schreiben.

Als sei immer noch Sommer, so sitzen wir und sprechen über Notizen, Regalbretter und daß für das Schreiben die Zeit nicht reicht. Oder als müßten wir seit dem Sommer einunddasselbe einzige lange Gespräch immer weiter, Sibylle und ich. Und genauso die Jahre davor mit dem vorigen Buch. Erst, als es solang nicht fertig wurde. Und wie es dann doch fertig war und

Sibylle es gesetzt hat für den Verlag. Carina schläft. Und ich sehe den ganzen Abend lang schon meinen Freund Jürgen heimgehen. Hat er das Restaurant richtig abgeschlossen? Den gleichen Weg wie vorhin in der Dämmerung schon einmal, wie immer, wie jeden Tag. Oktober. In Barjac ist es es jetzt schon spät. Ob sie sich schon versöhnt haben? Sind vielleicht längst zusammen im Bett. Kein Telefon in der Wohnung und dann wird er heute auch nicht mehr anrufen. Früher nach einer Versöhnung wären sie essen gegangen, möglichst gut. Auch teuer. Zur Not mit dem letzten Geld. Er ist imstande, essen zu gehen und lädt dazu noch Gäste ein. Und erst nach dem Essen telefoniert er vom Restaurant aus, um das Geld für die Rechnung aufzutreiben. Aber jetzt haben sie ja selbst ein Restaurant und dazu die Restaurantbesitzersorgen. Und wenn das Auto nicht fährt, können sie auch nicht gut woandershin. Die Versöhnungen sind ihm wichtig. Immer wieder muß jede Frau ihm verzeihen und nochmal und noch mehr verzeihen. Beinah als ob sie ihm immer wieder sein Leben zurückgeben muß und auch das Recht darauf. Verzeihen als Liebesbeweis. Geld-, Suff- und Frauengeschichten und was es noch alles zu verzeihen gibt. Weckt sie nachts um drei, damit sie ihm verzeihen kann, daß er sie nachts um drei betrunken geweckt hat, weil er bei anderen Frauen war und deshalb auch nicht zur Arbeit konnte und keine Verabredung einhalten und jetzt weiß er nicht, wo das Geld geblieben ist. So aufrichtig und unglücklich, daß am Ende sie es ist, die ihn für sein Leben um Verzeihung bittet. Sie muß ihn immer wieder bitten und er schläft in seinen Stiefeln ein. Hat das Telefon nicht geklingelt? fragte ich. Hast du auch gehört, daß es seit seinem Anruf nicht mehr geklingelt hat? Es ist so laut, sagt Sibylle, man kann es gar nicht überhören! Aber ist vielleicht kaputt, sagte ich, muß gehen und abheben und lang auf das Amtszeichen horchen. Jetzt scheint es zu gehen, aber wenn man dann auflegt, weiß man wieder nicht, ob es geht und immer noch geht.

Vielleicht, sagte ich, wird es ein Tausendseitenbuch oder ein Zweitausendseitenbuch – oder nie fertig! Ich dachte, das ist dir egal, sagt sie. Ja, sagte ich, beim Schreiben ist es mir egal, aber die übrige Zeit – wie soll man das aushalten? Du weißt ja, sagte ich, wie es mit dem Nußbaum war und dann noch die Reinschrift dafür und dann mit dem schwarzen Buch noch viel schlimmer. (Sonst immer ist es Sibylle, die sagt, wie schlimm es war, als ich das schwarze Buch zuende schrieb. Als wir dachten, es wird nie fertig! und dann sage ich meistens, ach, so schlimm war es nicht!) Länger als fünf Jahre an einem Buch zu arbeiten, das kann man schwer aushalten, muß ich dann sagen. Und kein Geld, keinen Preis, kein Stipendium. Sonst doch auch nie, sagt sie. Ja, sagte ich, aber man denkt immer, mit dem nächsten Buch wird man reich oder daß wenigstens einer kapiert, wie gut das Buch ist. Und außerdem, sagte ich, der Verlag. Wie soll der Verlag das verkraften. Und wenn es den Verlag nicht mehr gibt, hast du keine Arbeit und was wird aus KD? Was soll aus ihm werden? Höchstens noch Landtagsabgeordneter, aber weißt du eine Partei, die zu ihm paßt? Landtagsabgeordneter oder Taxifahrer, aber die Taxifahrer klagen sowieso schon, daß es mit jedem Tag schwerer wird. Keine GIs mehr. Der Dollar ist nur noch die Hälfte wert. Es gibt zuviele Taxis. Und immer weniger Leute können sich Taxis leisten. Schleppen ihre Koffer selbst. Warten auf die Straßenbahn. Gehen zu Fuß oder bleiben gleich daheim. Ein Fahrer nimmt dem andern die Fahrgäste weg. Nur höchstens wenn Messe ist, aber auch nicht bei allen Messen haben die Taxifahrer noch soviele Fahrgäste, wie sie eigentlich jeden Tag brauchen. Wieso weißt du das, fragt Sibylle, du fährst doch nie Taxi. Es reicht schon, wenn man sie sieht, sagte ich. Oder immer wieder an einem Taxistand vorbeigeht. An der Warte ist einer. Wenn ich Zeit hätte und müßte mich jetzt nicht um diese Notizzettel kümmern und hätte nicht immer so einen schweren Kopf von dem Buch und von dem Dorf im Buch und in meinem Gedächtnis, dann würde ich ein Hörspiel schreiben über die Nacht eines Taxifahrers. Vielleicht in einer einzigen Nacht. Am besten im Taxi. Was kostet es, wenn man eine ganze Nacht Taxi fährt? Erst ein Hörspiel und dann einen Film. Ich wüßte sogar die Musik und was der Taxifahrer für einen Schal umhat. Ich weiß nur nicht, wie man die Musik aufschreiben soll. Vielleicht würden wir damit reich, aber gerade jetzt komme ich nicht dazu. Sibylle blättert in ihrem Tagebuch vor und zurück und ich mit den Notizen weiter. Immer weiter und mich beeilen. Während die Wohnung um uns her immer enger wird, je länger ich schreibe.

9

Wieder das Telefon. Ich weiß nicht, sagt er. War nochmal beim Haus, aber bin nicht rein. Konnte nicht. Im Flur Licht, aber das ist eine Lampe, die man leicht vergißt. Brennt oft die ganze Nacht. Mir aus dem Auto Decken und einen Schlafsack, sagt er. Schläft sie? Schon weg? Woanders vielleicht würde sie gehen und mit jemandem sprechen, aber hier? François und Ann-Marie sind nicht da. Vielleicht fährt abends ein Bus nach Saint-Ambroix, oder hat sie ein Taxi genommen und in Saint-Ambroix gibt es Hotels, die nicht teuer sind. Vielleicht holt Christine sie ab. Er trinkt aus der Flasche und zündet sich eine Zigarette an. Ich kann sogar hören, wie er die ganze Zeit darauf horcht, ob sie nicht doch endlich kommt (das wäre das einfachste!). Wart einen Moment, sagt er. Das Feuer. Nimmt dann den Hörer wieder und sagt: Eichenholz für den Kamin. Eichenholz aus den Cevennen. In Alès gekauft und selbst heimgefahren. Schon im Juli, weil es dann billiger ist. Ich würde draußen schlafen, sagt er, aber es ist zu feucht. Auch zu kalt und vielleicht regnet es in der Nacht. Wolken, sagt er, die Wolken ziehen tief. Aber dazwischen manchmal sieht man die Sterne. Noch gar nicht lang, sagt er, da sind wir in den Bergen gewesen. Bei Saint-Jean. Hinter Saint-Jean bergauf und bald ist man tausend Meter hoch. Welches Saint-Jean, fragte ich, weil es viele gibt. Saint-Jean du Gard, sagt er. Die Cevennen. Wald. Blaubeerwälder. Die Sonne. Kein Mensch. Haben einen Dienstag nach dem Mittagessen hier zeitig zugemacht und sind gleich los. Diesen Nachmittag und dann noch zwei Tage. Wann, fragte ich. Anfang Oktober. Noch keine zwei Wochen seither. Warm wie im Sommer, sagt er. Im Wald im Freien geschlafen. Die ersten zwei Nächte im Freien und dann eine Nacht im Auto. Immer abends zum Schlafen bis auf dreihundert Meter aus der Höhe herunter. Ein Feuer, sagt er. Und jeden Tag am Feuer gekocht. Hatten Essen und Wein mit. Kaum Geld gebraucht. Man kann gut mit ihr in den Wald. Ich weiß, sagte ich. Wie in dem Gedicht von Villon, sagt er. Kilometerweit die Wälder voll Blaubeerkraut. Heidelbeeren und Himbeeren, aber schon zu spät dafür dies Jahr. Wo der Wald anfängt, ein großes Stück Schafskäse von einem alten Mann, der da mit zwei Eseln ging. Wie klein und entlegen dort in den Tälern die Dörfer sind. Und in der Höhe kein Mensch. Man müßte im Sommer hin! Laubwald und Zedern und Pinien und Kiefern. Den Nachmittag und dann noch zwei Tage, sagt er. Und sind dann am nächsten Morgen zurück. Eßkastanien und Pilze mit. Sie verkaufen sie dort am Straßenrand. Nüsse auch. Aber hatten vorher auch selbst schon ziemlich viele gesammelt. Und auf dem Rückweg in Alès in die Markthalle. Gleich die Speisekarte für drei Tage im voraus und eingekauft. Da war mit dem Auto noch alles in Ordnung. Wie warm es im Gras in der Sonne war mittags am Waldrand. Morgens und abends schon Herbst und jeden Mittag noch einmal Sommer. Und uns gesagt, das müssen wir bald nochmal, noch einmal, noch oft. Wollten auch nächstens ans Meer. Sogar extra jedesmal beim Kassieren ein bißchen Geld schon dafür beiseitegelegt. Als ob man sich selbst bestiehlt. Für einen guten Zweck. Sind aus den Bergen zurück, sind über Alès gefahren, sagt er, und dachten, wir schaffen es schon. Dachten, wir schaffen alles! Ein guter Moment. Sogar uns gleich einen Plan, sagt er. Hör zu. Im November nach Deutschland. Vielleicht erst ein paar Tage zu euch, bis wir einen Platz finden, eine Wohnung, ein Zimmer, für drei Wochen ein leeres Zimmer in einer WG. Nur vorübergehend. Nicht lang. Müssen dann Geld auftreiben, sagt er. In Frankfurt, das geht. Ich weiß auch schon wo. Genug Geld für den Winter. Für noch einen Winter hier. Entweder den Bus nochmal reparieren oder billig ein anderes Auto. Auch zum Einkaufen für das Restaurant. Zur Not reicht ein kleiner Renault. Brauchen nicht viel. Nur bis zum Frühling, sagt er und dann läuft hier alles wieder von selbst. Genau wie in diesem Jahr. Wieder die Woche vor Ostern, sagt er. Und trinkt zwischendurch aus der Flasche. Immer wenn man sich einen

Plan macht, sagt er. Alles gut und richtig, ganz von allein alles gut und richtig, aber sobald man sich einen Plan macht, geht es schief. Müde, sagt er, jetzt bin ich müde. Vielleicht ist sie morgen noch da oder wieder zurück, sagt er. Bald schlafen jetzt. Noch den Wein austrinken. Vorhin Rosé und jetzt Rotwein. Ist es still? fragte ich. Ja, sagt er, schon lang. Höchstens noch ein einzelnes spätes Auto. Mit seinen Lichtern direkt vor der Tür vorbei. Die Rue Saint-Michel. Ja, sagte ich und konnte alles sehen und um mich spüren. Beinah als ob ich jetzt dort bin. Eine Uhr schlägt. Enge Gassen. Ruinengemäuer. Es gibt ein paar große Plätze, aber alle zum Rand hin. Mehr Mittelalter als Renaissance. Vielleicht, sagt er, geh ich dann nochmal kurz vor die Tür. Dann bis morgen, sagt er. Morgen ruf ich wieder an.

Dann lang mit Sibylle am Tisch und die Einzelheiten. Müssen lang von Barjac und vom Sommer reden und von ihm und Pascale. Es ist wahr. Man denkt es nicht, weil sie so zart und verwöhnt und auch großspurig ist. Anspruchsvoll oder spielt nur, daß sie anspruchsvoll ist. Aber man kann gut mit ihr draußen leben. Unterwegs. Im Wald, am Meer. Immer noch einen Tag. Vielleicht nicht so gut trampen mit ihr, aber eine kleine Wohnung wie in Eschersheim ihre Dachwohnung. Nähen kann sie. Sie kauft sich Ohrringe auf dem Flohmarkt und er klaut ein teures Kleid für sie und das beste Parfüm. In Eschersheim hatten sie auch nie Geld. Zwei Dachzimmer oder ein billiges altes Auto als Wohnung, das geht. Mit mir aber auch, sagt Sibylle. Mit dir sowieso, sagte ich. Meinst du, sie bleibt? Meinst du, sie ist schon weg? Meinst du, sie kommt zurück? Und statt das lang und breit zu erörtern und dazu die ganze Vergangenheit aufzuzählen, viele Vergangenheiten, stattdessen sagt Sibylle nur: Ich weiß nicht. Vielleicht ruft sie *dich* an, sagte ich. Wie es wäre, jetzt dort zu sein. Dann Carina – ist sie aufgewacht? Ich dachte, sie hätte gerufen, sagte ich. Kam mir auch so vor, sagt Sibylle. Vielleicht hat sie im Schlaf gerufen. Weißt du noch, sagte ich, wie du letztes

Jahr das schwarze Buch gesetzt hast und wir haben nachts immer Korrektur gelesen und nachträglich noch ausgesucht, wo die Absätze hinsollen. Wochenlang jede Nacht, sagte ich, und da ist sie oft aufgewacht. Vielleicht deshalb kam es uns jetzt so vor. Vielleicht hat ein Vogel gerufen. Weit weg. Eine Eule in Rödelheim oder Ginnheim. Ein Kauz. Vielleicht bloß ein alter Fensterladen, der jäh geweckt worden ist. Eine Haustür im Westend, die seit achtzig Jahren nicht mehr geölt wurde. Autobremsen auf der Auffahrt West. Ein Schiff auf dem Main. Nachts hört man alles sehr weit. Wenn man nachts am Palmengarten vorbeigeht, hört man die Pfauen schreien. Wenn ich mir Mühe gebe, sagte ich, kann ich zwischen all dem Verkehrslärm sogar die Autos von der Emser Brücke heraushören. Das ist es eben, sagt Sibylle, du gibst dir Mühe damit. Und genauso machst du es mit jedem Schmerz. Du suchst ihn und quälst dich. Auch wenn er dir gar nicht gehört. Sogar die Schmerzen von anderen Leuten. Das nicht, sagte ich, aber gut festhalten muß man ihn schon, jeden Schmerz. In Deutschland, sagte ich, seit der Krieg vorbei ist, unentwegt Lärm. Baustellen. Überall Baustellen. Nicht gleich nach dem Krieg, da waren sie noch zu erschöpft, aber spätestens seit der Währungsreform. Als hätten sie den Krieg, den totalen Krieg, im eigenen Land in den eigenen Köpfen und gegen sich selbst weitergeführt und hören nicht auf zu bauen. Die Vögel wollen das auch nicht. Seit wir in Frankfurt sind, seit sechs Jahren, haben sie hier die Innenstadt immer wieder neu aufgebaut. Dazu Autobahnzubringer, Umgehungsstraßen, neue Vororte. Und in allen Stadtteilen die Gehsteige neu gepflastert. Mit diesen widerwärtigen Hundeknochensteinen. Manchmal einen Gehsteig drei-viermal neu. Quer zum Gehsteig die Steine. Geht man und schiebt einen Buggy, dann rattert das so, daß man nicht mehr denken, daß man die Hände hinterher stundenlang nicht ruhig halten kann. Vielleicht auch vor Zorn. Und man spürt den Lärm wie viele elektrische Nadelstiche. Aus lauter Staub die Steine gepreßt. Starrt man sie an, starrt man auf die Ritzen, gleich ist man wie gefangen. Als ob sich ein Schlaganfall ankündigt und alles fängt an zu flimmern. Vorher altes Pflaster und Steinplatten. Manche mit Gras und Moos. In Frankreich die Gehsteige, sagte ich. Besonders im Süden. Meistens aus hellem rauhen Asphalt. Oft mit Flecken und Rissen und hier und da ausgebessert. Und Licht drauf, Sonne, Platanenschatten. Am Abend die Lampen. Manchmal Regen und dazu das Licht aus den Schaufenstern. Bei so einem Gehsteig muß ich oft denken, daß ich ihn gern malen würde. Bei jedem Wetter. Oder daß man sich wünscht, daß jemand anders ihn schon gemalt hätte. Aber bei den Hundeknochensteinen in ihren Behördenfarben, grau und rosa, aber eigentlich sind das gar keine Farben – Farben für Blinde! Bei denen kommt keiner auf die Idee, daß man sie malen könnte. Eine amtliche Verschwörung. Eigens dafür, daß sie immer wieder die Gehsteige aufreißen können, dafür sind diese Steine gemacht. Es sind ja auch gar keine richtigen Steine. Sind stumm. Sagen nichts. Wahrscheinlich in zehn oder hundert Jahren wird man darauf kommen, daß sie Steinstaub absondern. Krebserregend, einen Staub, der sich aufs Gemüt, der sich schwer auf die Lungen legt und auf das ganze Land. Vielleicht wissen sie das jetzt schon, aber behalten es vorerst noch für sich, weil die Steine so praktisch sind.

Wenn ich dir zuhöre, sagt Sibylle, werde ich noch genauso lärmempfindlich wie du. Ich bin nicht lärmempfindlich, sagte ich. Nur daß es nie mehr still ist. Wenn die Stille der Grundton wäre, würden Geräusche mich nämlich nicht stören. Man hört den Lärm ja nicht nur – es tut weh! Die Haut brennt! Der Fußboden zittert! Die Zähne vibrieren! Von allen Seiten der Lärm! Allein hier nur, sagte ich, wenn du denkst, es ist still! Und muß aufstehen, um ihr die Geräusche aufzuzählen und zu zeigen, was aus welcher Richtung kommt und wo und wie es mich trifft. Nicht, sagt sie, du hast mir das oft schon! Ja, aber es wird immer schlimmer! Bald muß man immer Musik hören, um den Lärm auszusperren. Stell dir vor, jeder hört immer Musik. Gegen den Lärm die Musik und Kopfhörer für die Stille. Sowieso immer mehr Leute mit Kopfhörern. Vielleicht Tonbänder, sagte ich, mit Stille drauf. Echte Stille! Verschiedene Arten von Stille. Sommer-Schnee-Wald- und Tonstudiostille. Aber das steht ja schon in meinem zweiten Buch. Früher in Staufenberg ja, aber jetzt ist es da auch nicht mehr still. Nie mehr. Die Autobahn. Im Dorf der Verkehr. Elektrische Bohrer. Motorsägen. Und sobald es dunkel wird, Schusse und Fernsehstimmen die Straßen entlang und in jedem Hof. Daß man Tag und Nacht die Autobahn hört. Überall im Dorf. Sogar im Wald hört man sie. Sogar auf dem Friedhof. Früher die Stille und in der Stille von allen Seiten die Hühner, damit man weiß, es wird Frühling. Und daß manchmal ein Hund bellt, aber auch wieder aufhört. Meistens weiß man auch, welcher Hund und warum er gebellt hat. Als Kind morgens aufgewacht und vom Schmied das Hämmern gehört. Heinrich Henkelmann, Huf- und Wagenschmied. Die Augen noch zu und dem Hämmern schon anhören, wie das Wetter ist und was für ein Tag das wird. Die Tauben auf dem Dach. Wie an einem windigen trüben Tag die Tür von so einem Holzschuppen knarrt und im Schuppen ist es dämmrig. Langsam ein Ochsenwagen vorbei. Ein Pferd die Straße entlang und gleich muß man als Kind den Hufschlag mit der Zunge nachmachen. Sowieso – wenn draußen Pferde sind, gleich muß man auf die Straße hinaus. Als Kind an der Lahn, sagte ich. Am Staufenberger Badeplatz. Vielleicht liegt man im Gras und ist acht oder neun. Mai, Juni, ein langer Sommer und fängt gerade erst an. Ist eben ein Zug vorbei und gleich danach dann hörst du das Echo von den Felsen flußaufwärts. Die Augen zu und an die Ferne denken. Und gleich darauf weißt du schon nicht mehr, ob du dem Zug gewinkt hast – und aus jedem Wagenfenster hat ein Reisender von weit her dir zurückgewinkt – oder ob du dir nur vorgestellt hast, du winkst. Man kann auch ein Stück weit mitrennen. Barfuß im Gras. Erst der Zug, dann das Echo und dann ist es wieder still. Und ganz deutlich in der Stille ein Knacken, wenn auf dem Bahndamm das Signal verstellt wird, damit man danach dann die Stille umso deutlicher hört. Eine warme schläfrige Sommerstille, in der alles leuchtet und summt. Augen auf, Augen zu. Die Vögel hört man, bevor sie bald einschlafen über Mittag. Und nah und fern immer wieder das helle Singen beim Dengeln der Sensen, weil das Gras gemäht wird, den Bahndamm entlang und auf den Wiesen am Fluß.

Alle Tage den Abendzug aus dem Tal herauf hören und wissen, es gibt große Städte, Gebirge, das Meer. Nachts der Wind in den Bäumen, aber jetzt ist kein Baum mehr übrig. Die Turmuhr, sagte ich, du kennst sie ja auch. Aber im Sommer 1960 hat sie aufgehört zu schlagen und erst Ende Juli 1967 wieder angefangen. Sieben Jahre stumm. Aber wenn man jetzt in Staufenberg mit den Leuten spricht, dann weiß das schon keiner mehr. Sie erinnern sich nicht und deshalb bin ich nachts wach. Vor dem Einschlafen, sagte ich, als Kind immer die langsame alte Häckselmaschine vom Keulerheinrich gehört. Im Sommer. Die Fenster offen. Noch Schwalben in der Luft oder schlafen sie schon? Lang in den Abend hinein erst grün wie Wasser der Himmel und dann nach und nach blau wie ein Kirchenfenster. Und die Häckselmaschine sagt, daß man jetzt dann bald ruhig einschlafen kann. Vielleicht, sagte ich, wüßte ich auch jetzt noch Stellen im Wald, wo man die Autobahn nicht hört. Man muß gehen und die Stellen suchen. Müssen bald einmal wieder nach Staufenberg und Carina auch mit. Hier in der Stadt, vielleicht weißt du es nicht, sagte ich, aber wenn wir nicht in der Küche sind, kommt der Fernsehturm bis an unser Küchenfenster. Er lehnt sich am Haus an, er legt sich aufs Dach, bis das Haus kaum noch Luft kriegt. Und das erleuchtete Plaza-Hotel wie ein Ozeandampfer über den Dächern von Bockenheim. Kommt mit seinem hohen weißen Bug nachts hier ins Zimmer herein und drängt alles weg. Sogar die Gedanken. In Frankreich gibt es abgelegene Gegenden, da ist es still. Aber gerade in den abgelegenen Gegenden in Frankreich hört man oft die Elektrizität surren. Wenn man dann Franzose ist, ist einem das egal. Höchstens denkt man, das muß so sein. Wenn man Franzose ist, kann man sich nicht gut vorstellen, daß man etwas anderes sein könnte als Franzose. In Barjac, sagte ich (als könnte ich bis dorthin hören oder kann es jetzt wirklich), in Barjac hört man zwei verschiedene Uhren schlagen. Kirche und Rathaus? An so einem Abend wie heute hört man dem Glockenschlag an, wie feucht die Luft ist. Man hört in der Ferne ein Auto und weiß, das ist auf der Straße nach Vallon-Pont-d'Arc. Und gleich danach hört man auch, ob es näher kommt oder in den Wald hinein und davonfährt. Und ein anderes Auto auf der südlichen Ausfallstraße. Wenn man vor dem Restaurant die Straße überquert und dann bei dem Haus gegenüber genau unterm Fenster steht, hört man in Barjac den Metzger schnarchen. Vielleicht schnarcht seine Frau auch, sagte ich, aber die schläft schon fünfzehn Jahre nach hinten raus und da hört man es nicht. Jedenfalls nicht von hier aus, sagte ich.

Und noch ein Eisenbahnzug. Fern in der Nacht, fern und ganz deutlich. Muß in Frankreich. Der Nachtzug Frankfurt – Ventimiglia. Hat in Straßburg und Mulhouse gehalten, da war noch Abend. Dann dicht am Doubs entlang. Man sieht fast nichts und muß sich alles, was man nicht sieht, umso deutlicher vorstellen. Langsam der Zug. Wie verirrt durch enge Nachttäler, die feucht sind und finster und menschenleer zwischen steilen Hängen. Mußte lang warten in Besançon. Kurswagen werden angehängt. Vielleicht ist die Lokomotive gewechselt worden. Und jetzt durch Burgund. Hügelland, eine weite Ebene und der Zug weiß den Weg, erkennt alles wieder. Wird bald in Lyon sein. Und kommt dann zum erstenmal an die Rhone. Wird vor Vienne lang im Schrittempo fahren und gedämpft nur sein Schienenschlag und der Widerhall von den hohen Felsen. Dann durch einen Tunnel. Mit Vorsicht. Langsam. Er kriecht. Er kriecht und du spürst das Gewicht. Das Gewicht des Berges und wie die Nacht auf den Berg drückt. Und wie schwer der Zug, wie schwer jeder einzelne Wagen ist, den die Lokomotive zu ziehen hat. Der Zug kommt aus dem Tunnel und pfeift. Hat sich befreit. Jetzt durch das Rhonetal. Er beeilt sich. Dunkle Dörfer und hellerleuchtete Kleinstädte, in denen niemand mehr wach ist. Vergessene kleine Bahnhöfe. Eine Vorortsiedlung. Straßen, Tankstellen, Werkstätten, eine Fabrik. Immer wieder die Rhone und manchmal ein Stück Wildnis. In Valence eine stille Herbstnacht. Mitternacht schon vorbei. Der Zug steht, man sieht, wie sich Nebel bildet um die Bahnhofslampen herum. Und hinter Valence immer schneller der Zug. Die Nacht fliegt vorbei. Montélimar, dann Bollène. Bei Bollène die alte Brücke, nach der eine ganze Stadt benannt ist. Eine Brücke, die schon im Mittelalter berühmt war den Fluß hinauf und hinunter. Ein Wunder aus Stein. Bollène, Pont-Saint-Esprit und die Abzweigung nach Barjac. Und einsam und still die Wälder und Berge auf der anderen Seite der Rhone (da kann man sich verlieren). Weiter die Fahrt. Glockentürme, Dächer mit hellen Ziegeln. Felsen, Zypressen, ein Friedhof. Bleibt alles zurück. Um vier, um halb fünf wird der Zug kurz in Avignon halten. Da riecht man den Süden schon. Stimmen, Lautsprecher, eine Wagentür. Und dann fährt er wieder. Im Süden jetzt und der Zug auf das Meer, auf den neuen Tag zu. Steinmauern. Wege, die hell in der Dunkelheit liegen. Und immer wieder Zypressen. Reihen und Reihen dunkler Zypressen, die in der Nacht ernst vorbeiziehen. Wird es nicht auch schon hell? Und dann ist der Morgen da. Heller Morgen und der Zug steht lange in Marseille. Auf einem Hügel der Bahnhof und eine hohe weiße Treppe davor. Morgensonne. Acht Uhr. Zehn nach acht. Araber auf dem Bahnsteig. Vor dem Hallendach große Möwen, die immer zum Sonnenaufgang hier auf den Hügel kommen. Die Stadt und das Meer und weiße und rote Felsen. Vor langer Zeit einmal bist du zum erstenmal hierhergekommen, noch jung. Und hast gleich gewußt, du mußt immer wieder kommen.

Schon spät. Carina schläft. Was mag sie träumen? Sibylle beim Lichttisch. Zieht ihren Pullover aus und ich muß ihr zusehen dabei. Nur noch ein dünnes hellblaues Hemdchen jetzt zur Strumpfhose. Sie ißt einen Apfel. Gute Äpfel, sagt sie und läßt mich abbeißen. War das nicht schon einmal? Den ganzen Abend die Musik vergessen und sie legt jetzt Janis Joplin auf. Eigentlich, sagte ich, darfst du keine Strumpfhosen, nur Strümpfe. Manchmal zieh ich sie ja auch an, sagt sie, aber doch nicht zu Cordhosen. Müßte man ausprobieren, sagte ich. Aber wenn du eine Tänzerin oder ein Tier für mich spielst, sind Strumpfhosen auch schön. Deine Oktobergeschichte hast du aber schon, sagt sie. Samt Nachträgen. Und dann nochmal das Telefon. Wieder da, sagt er. Ich war nochmal draußen. Nur die paar Schritte vor bis zur Ecke. Und, sagte ich, hast du vom Ortsrand her ein Auto gehört? Auf der Straße nach Süden? Hat nochmal geregnet, sagt er, aber jetzt wieder aufgehört. Alles tropft. Ganz weich die Luft und immer noch ziehen die Wolken. Dann regnet es die ganze Nacht in Burgund, sagte ich. Und morgen früh auch noch. Und mittags im Jura. Er trinkt und sagt: Seit heute Nachmittag ziemlich viel Wein. Nein, erst jetzt abends. Und da merke ich erst, wieviel er getrunken hat. Ein gutes Feuer, sagt er, und den Schlafsack mir schon zurechtgelegt. Du, sagt er, kennst mein Leben ja besser als ich. Er trinkt und ich höre, wie er immer noch horcht, ob sie kommt (*jetzt* endlich müßte sie kommen!). Wie ich den Schlafsack geholt habe, sagt er. Vorhin. Die Straße hoch und dann sieht man nur unsere Seite vom Haus. In den Flurfenstern Licht und von außen die Straßenlampe auf das andere große Fenster. Zuerst dachte ich, alles hellerleuchtet. Sie wartet auf mich. Du hättest gleich reingehen sollen, sagte ich. Vorher schon. Gleich am Nachmittag zu ihr. Vielleicht läßt sich das Auto leicht reparieren, sagte ich dann, vielleicht ist es gar nicht kaputt. Dann kommt ihr im November. Denk dran, daß wir zusammen über den Main gehen! Wenn ihr im November kommt und das Auto fährt noch, dann fahren wir auf der Rückfahrt vielleicht bis nach Straßburg mit. Oder bis Colmar. Da hab ich im Juni abends die ersten Sätze für das erste Kapitel von meinem neuen Buch fertig gehabt und noch nicht gewußt, was daraus wird. Oder bis Lons-le-Saunier. Das war am nächsten Tag mein Geburtstag. Sibylle kriegt frei im Verlag. Carina ist immer gern unterwegs. Nur ich mit dem Arbeitsamt – wie soll ich das machen? Zum erstenmal nicht selbst für mich zuständig. Vielleicht fahren wir bis nach Barjac mit und bleiben den ganzen Winter bei euch. Lang so weiter mit ihm und er trinkt dabei immer wieder. Sind die Schwalben schon weg? fragte ich zum Schluß. Wie lang? Seit zwei Wochen. Sind weg, als wir in die Berge fuhren, sagt er und es klingt, als sei das mit den Schwalben so ausgemacht gewesen. Dann bis morgen. Morgen früh, aber nicht zu früh, also vormittags, sagt er. Grüß Sibylle und Carina von mir. Dann aufgelegt.

Läßt grüßen, sagte ich zu Sibylle. War zum Schluß ziemlich blau. Aber vielleicht auch den ganzen Abend schon und ich hab es nur zum Schluß erst bemerkt. Hat seinen Schlafsack mit in der Kneipe, also im Restaurant und weiß nicht, ob Pascale noch da ist. Warum ruft sie dich nicht an? Vielleicht ruft sie noch an, sagt Sibylle. Warum willst du mit ihm über den Main? Wenn man in Frankfurt wohnt, sagte ich, so wie wir, dann muß man manchmal über den Main. Weil wir auch früher schon über den Main sind. Damit wir den Himmel sehen und den Fluß. Und spüren, wie der Fluß an uns zieht. Damit man später dann weiß, daß man da gegangen ist und kann sich erinnern, wenn man wieder da geht. Oder ein andermal ganz woanders. Wir doch auch, Carina und du und ich. Genau wie beim Brunnenfest. Und im Sommer zur Gerbermühle. Im August. Jedes Jahr einmal. Weißt du noch, wie wir einmal in Sachsenhausen waren? In einer

Kneipe, die Globetrotter hieß. Ein Sommerabend. Der Sommer, bevor wir nach Frankfurt kamen. Wie heiß es da war. Ob es die Kneipe noch gibt? Wenn ich mehr Zeit hätte hier in Frankfurt, wenn die Tage nicht immer so kurz wären, sagte ich, am liebsten jeden Tag einmal über den Main und zurück. Es hat geregnet in Barjac. Er hat ein Feuer im Kamin und beim Feuer den Schlafsack und Decken. Und dazu den ganzen Wein aus der Kneipe als Vorrat. Was noch übrig ist. Ob er Musik da hat, weiß ich nicht. Nacht. Stille. Carina schläft. Die Heizung summt. Die Platte soeben abgelaufen. Man hört die Autos von der Adalbert- und die von der Schloßstraße. Gleich jetzt die letzten Straßenbahnen. Dann die S-Bahn, Eisenbahnzüge. Und die Autobahn ein beständiges fernes Rauschen. Und gedämpft auch und fern der Rangierlärm und die Megaphonstimmen vom Güterbahnhof. Immer wieder ein Flugzeug am Himmel. Den Wind hört man, aber sonst ist es still. Müßten hier noch ein paar Lampen, sagte ich. Mehr Licht. Müssen lang sitzen und an den Süden, ans Meer, an den Sommer, an einen und alle Sommer, an uns, an Barjac und an Jürgen und Pascale denken. Müssen hindenken jetzt zu ihnen, Sibylle und ich. Hätten im August ein bißchen Geld haben sollen und nochmal hinfahren, sagte ich. Oder wenigstens jetzt. Jetzt im Herbst. Und erst da merkte ich, daß jetzt wirklich Herbst ist. Die Heizung an. An den Fenstern die Vorhänge zu. Sind die Leute aus den Kneipen schon heim? Manchmal ein Tag wie immer. Die Kneipen offen. In den Restaurants alle Tische gedeckt. In den Eckkneipen die Flipper und Spielautomaten blinken. Jeder Wirt hat ein frisches Hemd an. Musik spielt. Und keiner kommt. Den ganzen Abend kein Mensch dagewesen? Oder hätten wir sie auf ihrem Heimweg nur nicht gehört. Mitternacht eben vorbei. Draußen Wind. Muß dann noch ans Fenster, muß immer ganz zuletzt nochmal die Straße von oben sehen. Im Rembrandtbuch immer noch Sohn Titus, lesend. Umblättern immer nur mit Carina. Müdigkeit, sagte ich. Morgen wieder. Die nächsten Tage jetzt immer morgens das Buch und abends an den Notizen weiter. Ohne dich wäre ich nicht drauf gekommen, daß man das so einteilen kann. Und dann könnte ich jetzt nicht aufhören. Bist du auch müde? Wenn ich mehr Zeit hätte, würde ich jeden Tag dreimal baden. Wirklich Herbst, sagte ich zu Sibylle, und wie schön du da sitzt. Und dann im Winter die langen Abende, sagte ich und muß mir gleich noch ein paar Räume zu unserer Wohnung dazudenken (im Haus meines Vaters sind viele Wohnungen). Komm nackt, komm als Tier verkleidet zu mir! Schläft Carina? Schläft und träumt vielleicht, sie muß ganz allein fliegen lernen.

10

Ein Restaurant mit drei Tischen. Man durfte nicht Kneipe sagen. Drei Tische oder vier? Eigentlich vier, aber mit Stühlen wird das zu eng – also doch nur drei und den vierten als Anrichte an die Wand. Gebraucht die Tische. Von einem Wirt, der pleite war, im rechten Moment günstig vier Marmortischchen gekauft. Nicht wirklich pleite der Wirt, nur müd und alt und die Frau tot. Ist ihm weggestorben nach zweiundvierzig Jahren. Und er als Witwer jetzt wie ein Waisenkind und dazu noch mit einem beruflichen Leberschaden. Und hat auch ein steifes Knie. Am Rand von Alès eine ehemalige Vorortkneipe, in der sie die Tische fanden. Ein sonniger Tag im vorigen Winter – sie sind noch am Renovieren. Den ganzen Spätherbst und Winter schreibt er mir begeisterte Briefe. Beinah wie vor zwanzig Jahren. Mindestens einen pro Woche. Meistens zwei. Manchmal drei. Erst günstig die Tische, dann Stühle vom Flohmarkt. Er beschreibt mir die Stühle (elf Stühle für vierhundertzwanzig Francs!) und wie er sie anstreicht. Er beschreibt mir den ganzen Flohmarkt. Ein Sonntagmorgen in Avignon. Schon in seinem vorigen Brief eins von den Tischchen als Muster mir (Bleistiftzeichnung). Rechteckig, Marmor und Eisen mit mehreren erstklassigen abendländischen Schnörkeln. Wie in Paris bei den Impressionisten, schreibt er (als seien wir damals dabeigewesen). Ein guter Kauf. Werden ewig halten. Auch als Reserve den vierten, falls man einmal für eine große kleine mittlere Festgesellschaft die Tische zu einer langen Tafel zusammen. Ein Restaurant also. Und wo? In einem engen alten Haus in der ältesten Straße des Ortes. Ein Haus, das jahrelang leerstand. Jahrzehnte. Sie kriegen gleich einen Mietvertrag für das Erdgeschoß. Sie hätten das ganze Haus sofort billig kaufen können. Sie finden im gleichen Ort eine Wohnung, die nicht zu teuer. Bei einem freundlichen reichen Lavendelbauern am Ortsrand. Auf einem Hügel. Der ehemalige Bürgermeister. Ein großes Haus und darin ihre Wohnung mit separatem Eingang. Alles am Ende des Sommers an einem einzigen langen Tag. Ein Glückstag. Nicht der vorige Sommer, der Sommer davor. Auf der Heimreise schon. Ende September aus dem Süden zurück. Wir haben uns in Martigues getroffen und sind zusammen erst zu den Felsen vom Cap Couronne und dann in die Camargue. In ihrem kleinen alten Fiat. Carinas Geburtstag noch in Saintes-Maries-de-la-Mer (jetzt bist du drei!) und dann muß man aufbrechen. Noch mit ihnen bis nach Arles. Sie gleich weiter. Wir bleiben in Arles. Wir haben noch ein paar Tage frei. Noch bis Anfang Oktober. Überzählige Sommertage. Wollen mit Carina noch nach Marseille und von Marseille mit dem Zug heim. Und sie fahren auf kleinen Straßen nach Norden. Umwege. Lassen sich Zeit. Wollen nicht zurück. Würden gern bleiben. Am liebsten für immer. Und wissen nicht wie. Da war es, daß sie den Ort fanden und das leere Haus und gleich auch noch die Wohnung. Barjac heißt der Ort. Noch im Süden. Im äußersten nördlichen Zipfel vom Department Gard, das vom Meer bis in die Cevennen reicht. Wein und Obst und Lavendelfelder. Nicht weit die Ardèche und viel Wald und dazu viele liebliche Nebenflüßchen, die aus den Bergen kommen und haben es meistens eilig und reden mit hellen Stimmen. Ein Restaurant und die Wohnung dazu. Nicht teuer! Nicht zu teuer! Mietverträge ab 1. November. Noch ein paar Tage die Gegend erkunden und damit sie auch daran glauben können. Und dann endlich nach Frankfurt zurück. Jetzt erst schaffen sie es. Weil sie jetzt ja in Frankfurt nicht bleiben müssen. Kommen an, um bald wieder abzufahren. Immer schon wollte ich drei sein, hat Carina an ihrem Geburtstag in Saintes-Maries-de-la-Mer am Morgen unter dem Vordach aus Schilf zu uns allen gesagt.

Und dann ist Oktober und wir sind alle wieder in Frankfurt. Mein zweites Buch erscheint. Ein Buch, wie es noch keins gibt, aber wie es scheint, merkt das keiner. Kein Geld. Der Sommer vorbei, das war vor einem Jahr. Und Jürgen und Pascale fangen zu packen an. Letztes Jahr im Oktober. Schon gleich vorbei der Oktober. Packen und Geld, schnell noch ein bißchen Geld auftreiben. Soviel wie möglich. Scheißgeld, sagt er, schon mein Leben lang Ärger mit Geld. Kurz vor der Abfahrt tauschen sie ihren kleinen alten seifengrünen Fiat noch schnell gegen einen großen alten dunkelgrünen VW-Bus. Ein guter Tausch. Jedenfalls auf den ersten Blick. Beinah doppelt soviel Auto wie vorher. Wie schön der kleine Fiat auf das Dach vom VW-Bus gepaßt hätte. Für Notfälle und als Spielzeug. Aber jetzt ist er weg! Dunkelgrün der VW-Bus, tannengrün, polizeigrün. So alt, daß er vorn noch eine zweigeteilte Windschutzscheibe. Aber wenigstens auch nicht so ein dünnes Blech wie die neueren. Und hört sich an wie ein Traktor. Packen und Abschied nehmen. Und an einem trüben feuchten Wochenende im November helfen wir ihnen einladen. Carina hilft auch mit. Zwei Tage einladen. Nicht genug Geld. Wahrscheinlich Schulden. Die letzte Miete bezahlt er nie. Nirgends. Und dann sind sie abgefahren. Mit ihnen Bukol, der hellbraune Siamkater mit blauen Augen und schwarzen Ohren (je zwei). Den sie früher manchmal zu uns in Pension gaben, wenn sie verreist sind. Bukol mit Körbchen, Freßnapf und Katzenklo. Und ein Samtbändchen, weil er gern mit diesem Samtbändchen spielt. Bändchen, Bälle, Wollbüschel und eine Quietschmaus. Man muß jeden Tag mit ihm spielen. Für Carina eine Zauberkatze. Schon als sie noch so klein war, daß sie Bukol noch gar nicht sagen konnte, nur Boll. Mit einem schweren B am Anfang. Die Quietschmaus findet er albern. Aber wo hatten sie ihn im September, als sie weg waren und wir auch? Jetzt sind sie abgefahren. Bukol mit. Kleidung, Hausrat, Möbel, die Sorgen. Spät. Überstürzt. Schon reichlich spät. Fast zu spät dran. Nur das nötigste mit. Vielleicht nicht nur die letzte Miete nicht bezahlt, sondern sogar abgefahren, ohne die Wohnung zu kündigen. Wohnung, Strom, Gas und Telefon. Einfach weg mein

Freund Jürgen. Im November. Naßkalt und finster ein deutscher November. Abgefahren wie auf der Flucht.

Sie kommen hin, kommen nach Barjac, kommen in der Wirklichkeit an und fangen zu renovieren an. Zum Glück ein Elektriker, der ihnen hilft. Nicht nur Elektriker, er kann alles. François, ein Freund. Er hält zu ihnen. Er ist aus Barjac. Drei Kinder. Mit einer schönen Zigeunerin verheiratet. Er kann alles, kennt alles und gehört nirgends dazu. Und Pascale und Jürgen gefallen ihm. Erst das alte Haus ausräumen. Bauschutt, Abfall, Gerümpel und Mäuse. Spinnweben, Skorpione, der Dreck von Jahrzehnten. Zum Glück hat François einen alten Peugeot mit einer offenen Ladefläche. Und Kraft und Zeit und Geduld. Kennt sich aus. Tagelang nur den Müll aus dem Haus. Ausräumen, aufladen und auf die Schutthalde fahren. Berge von Müll. Dreck und Flaschen und Scherben. Asche, Kartons, alte Zeitungen, ein verrotteter Fußbodenbelag und die Bretter darunter schon angefault. Abgefallener Verputz, Sand und Steine. Alles dreckig und feucht und vermodert schon seit Jahrzehnten. Erst das Erdgeschoß ausräumen und dann fängt die Arbeit erst richtig an. Er schreibt Briefe, ruft aus Telefonzellen an. Den Tag erzählen und welche Arbeit als nächste. Den Ort, den Tag und den Augenblick. Sie wohnen am Ortsrand auf einem Hügel. Gehen oft abends nochmal aus dem Haus. Abendwege, aber jetzt wird es jeden Tag früher dunkel. Das Wetter, die Gegend, lange Briefe. Die Cevennen. Nicht weit die Ardèche. Einmal drei Tage nach Saintes-Maries-de-la-Mer. Manchmal in Arles, in Avignon, in Alès. Aber die meiste Zeit mit dem Renovieren beschäftigt. Oft nach der Arbeit hat Ann-Marie, die Frau von François, eine warme Suppe für sie. Eine warme Suppe und eine warme Stube. Pot-au-feu. Confit de canard. Cassoulet des Lentilles. Für so ein richtiges Winteressen muß man sich Zeit nehmen. François macht die Arbeit für sie die halbe Zeit umsonst. Aber kann ihnen natürlich nicht immer helfen. Muß sich um sein Geschäft kümmern. Muß das Geld verdienen für seine Familie. Drei Kinder oder vier? Den alten Verputz ab, einen neuen Fußboden und dann den Kamin neu, aber so weit, schreibt Jürgen, sind wir noch nicht. Ohne François wüßten sie nichtmal, wie das Zeug heißt, das sie brauchen. Und auch nicht, wo sie es herkriegen sollen. Werkzeug und Material. Viel Arbeit. Einmal drei Ansichtskarten von Barjac. Es gibt nur die drei. Und Karten aus der Umgebung. Dann noch zwei Barjacfotos. Alte Aufnahmen. Schwarzweiß auf vergilbtem Papier. Manchmal beim Telefonieren: Erst er mit mir, dann Pascale mit mir. Dann Pascale lang mit Sibylle, dann mit Carina, mit Sibylle und Carina. Carina mit Jürgen. Nochmal Pascale mit Carina, mit Sibylle, mit Carina. Pascale kurz mit mir, weil sie mir gleich nochmal Jürgen gibt. Jürgen mit mir. Dann bis bald. Jetzt Carina nochmal, dann alle gleichzeitig und bis bald, wirklich bald! Aus einer Telefonzelle, die in Barjac vor dem Postamt steht. Und während wir telefoniert haben, ist es erst dämmrig, dann dunkel geworden. Erst hier und dann dort. Müssen Berge von Kleingeld mitgehabt haben (in Gedanken siehst du sie heimgehen, erst zur Telefonzelle hin- und dann heimgehen, heim im Dunkeln). Und dann fällt Carina tagelang immer noch etwas ein für Pascale. Und was Pascale Bukol ausrichten soll. Müssen eine Liste, eine lange Liste anfangen, eine Liste mit Bildern. In Alès sind Pascale und Jürgen fast jede Woche. Wenn sie in Arles sind, muß er mich unbedingt aus Arles anrufen. Gleich mehrmals, weil er es sonst nicht aushält, daß er in Arles ist. Wegen Arles und wegen Van Gogh und weil wir erst letzten September zusammen in Arles gewesen sind, aber auch schon vor Jahrzehnten. Und Arles war vor langer Zeit sein erster Ort im Süden. Zweimal müssen wir sie dringend erreichen und rufen bei den Hausbesitzern an. Der ehemalige Bürgermeister und seine Frau. Freundliche Leute. Sie holen sie jedesmal. Nein, es macht gar keine Umstände. Und falls niemand da ist, richten sie auch gern etwas aus. Jederzeit.

Die Arbeit, sagt Jürgen am Telefon. Vier Wände. Der Raum für das Restaurant. Tage und Wochen wie ein Sklave geschuftet in diesem Dreck. Als ob man sein eigener Sklave ist. Und dann sieht man kaum, was man geschafft hat. Und in der Wohnung, fragte ich. Alles in Ordnung, sagt er. War leicht. Kamen mittags an und gleich eingeräumt. Alles paßt. Und dazu noch einen kleinen und einen großen Schrank und zwei Tische von den Hausbesitzern. Im Flur einen großen Schrank, sagt er. Er kann schon eh und je gut Zimmer, Wohnungen, Häuser einrichten. Wie ein Bild, wie ein Bühnenbild. Aber sieht echt, sieht bewohnt aus. Als ob es schon immer so, als ob es anders nicht sein kann. Auch die Beleuchtung. Alles richtig. Sogar die Schatten. Jedes Ding an seinem Platz. Als ob jedes Ding sich seinen Platz selbst ausgesucht hat. Die Hausbesitzer, sagt er, freundlich und hilfsbereit. Stören uns nicht. Eigene Haustür. Ein großer Flur. Unser Anbau beinah wie ein Haus für sich. Du kennst doch die großen verschachtelten Provence-Häuser, wie sie hier auf dem Land sind. So ein Haus, aber neu. Sie haben die Wohnung für ihre Tochter gebaut, aber die Tochter ist jetzt in der Stadt. Wo? fragte ich. In Lyon. Kein Problem mit der Wohnung, sagt er. Das war vor einem Jahr. Und ich muß mir gleich ausdenken, wie wir auch so eine Wohnung im Süden finden, die nicht teuer ist. Wenigstens den Winter über. Wenigstens einmal einen Winter lang. Zeit für Carina, Zeit für uns selbst, Sibylle und ich. Einen Winter im Süden und jeden Tag schreiben. Und von da an dann jeden Winter. Den ganzen vergangenen Winter lang muß ich mir das ausdenken. Jetzt noch. Rückwirkend. Du kannst dir nicht vorstellen, sagt er (doch! sagte ich schnell), wieviel Arbeit das Renovieren. Wenigstens ist das Erdgeschoß jetzt leer und der alte Verputz ab. Jetzt, sagt er, kann man überhaupt erst anfangen mit der Arbeit. Manchmal Fotos bei seinen Briefen. Barjac. Eine Straßenecke, ein Kirchturm. Dezembersonne. Die alte Rue Saint Michel. Der künftige Restauranteingang. Ein schlecht beleuchteter Raum, in dem eine Leiter steht und Werkzeug liegt auf dem Boden. Ein weiter Horizont mit Wäldern und Bergen. Das Haus auf dem Hügel und davor ein großes Tor. „Unsere Seite vom Haus!“ Und Bukol? Hat sich eingewöhnt. Darf hier sogar raus. Hof, Garten, Wiese, Feldweg, Fußpfad, Hecken und Wildnis. In Frankfurt immer ein Frankfurter Wohnungskater gewesen. Und hier? Kennt sich mit Skorpionen, Kröten und Schlangen aus! Kommt und geht, wie er will! Einmal ein Bild von Pascale. Manchmal fotografiert er sie. Jedes Bild auch ein Existenzbeweis. Pascale in engen Jeans und zu großen Gummistiefeln. Schlanke Beine. Lederjacke und Kopftuch, aber kein Hausfrauenkopftuch, ein Piratentuch oder die Kopfbedeckung einer Prinzessin aus dem Morgenland. Pascale mit einer großen Schaufel. Die Füße weit auseinander. Steht zart und entschlossen vor einem gewaltigen Schutthaufen auf der Ladefläche eines alten Peugeot 403. Beige oder hellbraun ein Peugeot Baujahr 58. Lang und schräg Jürgens Fotografenschatten ins Bild, ein Winterschatten. Und dazu die Sonne. So blaß, als sei sie nur diesen einen Moment da. Nur für das Bild. Entweder als Foto im Brief das Bild oder doch nur in meiner Vorstellung und da umso dauerhafter und deutlicher.

Den ganzen letzten Spätherbst und Winter hindurch alle paar Tage ein Brief von ihm. Wie vor zwanzig Jahren. Vor zweiundzwanzig uns kennengelernt. An meinem Geburtstag. Da war ich siebzehn. Und dann unsre Suff- und Lyrik- und Landstraßenjahre. Sind zusammen unterwegs und müssen sehen, wo es uns hintreibt und wie es da und dort mit uns weitergeht – oder jeder für sich und dann muß man Briefe schreiben. Oft jeden Tag einen. Manchmal drei Briefe an einem Tag. Für uns und die Nachwelt. Briefe und Antworten. Eilige hektische Briefwechsel und dazu dazwischen noch andere rasende Briefe. Wie im Flug hin und her. Zwischendurchbriefe, die sich kreuzen. Von beiden Seiten. Als ob man unentwegt an sich selbst schreibt. Wieso Nachwelt? Wir werden nie sterben. Keiner stirbt! Briefe und Serien von

Postkarten. Er mit der Hand, ich mit der Schreibmaschine. Mit fünfzehn als Lehrling in Gießen an der Lahn in einem finsteren Kramladen (Zeit, die mir nicht gehört) eine Schreibmaschine gemietet. DM 15,50 pro Monat. Kaum Geld, aber was sein muß, muß sein. Erst gemietet und dann gekauft. Mit der Schreibmaschine die Briefe und dann mit der Hand noch dazuschreiben, schnell! Erst nur Korrekturen, Ergänzungen, einen Schluß, einen Nachtrag, drei Nachträge – und dann gegenläufig mit vier verschiedenen Kugelschreibern noch einen zweiten Text mitten hinein. Mehrere eigene Handschriften. In Caféhäusern, Kneipen, im Zug und beim Trampen. Ich konnte im Gehen schreiben. Schnell noch im Stehen auf der Post, die gleich zumacht (beeil dich!) oder an einer lauten Straßenecke bei einem ungeduldigen amtlichen Briefkasten und erst vor zehn Minuten mit einem haushohen Brauereilastwagen hier angekommen. Steile Straßen. Verkehrsampeln. Schaufenster. Licht in den Fenstern. Eine fremde Stadt. Ein Nachmittag im November. Und fängt schon an, dunkel zu werden. Wer bin ich? Und warum hier? Einmal atemlos einen Achtzig-Seiten-Brief – man muß sich hinreißen lassen! – wie einen einzigen langen Satz. Oder Fortsetzungen, jeden Tag ein paar Seiten und sehen, wo du dich hinschreibst. Und immer Manuskripte dazu. Lange Prosagedichte, halbe Bücher und Durchschriften mit abgenutztem Kohlepapier. Nie mehr nachher so schnell so viel geschrieben. Mit achtzehn. Mit einundzwanzig. Kaum je genug Schlaf, kaum je nüchtern. Wie das Leben uns umtreibt. Die frühen Sechziger Jahre. Noch unter Adenauer. Und jetzt fangen für meinen Freund Jürgen schon die Gefängnisse an. Seither zwanzig Jahre. Jetzt in seinen Briefen Barjac und die Renovierung. Aber auch der Mond. Jederzeit. Wie heute der Mond ist und wo er jetzt steht. Unser schöner alter, mit vielen Liedern, Wünschen und Sorgen beladener Mond. Ein Winter im Süden.

Nicht nur, was sie gerade gemacht haben und wie weit sie jetzt sind. Noch ausführlicher die anstehenden Arbeiten. Was als nächstes und wie es geht. Einzelheiten. Immer ausführlicher. Decke und Wand verputzen und was man dafür braucht. Er schickt mir Materiallisten. Und wie soll man es machen, damit der Verputz dann auch wirklich hält? Besonders an der Decke. Neu den Kamin ausmauern. François wird ihm helfen. In seinen Briefen alles ganz genau. Sogar Zeichnungen. Es dauert eine Weile, bis mir aufgeht, daß er mir das so genau schreibt, um sich selbst Mut zu machen und damit er es besser kann. Damit er überhaupt anfangen kann und jeden Tag wieder anfangen. Erst den Kamin und dann einen neuen Fußboden oder umgekehrt? Als nächstes dann Strom legen. Mußten bisher für Licht und Elektrowerkzeug die Kabel immer von einem der beiden Nachbarhäuser oder sogar über die Straße. Zum Glück kennt François sich aus. Wollen möglichst weit kommen mit der Arbeit in nächster Zeit, falls dann das Wetter schlecht wird. Bei den Zeichnungen mehrfach Grundrisse. Meistens mit Filzstift. Seine Grundrisse gehen nie auf (früher auch schon nicht!). Fahren öfter nach Saint-Ambroix, nach Avignon, nach Alès. Nach Alès jede Woche. Oft sogar zweimal die Woche. Auch nach Nimes. Nimes ist die Départementstadt, da sind die Behörden. Für die Behörden ist Pascale zuständig, für alles was Frankreich ist. Sicher auch Tage und Tage, die sie im Bett bleiben, dafür ist der Winter ja da. Wollen demnächst auch nochmal nach Frankfurt. Für acht bis zehn Tage. Bald. Wollten schon Ende Dezember, dann Anfang Januar und verschieben es immer nochmal. Und kommen Ende Januar. Bringen uns Salami von der Ardèche, bringen Olivenöl, Lavendel und Honig mit. Muscheln für Carina, Muscheln aus Saintes-Maries-de-la-Mer, Muscheln und Steine und aus Barjac die besten Lutscher. Parfüm für Sibylle. Und Gitanes-Zigaretten für mich und dicke französische Notizbücher. Kommen und wohnen bei uns. Besorgungen. Werkzeug kaufen. Geld leihen. Schleifscheiben, eine Bohrmaschine. Ersatzteile für den alten VW-Bus (soll möglichst lang halten!). Lauter Zeug, das hier billiger ist, als in Frankreich oder er muß es im Baumarkt klauen und Pascale hilft ihm dabei. Mach dir nur keine Sorgen, sagt er zu mir. Sie haben Fotos von Barjac und der Baustelle mit (erzähl mir vom Süden!) und wir sitzen ein paar Tage und Abende alle bei uns in der Wohnung herum, hören Musik und reden und reden. Carina hat gern, wenn sie da sind. Und Bukol, wo ist jetzt Bukol? Die Hausbesitzer versorgen ihn. Extra Fotos von Bukol für Carina mit. Winter, wir nehmen uns Zeit. Die ganze Wohnung wie ein großes bequemes Bett. Nicht genug Geld! Er treibt Geld auf, aber auch mit diesem Geld ist es immer noch nicht genug. Müssen nur so lang durchkommen, bis wir im Frühling aufmachen, sagt er. Sie haben noch Zeug bei uns im Keller und nehmen es diesmal mit. Wir helfen ihnen beim Einladen. Noch ein Abschied. Nachmittag, als sie abfuhren. Ich bin um halb zwei von der Arbeit heimgekommen und jetzt geht es auf vier und das Licht fängt zu gehen an. Winterlicht. Die zweite Woche im Februar. Sie fahren. Pascale am Steuer. Laut der VW-Bus. Fehlzündungen. Immer bleibt man zurück. Stehen frierend vor unsrer eigenen Haustür und winken. Carina bei mir auf dem Arm. Hat er Edelgard überhaupt gesehen bei diesem Besuch? Stehen und winken und dann schnell ins Haus zurück und die Treppe hinauf alle drei. Komm schnell, sagen wir zu Carina. Kalt ist es, komm! So schlimm wie zuletzt mit dem schwarzen Buch, hat Sibylle im Herbst zu mir gesagt, soll es nicht gleich wieder werden. Und ich hatte ihr freiwillig versprechen müssen, mit dem Schreiben eine Weile zu warten. Eine Pause. Und das war mir auch recht. Lang sogar. Doch inzwischen will die Zeit, die kein Einsehen hat, mir keine Ruhe mehr lassen. Inzwischen habe ich schon angefangen, mir die vielen alten Staufenberg-Notizbücher, -blöcke und -zettel zurechtzulegen. Das soll mein nächstes Buch werden.

Sie kommen zurück nach Barjac und schon gleich Mitte Februar. Gleich weiter mit der Arbeit. Erst noch die Lichtleitungen. Stekker, Steckdosen, Lichtschalter. Welche Lampen? Wo kriegt man sie her und wo sollen sie hin? Dann den Fußboden. Große Steinplatten. François zeigt ihnen, wie es geht. Dann allein weiter, Pascale und ich, schreibt er. Kaum sind sie angekommen, da kommt schon sein nächster und nach zwei Tagen noch ein Brief. Die Lampen erst später. Wollen möglichst schnell möglichst weit mit der Arbeit, schreibt er mir. Weil für François jetzt schon bald der Frühlingsbetrieb. Hochkonjunktur. Baustellen. Viele Aufträge. Du weißt ja, der Frühling, schreibt er, fängt hier im Februar an. Der Rosmarin blüht. Die Mimosen. Auch schon die ersten Mandelbäume. Schon überall Bienen. Eine Honiggegend, das wissen wir, ist es ja auch. Jetzt werden die Tage länger. Oft Sonne. In der Sonne Schmetterlinge. Über Mittag kann man schon draußen sitzen, schreibt er. Und manchmal ein paar Tage Frühlingsregen und dann riecht man die Erde. Viele Künstler und Pseudokünstler, schreibt er, von hier bis ans Meer. Reiche Ausländer. Ein paar gute Keramiker. Viel Gebrauchskeramik. Müssen noch komplett die Küche machen. Eigenhändig. Und eine Mauer hochziehen oder heißt es nicht hochziehen? Viel Arbeit, die Zeit drängt. Müssen möglichst viel ohne François. Es reicht, wenn er uns alles zeigt und uns jedesmal mit dem Anfang hilft. Er fährt mit uns in die Baumärkte und zu den Großhändlern einkaufen. Jedesmal wird es teurer als man denkt. Auch die Arbeit mehr Arbeit, schreibt er. Seit sie in Barjac sind, schon wieder eine ganze Sammlung von Briefen von ihm. Manchmal von Pascale ein Zusatz. Ihre Schrift. Ein französischer Füllfederhalter. Türkisblaue Tinte. Für Sibylle und mich und noch extra zum Vorlesen für Carina ein Absatz. Und Sibylle schreibt Carinas Antworten auf für Pascale. Und ich? Keine Briefe. Schon lang keine Briefe mehr. Die letzten vor vier-fünf Jahren. Im Suff noch. Und auch die schon eher versehentlich. Muß seither alle Wörter fürs Schreiben aufbrauchen oder als

Vorrat mir. Und genauso die Kraft und Geduld. Höchstens ein paar Sätze zu Sibylles Brief schnell dazu. Erst mit der Hand, dann doch die Schreibmaschine. Manchmal Postkarten. Kunstkarten, Ansichtskarten. In die neuen Schreibmaschinen kann man Karten nicht mehr gut einspannen. Also handschriftlich und auch das Anschriftfeld vollschreiben. Drei oder vier Karten, die man numeriert und in einen Umschlag steckt. Und noch einen Zettel dazu. Den Zettel mit Schreibmaschine. Wenn der Umschlag zu ist, fällt einem immer noch etwas ein. Noch vier Seiten mit dem engsten Zeilenabstand und dann ein größerer Umschlag. So wird manchmal doch noch ein Brief daraus. Gegen meinen Willen. Und ich muß mir Kopien zurückbehalten und die Kopien dann noch wochenlang umschreiben und verbessern nur für mich selbst. Aber eigentlich schon lang keine Briefe mehr. Inzwischen haben sie auch ein Telefon. Nicht in der Wohnung, im Restaurant. Rufen jetzt öfter an. Wir sie auch. Aber man erreicht sie natürlich nicht immer. Sie rufen manchmal auch noch aus Telefonzellen an. Wenn sie unterwegs sind oder damit ihre Rechnung am Monatsende dann nicht so hoch. Wir sie auch. Wir genauso. Brauchen noch das ganze Zeug für die Küche, schreibt er. Ihr müßtet den neuen Kamin und den Fußboden einmal sehen. Ein großer offener Kamin. Wollen hoffen, ihr kommt bald! Gasherd, Kühlschrank und Backofen. Aber auch Töpfe, Pfannen, Geschirr und Besteck. Allein nur die Gläser alle. Schon Anfang März und sind jetzt wieder mehr unterwegs. Auf Flohmärkten und sich umsehen in der Gegend. Secondhandläden. Antiquitäten. Suchen nebenbei Zeug für Restaurant und Haushalt zusammen, schreibt er und legt auch immer Postkarten bei. Oft alte Schwarzweißfotos. Pont-Saint-Esprit, Bagnols-sur-Cèze und Florac. Le Vigan, Nimes, Avignon, Arles und Alès. Und manchmal einen Tag ans Meer. Schon wieder lang hell jeden Tag. Aber, schreibt er, brauchen auch noch eine Tür für den Eingang. Eine Glastür. Die alte aus Holz wie eine Stalltür mit rostigen Eisenbeschlägen und das Holz von unten her morsch. Und es soll ja auch hell sein im Restaurant. Wollen in der Osterwoche aufmachen. Karfreitag in diesem Jahr schon am ersten April.

Der Eingang, schreibt er, und neben den Eingang ein Glaskasten für die Speisekarte. Den Glaskasten in die Mauer einpassen und mit Beleuchtung, meint François, schreibt er und erklärt es mir auch noch ein paarmal am Telefon. Würden gern den Eingang verbreitern oder wenigstens noch ein Fenster rechts und links von der Tür. Am besten Fenster bis auf die Erde und so, daß man im Sommer vorn alles aufmachen kann. Aber das wird jetzt zu teuer. Er schickt mir Entwürfe für Speisekarten. Die Preise muß er noch ausrechnen. Pascale wird sie nächstens ausrechnen. Müssen bald Wein einkaufen. Zu schade, schreibt er, daß kein Hof dabei ist. Hof, Garten, Terrasse. Wenn man wenigstens einen Tisch und zwei Stühle vor die Tür stellen könnte. Aber nichtmal Platz für eine Markise – dann könnte kein Auto mehr durch. Wenn wir nur ein paar Quadratmeter wenigstens, sagt er. Jeder hier sagt uns das. Bei der Wohnung, sagt er, oben beim Haus – Platz genug. Ich vergesse immer, daß ihr noch nicht hier wart. Schon März, Mitte März. Mußten gerade irgendein teures Ding für das Auto kaufen und und einbauen lassen. Noch viel Arbeit, aber wollen nächstens auch ein bißchen herumfahren. Auf die Dörfer fahren und die Weinsorten aussuchen, sagt er am Telefon. Den Wein für das Restaurant. Das war letzten März. Und ich? Schon mit den Vorarbeiten für mein nächstes Buch. Zettel und Notizbücher aus vier Jahren. Und vormittags meine Arbeit im Antiquariat. In der Kiesstraße, gleich bei uns um die Ecke. Eine Arbeit, zu der man zu Fuß hingehen kann. Hätten längst, sagte ich alle paar Tage zu Sibylle und Carina, schon zu ihnen hinfahren sollen. Hinfahren und sehen, wie es dort ist. Auf unserer alten Michelin-Karte Nr. 80, die von Montélimar bis nach Nimes reicht und nach Westen bis Albi, auf dieser Karte, die alt ist und vom Trampen abgenutzt, da haben Jürgen und

Pascale uns im Februar eingezeichnet, wie man fahren muß, wenn man auf der D 104 oder einer Nebenstraße der D 104 von Aubenas kommt und bei Saint-Paul-le-Jeune abbiegen will auf die D 901 nach Barjac. Schon vorher kleine Straßen, die sich Zeit lassen, aber wenn man dann abbiegt, schlängelt und windet der Weg sich, beinah wie ein kleiner Fluß. Hätten schon längst, sagte ich zu Sibylle und Carina. Hätten im Herbst schon, hätten schon mehrmals oder gleich den ganzen Winter über. Nicht zu glauben, daß wir noch nicht dortwaren. Nicht ein einziges Mal! Sollten wenigstens jetzt, wenn sie zum erstenmal aufmachen. Oder lieber noch ein-zwei Wochen warten, bis der Ostertrubel vorbei und dann umso länger hin! Aber seit Februar schon war die Rede davon, daß die Firma, zu der das Antiquariat gehört, verkauft werden soll. Und was wird dann aus meiner Arbeit? Und Ende März ist es so weit. Die Firma wird verkauft und mir bleiben nur noch drei Monate im Antiquariat.

Ein Restaurant. Richtig echt. Sogar legal. Und auch noch in Frankreich und zwar im Süden. Alles angemeldet. Richtig mit Adresse, Steuernummer, Lizenz. Amtlich eine kleine bunte Blechtafel als Lizenz am Eingang. Firmensitz, Telefon, Bankkonto. Und dazu die Papiere. Alles auf Pascales Namen. Weil sie Französin ist und er mit seinen Schulden und Vorstrafen nichtmal ein Konto eröffnen kann. Sie geben ihm keins. Auch in Deutschland nicht. In Deutschland erst recht nicht. Die Küche zuende. Eine weiße Mauer zwischen Küche und Restaurant. Und keine Tür? Braucht man nicht! Paßt auch gar nicht hin. Nur ein offener Durchgang. Eine weiße Mauer, sagt er. Alles selbst. Stein um Stein. Und dann den Verputz. Hätte nie gedacht, daß eine Mauer so schön, sagt er mir am Telefon drei Tage vor Ostern. Fast fertig. Schon alles ausprobiert. Er kocht und Pascale bedient an den Tischen. Als ob es eine Tanzrolle, so wird sie bedienen. Und man könnte ihr endlos zusehen dabei. Speisekarte, Quittungsblock, Wechselgeld. Am besten ein kurzer

Rock. Und sogar eine kleine offizielle Buchungsmaschine, falls jemand mit einer Kreditkarte bezahlt. Am Karfreitag machen sie auf. Am Vorabend schon. Ostern ist in Barjac immer tagelang ein großer Markt für Antiquitäten und Trödelkram. Also Ostern die Eröffnung. Und der Name? Welcher Name? Für das Restaurant! Soll es denn keinen Namen? Den Namen sagt er mir morgen. Dann am gleichen Abend (wieder am Telefon). Das Restaurant heißt – eine Pause (ich dachte, er sucht seinen Zettel!). Also es heißt – Bucolique. Wie? Bucolique! Hat sich Pascale ausgedacht. Er kannte das Wort gar nicht. Und warum Bucolique? Ja, also erstens das Wort, so wie es im Wörterbuch steht. Und außerdem wegen Bukol. Vielleicht muß man Bukol in Zukunft mit c schreiben. Und warum heißt Bukol Bukol? (Du weißt genau, du hast es gewußt, aber gerade jetzt will es dir nicht einfallen!) Das war so. Zuerst war Bukol der vornehme teure Siamkater von unserem Freund Siggi Buchholz. Fremd unter Menschen, fremd auf der Welt. Ein durch Kauf erstandenes Tier. Lebendig. Und hatte noch keinen Namen. Das war in der Hamburger Allee. Eine renommierte linke Wohngemeinschaft in Frankfurt. Erst noch die Spitzen des SDS, dann Spontis. Sympathisanten, der Pflasterstrand, die Anarchoszene. Und weil Bukol noch keinen Namen hatte, riefen ihn alle mit dem Familiennamen des Besitzers, also Buchholz. Pascale aber, obwohl diplomierte Sprachlehrerin (Deutsch für Franzosen und Französisch für Deutsche), Pascale konnte Buchholz nicht sagen, sie sagte Bukol. Dort in der Wohngemeinschaft in der Hamburger Allee haben Jürgen und Pascale sich kennengelernt. Der Winter nach Carinas Geburt. Noch Winter? Nachwinter? Vorfrühling? Und einmal abends kommt Jürgen mit Pascale zum erstenmal zu uns in die Jordanstraße. Hat vorher dreimal angerufen, damit er weiß, daß wir wissen, daß er jetzt gleich zum erstenmal mit Pascale zu uns kommt. Pascale aus Frankreich. Schmal und schön. Ein buntes Hemd. Schwarze Haare und blaue Augen. Blau oder blaugrau? Und was mag er ihr von uns erzählt haben, daß sie jetzt so andächtig vor meinen Füßen auf den alten Cordsamtmatratzen mitten im Zimmer sitzt und vor dem Fenster die Dämmerung. Aus Marcigny, sagt sie. Marcigny im Département Saône-et-Loire. Anfang zwanzig. Sehr höflich an diesem ersten Abend. Wohlerzogen, höflich und still, aber lacht gern, das sieht man gleich. Carina noch wach. Kaum erst fünf Monate alt. Sieht Pascale zum erstenmal und muß sie an diesem Abend immerfort ansehen und von da an dann immer wieder sehen und ansehen. Und wenn sie sie sieht, sooft sie sie ansieht, werden ihre Augen groß. Und gleich bei ihren ersten Wörtern wird Pal dabei sein – für Pascale. Der erste Abend. Sie bleiben nicht lang. Aber jetzt hat Pascale gelacht und dann steht sie auf und nimmt Carina auf den Arm. Und dann gehen wir alle zusammen noch bis vor die Wohnungstür. Erst nur auf den obersten Treppenabsatz. Und dann noch eine Treppe weiter. Dann abwärts von Stockwerk zu Stockwerk. Immer noch ein Stück mit ihnen und dann bis vor die Haustür mit. Längst dunkel. Die enge Straße und Abend. Still ist es. Und Carina muß alles ansehen. Uns und die Lichter und Fenster. Und die Dunkelheit, die so hoch ist und still. Und man sieht, sie will sich das alles merken. Will es behalten, aber hat noch keine Wörter dafür und weiß nicht, wie es geht, daß man sich etwas merkt und hat es für immer. Noch ein Abschied. Sibylle mit Carina auf dem Arm an der Haustür und winkt und ich noch mit Jürgen und Pascale in den Tannenbaum. Eine alte Frankfurter Eckkneipe zwei Häuser weiter. Gerade ein Jahr, seit ich zu trinken aufgehört habe und kaum mehr als ein halbes Jahr, seit wir uns wieder versöhnten, Jürgen und ich. Vorher im Januar 78 zusammen in einer Wohngemeinschaft in Niederrad. Tür an Tür gewohnt und uns verkracht für die Ewigkeit. Bis er nach anderthalb Jahren einmal spätabends zu uns in die Jordanstraße kam und sagte: Das geht nicht, daß wir uns nicht mehr sehen! Jetzt nur kurz mit ihm und Pascale im Tannenbaum und dann gleich zurück und mit Sibylle Carina ins Bett bringen und dann weiter an meinem zweiten

Buch. Das schwarze Buch. Damals dachte ich, es wird nie fertig. Der erste Abend mit Pascale und von da an sehen wir sie beide oft und dann zieht er mit Pascale nach Eschersheim und weil sich in der Wohngemeinschaft niemand um den Kater kümmert und Siggi Buchholz ihn auch nicht braucht, deshalb nehmen sie ihn mit. Er will auch! Der bleibt jetzt bei uns und heißt Bukol, sagt Pascale. Dann ist Frühling. Erst Frühling, dann Sommer. Lange schwarze Haare hat Pascale. Manchmal einen Pferdeschwanz. Manchmal Schulmädchenzöpfe. In der Sonne sind ihre Augen grün.

11

Mein Freund Jürgen. Fast drei Jahre mit Pascale in Eschersheim. Drei gute Jahre. Eschersheim, wo es zum Vorort wird. Erst noch ein Stadtteil, dann ein Vorort und dann zum Rand hin fast schon ein Dorf. Eine Dachwohnung. Klein. Zwei Zimmer. Das eine winzig. Gerade groß genug für ein großes Bett. Das ganze Zimmer als Bett. Nur eben noch Platz für einen schmalen Fellteppich als Bettvorleger. Bettvorleger, Nachttisch und Bilder. Das andere Zimmer ein bißchen größer, aber immer noch klein. Verwinkelt und schön. Steht man am Fenster, dann ist einem, als ob man direkt in den Bäumen wohnt. Ein Sommertag. Bis übers Dach die Kastanien und überall Vögel. Zwei Zimmer mit schrägen Wänden. Überall in der Wohnung große französische Wasserflaschen. Volvic, Contrex und Evian. Vittel nicht. Vittel trinkt Pascale nicht. Volle und halbvolle Flaschen und wenn die Sonne ins Zimmer kommt, große Lichtflecken neben den Flaschen. Ein Flur für die Schränke. Und die Küche zur anderen Seite. Eine gute Küche, in der man sich Zeit lassen kann. Waren oft bei ihnen, Sibylle, Carina und ich. Man kommt mit der U-Bahn hin. Mit der S-Bahn. Fährt nicht auch ein Bus? Und zu Fuß. Zu Fuß auf vielerlei Wegen. Die du dann in Gedanken immer noch einmal gehst. Erst durchs Westend und dann die Eschersheimer Landstraße und sie im Gehen auswendig lernen, wie die Seiten in einem Bilderbuch deiner Kindheit (ein Buch, das du wo einst gesehen hast?). Oder den Bahndamm entlang nach Ginnheim und dann über die Ginnheimer Wiese oder um die Wiese herum. An ihrem Rand entlang und sich am Ende der Ginnheimer Wiese ein bißchen verlaufen, obwohl man jetzt schon ganz nah ist und sich eigentlich auch ganz gut auskennt – oder dachten es wenigstens. Mit der Achtzehn nach Praunheim zur Endstation (aber eigentlich soll es kein Geld kosten!) und dann lang die Nidda entlang. An der Römerstadt vorbei, an der Nordweststadt vorbei. Vielleicht gibt es die gar nicht wirklich? Und dann bei Heddernheim muß eine Brücke – wird sich finden. Ein Umweg? Vielleicht ein Umweg, aber ein guter! Man kann auch mit der S-Bahn bis Bonames oder Berkersheim, bis nach Bad Vilbel Süd und dann den ganzen Weg zu Fuß zurück. Den Bahndamm entlang und über die Wiesen. Im Sommer Blumen und wenn wieder Herbst ist, Pflaumen und Äpfel mitbringen. Und den Weg erzählen und Geschichten von unterwegs. Gewöhnlich am Wochenende zu ihnen. Den Kinderwagen mit, falls Carina müde wird. Und auch für das ganze Gepäck. Ein Querfeldeinkinderwagen, den Sibylle so umgebaut hat, daß man viel mitnehmen kann. Diesen Kinderwagen oder im nächsten Jahr schon den Buggy. Die Zeit, als ich das schwarze Buch schrieb. Morgens zur Arbeit ins Antiquariat. Die Nachmittage mit Sibylle und Carina. Und nachts schreiben. Ich dachte, es wird nie fertig. Carina noch klein. Sorgen. Kaum Geld. Eine enge Wohnung. Die Stadt braucht uns nicht. Reisen sind unerschwinglich. Dann ist es schön, wenn man außer der eigenen engen Wohnung noch einen Ort hat, wo man mit seinem Kind und den Sorgen manchmal hingehen kann, ohne daß es gleich Eintritt kostet. Und wo man auch nicht erst lang erklären muß, was ein Kind ist. Auch wenn es nur eine andere enge Wohnung ist. In einem Vorort. Und die Fahrt dorthin zum Glück nicht so teuer. Noch besser, man schafft es und geht einmal ohne Sorgen aus dem Haus. Und die Sorgen merken nicht gleich, daß man weg ist. Und dann kann man Glück haben und sie brauchen ein paar Tage, bevor sie nachkommen.

Am liebsten schon Freitag hin. Treffen uns Freitagnachmittag im Kinderladen, Sibylle und ich. Gleich alles mit für das Wochenende. Carina hat schon gewartet. Sollen wir da oder dort? Jeder Weg ist mir recht, nur unterwegs soll sie stehenbleiben, die Zeit. Wenigstens eine Weile. Den Weg träumst du dir. Beim Ankommen früher Nachmittag. Als sei den ganzen Weg entlang keinerlei Zeit vergangen. Damals war ich ein paar Jahre lang so müde, daß ich schon dachte, das hört nie mehr auf. Das gibt es, daß man vor Müdigkeit tot umfallen kann wie ein müdes Pferd. Halbschlaf. Schmerzen. Dämmerzustände. Oft mittags auf dem Weg vom Antiquariat in die Wohnung gemerkt, wie ich im Gehen schlafe. Schon länger? Eben eingeschlafen? In die Wohnung oder in den Kinderladen? Als ob man träumt, daß man auf einem Seil geht – oder noch besser ein langsames Schweben, das keiner Erklärung bedarf. Am besten im Gehen schlafen kann man, wenn die Sonne scheint. Mittags im Sommer. Heiß muß es sein und alle Straßen genau in Licht und Schatten geteilt. Auf dem Seil. Ein Felsgrat, ein Dachsims. Die Zeit. Wie ein einziger langer Tag ist die Zeit. Du gehst. Viele Stimmen im Kopf. Vom Schreiben erschöpft, von der ewigen Schlaflosigkeit und einundzwanzig Jahren Suff und dann danach auch noch von erst zwei und dann drei Jahren ununterbrochenem Nichttrinken (daß man also pausenlos keinen Alkohol trinkt, Tag und Nacht!). Suff und Straßen und Wachtabletten. Schlafen – wie geht das? Wir kommen an und sie haben schon auf uns gewartet. Als erstes den Weg erzählen und welche Wege wir nicht kamen. Und weil wir direkt nach der Arbeit losgingen, gleich bei der Ankunft ein Imbiß. Schon alles vorbereitet. Ein echt griechischer Imbiß, sagt Jürgen zu mir. Wie auf Samothraki. Schafskäse, Gurken, Oliven. Sogar die Tomaten sind aus Griechenland und auch diese kleinen Gabeln. Und dazu noch italienische Salami, französischer Bayonneschinken und drei Sorten Schweizer Käse. Alles aus der Kleinmarkthalle und von der Freßgass, sagt er. Hat mich oft mit Essen, Zeit, Geld, Tisch und Bett versorgt. Und mir zugesehen beim Schreiben. Noch vor meiner Zeit mit Sibylle. Mein erster Leser. Nicht nur das Essen für mich und einen Tisch, einen Stuhl und die Zeit, Nachmittag oder Nacht, ein fremder Morgen mit starrem Blick, sondern mir auch geholfen, daß ich jedesmal wieder anfangen kann zu essen. Im Suff immer wieder, im Suff und beim Schreiben und nach langen Saufperioden. Ob das Leben dich noch einmal annimmt? Erregt und zittrig, man steht und findet nicht gleich in das eigene Leben zurück. Muß alles erst mühsam neu lernen. Vielleicht ohne ihn wäre ich längst ein Gespenst. Wir sind nämlich reich, sagt Pascale. Schon seit vorgestern. Werden also einen Teil der Lohnsteuer vom Vorjahr zurückgekriegt haben. Weil beide nie das ganze Jahr arbeiten, kriegen sie immer ziemlich viel Lohnsteuer zurück. Müssen nur immer erst jemanden finden, der die Anträge für sie ausfüllt und abschickt. Den Imbiß. Kaffee. Zigaretten. Und jetzt nach dem Imbiß, jetzt merk ich erst, wie müd ich bin. Schon vorher die Schuhe aus und gleich nach dem Kaffee (noch die griechischen Inseln im Kopf, die Inseln, das Meer und die Schiffe) aus der Küche in ihr kleines Schlafzimmer mit dem Riesenbett. Nur zwei Schritte über den Flur. Oder wir sitzen schon sowieso in dem anderen, in dem größeren kleinen Zimmer und da muß man sich nur zurücklehnen. Überall Matratzen, Kissen und Decken. Auf dem Teppich. Du rückst dir ein Kissen zurecht. Du legst dich zurück. Augen zu. Und bist auch schon eingeschlafen. Ein Sommertag. Alle Türen offen. Jürgen, Pascale, Sibylle und Carina. Und ihre Stimmen noch in meinen Schlaf hinein. Eine Dachwohnung halb in den Bäumen. Ein Frankfurter Vorort. Nicht nur, als ob man in den Bäumen wohnt. Auch wie in einem anderen Land. Eben angekommen. Wie die erste Station einer langen Reise. Man kommt an und Ort und Zeit warten schon.

Ein Sommertag. Und wenn ich aufwache, soll es noch hell sein. In den Bäumen die Vögel. Hecken hinter dem Haus, ein Zaun und ein Gartentürchen. Und dann ist man schon im Feld. Was davon übrig ist. Gärten und aufgelassene Gärten. Wiesen, Hekken, Obstbäume. Ein Rübenacker, ein Maisfeld, Kornfelder. Ein Gehölz. Sandhaufen, eine Grube, ein Transformatorenhäuschen, ein Bretterzaun und daneben noch eine Grube. Und die Vögel wissen nicht, was sie davon halten sollen. Eher skeptisch die Vögel. Kaninchen. Ein Dickicht. Von einem ehemaligen

Wäldchen ein überzähliger Rest. Ein Graben, ein Bach. Und Gras, hohes Gras und Gestrüpp. Und daneben schon Bauplätze abgesteckt. Zwei Bauwagen. Eine Baracke. Eine Siedlung kommt übers Feld marschiert. Und ganz nah die Autobahn. Man hört sie, bevor man sie sieht. Warum sieht man sie nicht? Weil sie hier in einer langen künstlichen Kerbe, in einer Rinne, ausgebaggert, weil sie wie ein eiliger Fluß zwischen hohen Böschungen in einem Bett, einem breiten Bett dahinfährt. Und wir wie gestrandet am Autobahnrand. Aber dort, siehst du, wartet ein Fußgängerbrückchen. Mit Stufen und wölbt sich. Da steht man und weit der Blick in das Land hinein. Sommer. Das Brückchen über die Autobahn und auf der anderen Seite weiter der Weg. Obstbäume, Wiesen, Kornfelder und ein Dorf. Eher eine Neubausiedlung. Das Dorf wird dahinter sein. Mai, Juni. Das Korn steht gut. Den Taunus sieht man. Ganz am Anfang des Sommers ein Abend. Die Sonne noch hoch. Steht weit im Nordwesten. Du weißt nicht, wie lang du geschlafen hast. Nicht lang. Vielleicht kaum zwei Stunden. Aber seit einer Ewigkeit dein erster richtiger Schlaf wieder. Das spürst du in all deinen Gliedern. Sogar jedem einzelnen Gedanken merkst du es an. So mild jetzt das Licht. Und um dich her alles lebendig und wirklich. Wie außerhalb der Zeit ein Moment und jegliche Unrast von dir abgefallen. Womöglich für immer. Sonst immer bleibt einem nur die Vergangenheit (schwer zu tragen!) und der Spuk einer spukhaften Zukunft, um die man sich unentwegt sorgen muß. Und jetzt hier mit Sibylle und Carina. Mit deinem Leben weißt du dich hier stehen. Und Jürgen und Pascale schon ein paar Schritte weiter. Vor unsern Blicken her. So früh im Sommer scheint es manchmal, als ob die Sonne nicht untergeht. Das muß jetzt die Gegenwart sein. Und dann wiederkommen, wenn das Korn reif ist. August. Schon August? Und beim nächstenmal ist das Korn gemäht. Vögel, eine ganze Schar, eine Wolke von Vögeln über dem leeren Feld. Ein Flugzeug am Himmel. Und die Sonne geht unter. Einmal über das Brückchen bis zu den ersten

Häusern. Da ist ein Kiosk, ein Frankfurter Vorortbüdchen. Am Büdchen Kinder und haben Geld, haben eigenes Geld mit. Kinder mit Fahrrädern. Kinder mit Kaugummi. Kinder mit einem Hund. Auf den Abend zu Jugendliche. Cola, Büchsenbier, Zigaretten. Ein Radiocassettenrecorder. Mopeds, Motorräder, ein neues knallrotes Motocrossrad. Manchmal Mädchen dabei. Einmal im Sonnenuntergang ein Auto. Ein alter Opel. Ein Commodore Coupé. Sieht riesengroß aus. Die Türen offen. Musik an. Zwei im Auto und drei ums Auto herum. Werden gleich einsteigen. Wie weit die Welt im Abendlicht ist. Jetzt könnten sie überall hin.

Abendspaziergang, sagt Carina. Manchmal Bukol mit. Aber nur, wenn er selbst will. Sitzt im leeren Kinderwagen, sitzt aufrecht im Buggy, macht einen vornehmen langen Siamkaterhals und betrachtet aufmerksam alles, was sich bewegt. Wird es laut, kommen Leute mit einem Hund, Radfahrer, ausnahmsweise ein Auto, dann nimmt Pascale ihn auf den Arm. Mußt nicht Angst haben, Boll, sagt Carina, sind ja bei dir! Merkt dann, daß sie nochmal Boll gesagt hat, obwohl sie dafür schon zu groß ist. Und sagt laut ins Weltall: Bu-kol! Betonung auf beiden Silben. Schon wieder die letzten Mauersegler für dieses Jahr und sie wird nächstens zwei. Abendspaziergang – wo hat sie das Wort her? Wenn nicht von dir, sagt Sibylle zu mir, dann von mir. Aber dann hab ich es von dir! Weil ich es von mir selbst weiß, sagt Carina, und dann heißt das so und dann sag ich das so! Und noch ein Weg. Geht vom ersten Weg ab. Erst noch ein Weg und dann fast schon zugewachsen. Und da ist eine Gärtnerei. Wohnhaus, Schuppen, Gewächshäuser. Ein hoher Maschendrahtzaun. Eine Wiese mit Obstbäumen. Unter den Obstbäumen zahme Rehe. Als ob sie wissen, wie schön sie sind. Grasen im Schatten, grasen ruhig bei den Lichtflecken unter den Bäumen. Grasen und schauen zu uns herüber. Rehe, ein Rehbock, ein junges Reh. Sie kommen nicht, aber rennen auch nicht weg. Noch der gleiche September mit den Pflaumen und Äpfeln oder schon wieder April und die Kirschen blühen. Erst blühen sie und dann sieht man sie reif werden. Ein Kirschenjahr. Das ist dann schon der Sommer, bevor Carina drei wird. Die Rehe, Enten, ein Goldfasan und ein Pfau. Und daneben ein Vogelhaus, eine Voliere voller Unruhe und Gezwitscher. Von weither die Vögel. Andere Himmel gewöhnt. Kommen aus Ländern, wo es ihnen besser ging. Und dort hinten der kleine Schuppen mit dem Anbau aus Draht. Da ist ein Fuchs. Aber nicht zu sehen. Muß man stehen und hinstarren, bis man denkt, man hat ihn vielleicht doch gesehen. Lebendig. Ein Fuchs aus dem Wald. Carina stumm vor Ergriffenheit. Und manchmal, sagte ich dann zu ihr, manchmal kommt der Fuchs Leo, *unser* Fuchs Leo zu ihm zu Besuch. Das ist der Fuchs aus unseren Fuchsgeschichten, aber Carina hat ihn auch als Stofftier. Erst, sagte ich, sitzt er bei ihm im Schuppen auf einem alten Autokissen. Sie fressen ein bißchen Katzenfutter. Da ist bei den Ginsterbüschen ein Loch im Zaun und abends gehen sie zusammen ins Feld. Rennen weit durch das dämmrige Feld. Sehen die Autobahn. Lichter, Vororte, Siedlungen und Fabriken. Sehen die Nacht, sehen Züge fahren. Vielleicht ist schon wieder Herbst. Bis nach Niederursel rennen sie. Da kann man den Wald schon riechen, den Taunus. Und der Gärtnereifuchs spricht jedesmal davon, daß er wieder in den Wald will. Bald. Am liebsten jetzt gleich. Und wie er die Sehnsucht schon kaum noch aushält. Fast die ganze Nacht lang spricht er davon. Schon ganz heiser vor Sehnsucht. Aber dann geht er doch wieder durch das heimliche Loch im Zaun leise in seinen Schuppen zurück. Jedesmal. Weil er da sein Haus hat, sagt Pascale (oder war das eine Frage?). Ja, sagte ich, den Schuppen mit Auslauf. Aber keine richtige Arbeit. Und auch keine Ferne. Nur das Katzenfutter in Dosen. Auf jeder Dose das gleiche Bildchen drauf. Die Dosen und natürlich auch einen praktischen Dosenöffner. Und auch deshalb, damit das Loch im Zaun nicht entdeckt wird, deshalb geht er jedesmal wieder zurück.

Ein paarmal auch mitten in der Woche nach Eschersheim zu Jürgen und Pascale. Wenn uns die Woche zu lang wird. Wenn ein Feiertag ist und wir zwei Tage frei haben und kein Geld. Können zur Not auch morgens von dort aus zur Arbeit, das geht. Aber sonst meistens am Wochenende. Auch nicht zu oft. Alle vier, alle sechs Wochen vielleicht. Gerade so, daß man merkt, wie die Zeit vergeht. Schon Tage vorher uns alles zurechtgelegt. Buntstifte, Schlafanzug, Bilderbücher für Carina. Anfangs noch Windeln mit. Bibliotheksbücher für Sibylle und für mich. Manchmal ein paar Schallplatten, aber haben nur diese paar. Sibylles Gitarre. Sibylles Tagebuch. Arbeit, die sie sich von der Arbeit mit heimbringt. Fotos, die sie sortieren will. Einen angefangenen Brief an ihre Mutter. Obst, Pläne, Geschichten, Lebensmittel und Kochrezepte. Regenjacken und Hausschuhe für uns alle drei. Und in einer großen Einkaufstasche mein Manuskript. Das schwarze Buch. Nur damit es da und in Reichweite. Aber am besten man packt es gar nicht erst aus. Manchmal ein paar Tage vorher Jürgen schon in der Stadt getroffen. Vorbereitungen. In der Zentrale der Stadtbibliothek auf der Zeil Bücher aussuchen. Lyrik zum Laut-lesen. Bildbände, die wir zusammen ansehen wollen und er nimmt sie jetzt schon mit. In Frankfurt in der Innenstadt muß man immer nachsehen, ob alles noch da ist. Und was neu dazu. Sogar die Denkmäler setzen sie alle paar Jahre um. Zwei Stunden in der Bibliothek gewesen. Und wir lassen uns Zeit und gehen noch ein paar Schritte zusammen, mein Freund Jürgen und ich. Und das ist, als ob man sich sein Leben jedesmal wieder ein Stück weit weiter erzählt und ich ihm auch noch mit vielen Stimmen das nächste Kapitel vom schwarzen Buch. Er hat auch wieder angefangen zu schreiben. Seit wann? Mehr als zwei Monate schon. Hauptsächlich nachts. In Eschersheim ist es nachts still. Wein. Zigaretten. Eine elektrische Schreibmaschine vom Flohmarkt. Und nochmal die gleiche Abrechnung mit den Gespenstern seiner Kindheit. Wie immer.

Nochmal. Immer wieder. Und jedesmal wieder vom Anfang an. Ich dachte, daß ich es sein könnte, sagt er. Jahrelang dran geglaubt. Aber jetzt weiß ich, daß ich kein Schriftsteller bin. Trotzdem! Mal sehen. Erstmal schreib ich weiter und später dann zeig ich es dir. Konstablerwache, Zeil, Töngesgasse. Das alte Café Mozart und noch zwei Kneipen. Die Stadt und die vielen Gesichter. An diesem Tag war der Himmel bedeckt. Um vier Pascale an der Hauptwache treffen. Kurz nach vier. Sie kommt aus der Schule. Eine Sprachschule für Erwachsene. Montag, Dienstag und Donnerstag je drei Stunden. Da kommt sie. Pferdeschwanz, Faltenrock, weiße Bluse. Und hat uns schon von weitem gesehen und beeilt sich. Extra für heute den Unterricht so fein gebügelt die Bluse. Parfüm auch. Eine Lehrerin, die wie eine Schülerin aussieht, die eine Lehrerin spielt. Steinweg, Goethestraße und Freßgass. An den teuren Läden vorbei. Grau der Tag und wie er sich mit uns in den Schaufenstern spiegelt. Gern hätte ich von allen Tagen die Bilder aus diesen Fenstern. Jürgen und Pascale mit mir bis zur Oper und ich dann zu Fuß heim. Oft, gerade am Nachmittag, ist mir, als ob ich alles nur träume. Schon länger. Mich auch.

Immer im voraus schon uns zurechtlegen, was wir alles mitnehmen wollen. Carina am meisten. Extra dafür in unserer übervollen Wohnung eine Ecke freigeräumt. Und da stapelt sich alles. Und sooft dein Blick darauf fällt, jedesmal mußt du dir ausdenken, wie ihr hingeht und ankommt, wer was sagt und wie es dann dort ist und gleich fällt dir noch etwas ein, was du unbedingt mitnehmen mußt. Bilder, Musik, Landkarten, ein Gesprächsthema, warme Hausschuhe für Carina. Und Sibylle jeden Tag sagen, was ich dort alles machen will und woran sie mich erinnern soll. Und sie immer wieder erinnern, daß sie mich dann erinnert. Und daß wir nachsehen, ob die Platte mit Hard Rain bei ihnen ist. Eine Doppel-LP, aber wie heißt sie? Hatten sie Elda geliehen, als Elda bei uns über Nacht blieb, zwei Nächte, das muß jahrelang her sein, aber du weißt, sie hat die Platte zurückgegeben. Nur jetzt ist sie nicht da. Bei meinem Freund Jür gen sind die Platten oft in den falschen Hüllen. Und wenn man ihm das zeigt, sagt er, doch, das ist richtig, die war schon immer da drin. Haben manche sooft hin- und hergetauscht, er und ich, daß wir schon lang nicht mehr wissen, wem sie gehören. Diese also und noch eine Dylanplatte. New Morning. Denk auch dran. Weil ich sie beim Schreiben brauche. Und wollen dem Bukol etwas mitbringen, sagt Carina. Nämlich als Überraschung. Damit er es erst nicht weiß und sich dann umso mehr freut. Werktage. Nachwinter, Vorfrühling, Herbst. Behördenbriefe, Sorgen, die Gasrechnung. Und der Himmel seit Tagen bedeckt. Sieht nach nix als Regen aus. Jeden Tag neue Notizen und Zeitungsausschnitte für Jürgen. Landkarten auch. Und Zitate aus Büchern. Und, sagte ich zu Sibylle, vergiß nicht, denk auch dran, daß ich ihm den Staat erkläre. Welchen Staat? Diesen, sagte ich. Jeden Staat. Du weißt ja, daß der Staat ihn von früh auf beharrlich verfolgt hat. Und will kein Einsehen haben. Immerhin, sagte ich, seit wir uns kennen, Jürgen und ich, seit er achtzehn war, überhaupt seit sie ihn zum erstenmal verhaftet haben und das war im Herbst 1960, seither hat er nie so lang ohne Knast gelebt wie jetzt diese letzten paar Jahre. Abend, die meiste Zeit Abend. Und ich, sagt Carina, die jetzt schon größer ist, dann die neuen Bibeltheksbilderbücher, die ich einen anderen Tag erst noch aussuche in der Bibelthek (sie sagt immer Bibelthek), die will ich dann auch mitnehmen und der Pascale zeigen. Und sie soll wieder das eine schöne Lied singen. Die anderen Lieder auch, aber das eine zuerst und am meisten. Und Sibylle soll auch mit ihr singen. Kinderlieder aus Frankreich. Dann schon der nächste Abend und es wird immer später. Schläft Carina? Dort all ihre bunten Sachen, die sie mitnehmen will. Es werden jeden Tag mehr. Schläft sie jetzt? Wie ein Mantel liegt die Müdigkeit auf mir. Ein schwerer Mantel und noch eine dicke Decke. Und dabei habe ich für heute mit der Arbeit noch nicht einmal richtig angefangen. Nur eben das Manuskript mir zurechtgelegt und die ersten paar Wörter im Kopf. Und, sagte ich zu Sibylle. Inzwischen spät in der Nacht (es wird immer später). Und daß ich nicht wieder anfange, dort bei ihm Zeitung zu lesen. Er hat immer Berge von Zeitungen. Und sobald ich erst damit anfange, gleich wird die Welt unerträglich. Man kann nicht mehr weiterleben. Oder müßte gleich einen Amoklauf für Frieden und Gerechtigkeit. Alle umlegen! Einer allein schafft das gar nicht! Also keine Zeitungen! Das sagst du jedesmal und fällst dann doch wieder darauf rein. Aus Pflichtgefühl, sagte ich. Wegen der Menschheit. Aber diesmal nicht. Oder höchstens ganz kurz. Nur die Überschriften. Zwanzig Minuten. Und solang ich Zeitung lese, sollst du mir dort bei ihnen noch einen kleinen Nachtrag schreiben. Du denkst dir alles schon vorher aus und dann siehst du, was dir beim Schreiben noch einfällt. Pornogeschichten, die sie für mich schreibt. Du hast diesmal schon zwei Nachträge, sagt sie. Ja, sagte ich, und jetzt noch einen kunstvollen kleinen dritten zum Abschluß dazu. Man soll ihm anmerken können, daß er dort geschrieben ist. Und, sagte ich, wenn ihr euch sowieso zur Begrüßung umarmt, du und Pascale. Und zum Abschied auch. Kannst du Pascale nicht auch manchmal ein bißchen abknutschen und ihr ausgiebig den Arsch tätscheln. Bestimmt hat sie das gern. Denn ein paarmal, weil es eng war und auch ein Spiel, saß Pascale bei Sibylle auf dem Schoß. Einmal sogar auch in Frankreich in einem Café. Das muß ich mir noch überlegen, sagt Sibylle. Und den Nachtrag auch. Nur wenn du nicht immer so unersättlich bist, sagt sie. Beim Schreiben und auch im Leben. Sooft sie ein ernstes Gesicht macht, sieht sie aus wie ein Kind, das ein ernstes Gesicht macht. Spät in der Nacht. Weit zurück ein vergangener Mittwoch oder Donnerstag. Mitternacht eben vorbei. Mit zwei angefangenen Sätzen sitze ich da, bin müde und weiß, daß die Zeit, daß mein Leben nicht ausreicht. Mein halbes Leben mit dumpfer Arbeit vertan. Lastträger auf dem Markt. Wie betäubt vor Müdigkeit jetzt in der Nacht. Muß morgen früh wieder ins Antiquariat und weiß jetzt schon, daß ich die nächsten paar Tage nicht viel zum Schreiben komme. Carina schläft. Sibylle läßt Badewasser einlaufen. Was sollen wir nur dem Bukol als Überraschung mitbringen?

Pascale ist für Carina der erste fremde Mensch, bei dem sie sich sicher fühlt und geborgen. Auch wenn wir nicht da sind, Sibylle und ich. Und der erste auch, mit dem sie vertrauensvoll mit, sogar von uns weg und froh in die Welt geht. Hat früh schon winken gelernt. Noch ganz klein und muß Pascale immerfort ansehen. Und wenn Pascale nicht da ist, warten, daß sie wieder kommt. Und gleich bei ihren ersten Wörtern ist Pal dabei – für Pascale. Der erste Mensch, den sie sich selbst ausgesucht hat. Gleich auf den ersten Blick. Wie aus einem früheren Leben wiedererkannt. Und einmal abends haben wir der Reihe nach alle miteinander telefoniert und lang und breit das bevorstehende Wochenende besprochen, ein Vorabend. Und ganz zuletzt hat Carina mit Pascale ausgemacht, daß sie am Freitag nicht mit uns kommt, sondern Pascale sie schon mittags im Kinderladen abholt. Pascale und Jürgen. Jürgen und Bukol gehören für Carina zu Pascale mit dazu. Und Freitagmittag gehe ich Sibylle durchs Westend entgegen. Sie kommt vom Verlag und ich aus dem Antiquariat. Wir treffen uns an der Ecke beim Grüneburgweg. Schon unser ganzes bisheriges Leben sind wir immerfort so aufeinander zu, sie und ich. Auf allen Wegen. Auch diesmal, siehst du, ist die magische Straßenecke zuverlässig an ihrem Platz. Wahrscheinlich immer. Nur wenn ich aus der Ferne drandenke, kommt mir immer vor, sie könnte weg sein. Verschwunden. Nicht aufzufinden. Weg für immer. Hat nie existiert. Ein Herbsttag. Oktober. Und wie es raschelt, das Laub. Der Herbst, als Carina zwei war. Bin ich Sibylle durchs Westend entgegen oder hat sie mich von der Arbeit abgeholt und ich bin ihr nur in Gedanken entgegen? Und kommen in der Jordanstraße in unsere leere Wohnung. Mitten am Tag. Ohne Kind. Hier also. Als ob man unverhofft bei sich selbst zu Besuch. Sonst immer in Eile und ein bißchen zu spät dran und in Gedanken schon dort, wo man hinwill – und jetzt? Endlich aufräumen oder am hellen Mittag ins Bett? Lieber gleich hier bei den Matratzen und Sesseln in unserem großen Zimmer. Was für dicke Teppiche wir doch haben. Überall in der Wohnung Kindersachen und Spielzeug. Wie aus dem Himmel gefallen. Ein Kind also. Ein Kind, das schon ohne uns alles mögliche anfängt und denkt sich das ganz allein aus. Ein Kind, das natürlich nicht immer Zeit haben kann für uns. Ein Herbstnachmittag. Vor dem Fenster der Himmel. Jede Wohnung hat ihre eigene Stille. Sibylle schon beim Ausziehen. Erst sich und dann mich. Und wie ihr dabei immer die Haare übers Gesicht fallen. Und dann, wenn die Zeit wieder anfängt, sagen wir zueinander: Komm, es ist Herbst! Noch lang, bis es dunkel wird. Wollen durchs Westend zu Fuß, du und ich. Zu Fuß und uns Zeit lassen. Als ob wir schon einmal so gegangen sind. Als ob wir immer wußten, daß wir einmal so gehen. Und damit man es sich dann merken kann und hat es für immer. Der Herbst, als Carina zwei war. Und kennen uns seit sieben Jahren. Durchs Westend und im Grüneburgweg in die U-Bahn nach Eschersheim.

Und dann einen Freitagabend mit Pascale, Carina und ich. Durch Eschersheim. Mit Bukol. Bukol mit Halsband und Leine. Eine Art Zaumzeug. Extra für vornehme Siamkatzen. Grün und aus feinstem Ziegenleder. Muß ein Vermögen, also höchstwahrscheinlich geklaut, aber wenn sie ein bißchen Geld haben, ist ihnen der Preis auch egal. Es reibt nicht und drückt ihn nicht, ich hab es ausprobiert, sagt Pascale, die vielleicht selbst gern so ein grünes Halsband mit Leine hätte. Eben noch Herbst und jetzt schon wieder Vorfrühling. Aber dazwischen ein langer Stadtwinter. Regen und Regen und in den Regen hinein manchmal nasser Schnee, der nicht bleibt. Ein Stadtwinter, der kein

Ende nehmen wollte, aber dann ist doch wieder März geworden. Grau und still war der Tag. Und jetzt vor unsren Augen wird die Dämmerung grün und blau. Vogelrufe. Von allen Seiten die Vögel. Mit vielen Lichtern der Abend. Bukol vor uns her. Die Leine scheint ihn nicht zu stören. Geht, duckt sich. Zuckt vor Anspannung. Vögel, Menschen, ein Fahrrad vorbei und er mit dem Blick zu uns, ob wir das auch sehen. Bleibt stehen. Steht reglos. Eine Übung im Unsichtbarwerden. Dann Bewegungen wie im Dschungel. Immer weiter mit. Scharrt mit der Vorderpfote. Muß lang am Gras schnuppern, fahles Märzgras. Beinah als ob er es küßt. Und kann sich nicht trennen. Dann wieder mit sachlich-normalem Katzenschritt auf dem städtischen Gehsteig. Ein ganzes Stück, als ob er allein geht. Aber dreht sich dann doch um, ob wir auch nachkommen. Ob wir noch da sind? Wie soll er begreifen, daß wir nicht alle als Katzen hier gehen? Will er eine Hecke erkunden, muß man ihm die Leine ab und am Wegrand stehen und warten. Ein Stück weiter ein Mäuerchen und er muß auf das Mäuerchen. Steht, hört die Vögel. Atmet gierig die Luft. Abendluft. März. Lang die Dämmerung. Sibylle und Jürgen in der Wohnung geblieben. Fangen schon an zu kochen. Wir wollten nur ein kleines Stück gehen (Abendspaziergang, sagt Carina) und sind jetzt doch ziemlich weit. Einmal ein kleiner Junge, der vor seiner Haustür sitzt, klein und allein, und im Abendlicht die ganze Welt vor sich sieht. Dann zwei Mädchen in hellen Kleidern, die in einer dämmrigen Seitenstraße Federball spielen und ihre Stimmen dabei immer hin und her. Erst noch Mietshäuser, Vorortstraßen, Sozialer Wohnungsbau. Da war es noch hell. Dann das alte Eschersheim mit seinen Villen und Gärten. Alt heißt hier hundert Jahre. Jugendstil. Gründerzeit. Nachgebauter Barock. Privatbarock. Große Fenster. Türmchen, ein Erker, Vortreppen. Ein Gittertor. Torpfosten mit weißen Steinkugeln. Hecken, die sich einen Gärtner leisten können. Eine Dame im Pelzmantel. Mit englischem Windhund. Auf einer Freitreppe. Ausgestopft? Echt? Reglos beide. Wo bleibt der Fotograf?

Gärtnerhecken und Qualitätsrasen und überall hohe Bäume. Eine Lampe über der Haustür und Licht in den Fenstern. Kronleuchter, Stehlampen, Teppichstille. Schon alles zur Nacht gerichtet und gleich werden die Fensterläden zugemacht. Fensterläden und Rolläden. Blau die Dämmerung und unter den Bäumen ist es schon dunkel. Vielleicht vorher mein kleiner Schlaf. Am Nachmittag, gleich nach der Ankunft (wo war ich im Schlaf?). Und deshalb jetzt jede Einzelheit überdeutlich. Fremd und vertraut zugleich. Jedes Ding fängt zu reden an. Jeder Augenblick sieht mich an. Jetzt sind wir schon so weit, sagt Pascale. Jetzt zeig ich euch noch, wo das ist, wo es das beste Eis von Eschersheim gibt. Oder sogar von ganz Frankfurt.

Ein winziges Eiscafé direkt an der Eschersheimer Landstraße. Gleich vorn, ganz am Anfang von Eschersheim, wenn man aus der Innenstadt kommt. Ein italienischer Wirt. Noch jung. Die Eistheke und drei kleine Tischchen. Und vor der Tür auf vielen Fahrspuren dröhnend der Freitagabendverkehr stadtauswärts. Und die U-Bahn. Kommt ein paar Haltestellen vorher schon aus der Erde herauf und fährt hier auf einer Rampe in der Mitte der Straße. Er hat umgebaut, sagt Pascale. Vorher war es noch kleiner. Zuerst gab es überhaupt nur Eis zum Mitnehmen. Jeder zwei Kugeln jetzt. Sie Sahnekirsch und Vanille. Ich Aprikose und Heidelbeer, aber die gibt es beide noch nicht. Erst im Sommer. Also Pistazie und Malaga. Und Carina kann sich nicht gleich entscheiden. Muß erst unser Eis probieren, sich die Sorten alle nochmal aufzählen lassen und darüber ins Grübeln geraten. Bukol zuerst bei Pascale auf dem Schoß und dann neben ihr auf der Eckbank. In Frankreich, sagt Pascale, und sieht erst Carina und dann mir tief in die Augen, in Frankreich ist Cassis mein Lieblingseis. Schon immer. Das Eis kosten, jeden Löffel Eis im Mund schmelzen lassen und Pascale beim Eis essen zusehen. Carina nochmal zur Theke, um die Eissorten zu betrachten und der Reihe nach zu bedenken. Jürgen ißt nicht oft Eis, sagt

Pascale. Noch eben hell draußen. Das letzte Licht. Alle paar Minuten eine U-Bahn und dann immer viele Menschen mit Taschen und Tüten. Eilig. Ein Schwarm. In alle Richtungen. Und müssen als Schatten stumm in die Dämmerung gehen. Vor dem Fenster der Abend und wo hab ich als Kind solche Häuser gesehen? Bilder? Ein Bilderbuch? Aber ich hatte keine Bilderbücher. Gab kaum welche nach dem Krieg. Und die wenigen, die ich zu Gesicht bekam, hab ich mir fürs Leben gemerkt. Ein Malbuch? Auch die waren selten. Links die Seite in Farbe und rechts zum Ausmalen. Nicht nur die gleichen Häuser, sogar die Fassadenfarben die gleichen. Aber alt die Läden. Alte Markisen und Ladenschilder. Und auch die Tage, Passanten und Fahrzeuge aus einer anderen Zeit. Beleibte Herren in Gehrock und Zylinder und wie sie ihre Spazierstöcke schwingen. Haben alle soeben großartig zu Mittag gegessen und dabei noch gute Geschäfte gemacht. Einer im Trenchcoat. Mit Hut. Und sieht wie ein Geheimagent aus. Wie ein Detektiv. Tüchtige deutsche Handwerker mit Mütze und Werkzeugkasten. Oder einen fleißigen Lehrjungen mit für den Werkzeugkasten. Ein Lehrjunge trägt zwei große Farbkübel und beeilt sich. Ein Lehrjunge trägt eine lange Leiter und beeilt sich. Ein Lehrjunge schiebt einen Karren. Muß sich anstrengen. Ein Lehrjunge zieht einen Karren. Mit aller Kraft. Zieht und beeilt sich. Und ein Lehrjunge mit einem Ohrfeigengesicht. Ein Faulpelz mit nix als Unsinn im Sinn. Dünne schulpflichtige Zeitungsverkäufer mit rotweißen Extrablattjacken. Alte Hausdiener und Gepäckträger, die aussehen, als ob sie nie etwas anderes hätten sein können. Geborene Hausdiener und Gepäckträger also. Damals. Der Gehsteig ist breiter gewesen. Ein Bürgersteig. Die Zeit auch geräumiger. Die gute alte Zeit. Ladenbesitzer, jeder vor seiner Ladentür. Die Zeit nach dem Mittagessen. Manche in Weste und Hemdsärmeln. Einer im weißen Kittel. Einer im grauen Kittel. Und der vom Zigarrenladen raucht mit Kennermiene eine gute Zigarre. Ein Buchhalter geht auf die Bank. Eine Bürofräulein trägt eine wichtige Mappe über die Straße. Ein bescheidenes strebsames junges Ehepaar steht an der Straßenecke und bespricht seine Zukunft. Ein gutsituiertes älteres Ehepaar hat auf dem Heimweg einen folgenschweren Entschluß gefaßt. Mit großen Schritten ein eifriger Briefträger. Ein bißchen zu spät dran. Und grüßt nach allen Seiten. Damen auch. Damen im Pelz und Damen mit Hütchen, Handtasche, Schneiderkostüm. Eine Dame mit einem Hündchen. Ein Blumenmädchen. Eine Gemüsefrau mit Bauernhäubchen und Trachtenschürze. Damen, Hausfrauen, Dienstmädchen. Ein Schupo, der den Verkehr regelt. Ein Radfahrer, dem die Mütze wegfliegt. Ein Kind mit seinen Eltern. Ein Kind mit einem Roller. Kinder mit einem Ball und Kinder mit einem Dackel. Ein Kindermädchen mit Kinderwagen. Ein Omnibus kommt um die Ecke. Eine Straßenbahn hält. Ein Brauereifuhrwerk mit vier prächtigen Brauereipferden. Die Pferde mit bestem Hafer genährt und die Spatzen warten auf frische Pferdeäpfel. Ein Lastauto wird beladen. Und in der Ferne (die gibt es auch) ein Eisenbahnzug über ein Eisenbahnviadukt. Wunderschöne Dampfwolken. Und alles zum Ausmalen. Nach Vorlage. Zahlreiche Fenster auch. Alle Sorten Gardinen. Auf den Fensterläden sieht man die Geranien und Alpenveilchen und zierliche kleine Gießkännchen stehen daneben. Ein Bilderbuchfrieden. Goldene Zeiten. Die feinen, die besseren und die einfachen Leute. Und alle jederzeit überall deutlich zu unterscheiden und jeder weiß, wo er hingehört und was sich für ihn gehört. Wer arm ist, ist arm, aber ehrlich. Keine Ausländer. Keine Bettler, Säufer und Penner auf dem Bild. Muß ein Bilderbuch oder Malbuch aus Vorkriegszeiten oder ein unveränderter Nachdruck und auch nicht komplett. Nur ein paar überzählige Seiten – nicht meine. Aber wo hab ich sie gesehen, bevor ich noch lesen und schreiben konnte?

Carina zu uns an den Tisch zurück. Du kannst auch eine Erdbeermilch, sagte ich, oder warmen Kakao. Nein, sagt sie, gleich weiß ich es! Und sitzt und wägt weiter ab. Und sieht dabei aus, als ob sie auf eine Eingebung wartet. Manchmal Laufkund schaft. Eine Mutter mit einem Kind. Ein Kind allein. Zwei Kinder. Großeltern mit einem Enkel. Alles Nachkommen aus dem Bilderbuch. Eis zum Mitnehmen. Waffel oder Becher? fragt der Wirt jedesmal. Ein Märzabend. Noch kühl. Jetzt! sagt Carina und zeigt mit der Hand in die Luft. Jetzt weiß ich es! Vanille wie die Pascale und grün wie das grüne von dir, Peta! Pistazien. Für Carina das Eis und Pascale und ich jeder einen Espresso. Bei dem Wirt jetzt ein Freund, ein Landsmann, ein Kumpel. Stehen am Ende der Theke und rauchen. Jetzt setzt sich der Freund an den Tisch in der Ecke. Der Wirt holt zwei Gläser und setzt sich zu ihm. Carina mit ihrem Eis. Ißt und träumt, läßt sich Zeit. (Tropf nicht mit deinem Eis!) Denkt sich aus, sie ist groß und hat selbst ein Eiscafé jeden Tag. Das denkt sie sich oft aus. Das schönste Eiscafé weit und breit. Am liebsten zusammen mit Pascale. Sibylle und ich können dann auch immer hinkommen. Wir kriegen alles umsonst. Dürfen uns vielleicht sogar jederzeit selbst nehmen, was wir wollen. Aber doch besser vorher fragen! Carina spielt jetzt schon immer Eiscafé mit mir. Zur Übung. Ich als Gast und sie drängt mich, immer noch etwas zu bestellen. Eis und Kuchen, Espresso, Saft, Milchkaffee. Und wenn sie mir die Sachen bringt, sind sie unsichtbar. Aber das darf man nicht sagen. Braucht lang jetzt mit ihrem Eis. Eis essen und Pascale dabei ansehen – und kann sich ihr schönes Eiscafé gleich noch besser ausdenken. Immer dichter die Dämmerung vor der Tür und wie wir uns mit dem Eiscafé in der Scheibe spiegeln. Pascale auf der Eckbank, als ob sie gleich anfängt zu frieren. Ein dunkles Kleid. Aus Frankreich ein Winterkleid, aber kurz. Und dazu von Jürgen eine alte Jeansjacke mit umgekrempelten Ärmeln. Die Jacke bei ihr fast so lang wie das Kleid. Du bist zu dünn angezogen, sagte ich. Aber Strümpfe an, sagt sie und zupft an dem Kleid. Eigentlich hebt sie es hoch. Dünne Strumpfhosen, durchsichtig. Achtundsechzig im Frühling waren Edelgards Kleider so kurz oder sogar noch kürzer und wenn sie abends (weil es dann kühl wird und wir überall fremd sind) Jürgens Jeansjacke oder meine Wildlederjacke anzog, dann sah es so aus, als ob sie nur die Jacke anhat. Kein Kleid. Damals. Wenn man damals Anfang zwanzig war, konnte man ein paar Jahre lang denken, daß die Welt von Jahr zu Jahr besser wird. Von Sommer zu Sommer. Und die Sommer auch immer besser. Und daß man auch selbst seinen Anteil daran, daß wir es sind, die das zustandebringen. Trink einen Grappa, sagte ich zu Pascale. Muß ich? fragt sie. Geht nicht auch ein Amaretto? Nein, sagte ich, einen Grappa! Und der Wirt bringt den Grappa und für mich noch einen Espresso. Zigaretten. Der Grappa steht auf dem Tisch und riecht immer stärker. Der Wirt jetzt zu seinem Freund von dem Umbau. Ist erst in Italien gewesen und hat dann hier den Umbau gemacht. Und wenn alles gutgeht, wird er in ein-zwei Jahren auch noch den Hof dazu. Ein Glasdach und Pflanzen. Vielleicht einen kleinen Springbrunnen (er zeigt mit den Händen: so hoch und so breit ungefähr) und dann kann man unter dem Glasdach im Hof zwischen den Pflanzen bei dem Springbrunnen sitzen wie im Süden in einem Garten. Macht die Tür zum Hof auf und das Hoflicht an. Und beide stehen unter der Tür und betrachten den engen Hof mit den Mülltonnen. Fast schon dunkel, aber man hört noch Vögel. März, kühl die Abendluft von draußen herein. Vielleicht ein Glasdach zum Aufmachen. Sehen, wie der Sommer wird und das Sommergeschäft. Der Hof also und hinten im Hof noch ein Anbau, den niemand braucht. Eine ehemalige Waschküche voll Gerümpel. Kann man gut eines Tages auch noch mit. Dann das Licht aus und die Tür wieder zu. Wieder an ihren Tisch zurück beide und reden weiter mit leisen Stimmen. Beide rauchen. Pascale und ich auch jeder noch eine Zigarette. Sie zieht den Grappa näher zu sich heran, aber trinkt noch nicht. Carina läßt uns von ihrem letzten Rest Eis nochmal probieren. Vor der Tür hält ein Auto. Vollbremsung. Laut die Bremsen. Hat mitten auf der Fahrbahn gehalten. Der Fahrer eilig herein.

Wie bei einem Raubüberfall, aber grüßt. Schnell aufs Klo, dann Zigaretten im Automat. Kennt den Wirt. Läßt sich Feuer geben. Hält vielleicht jeden Abend hier direkt vor der Tür. Immer mitten auf der Fahrbahn. Geht jedesmal eilig pissen und kauft Zigaretten im Automat. Draußen bremsen und hupen die Autos. Und er raus und gleich weiter. Vollgas. Die Reifen quietschen. Wie alt der Fahrer? Anfang zwanzig. Eine schwarzrote Rennfahrerjacke. Ein alter tiefergelegter Golf. Gürtelreifen. Den Hof, sagte ich zu Carina, mit zu dem Eiscafé dazu. Mit Tischen und Stühlen. Und darüber ein Dach aus Glas! Damit sie es sich vorstellt, als sei es ihr eigenes Eiscafé. Pascale riecht an dem Grappa, kostet. Der ist scharf, sagt sie. Muß ich wirklich? Kostet nochmal. Brennt, sagt sie und hat Tränen in den Augen. Dann der Landsmann, der Freund vom Wirt mit seinem Aufbruch. Alles eingesteckt. Nochmal winken. Und geht. Ist gegangen. Kommt sicher öfter, kommt vielleicht jeden Abend kurz hier vorbei. Der Wirt an die Theke zurück, aber läßt sein Zeug auf dem Tisch. Carina gleich fertig mit ihrem Eis. Immer mit dir, sagt Pascale zu mir, rauch ich viel mehr. Gern wüßte ich, was Bukol sieht, wenn er auf die dunkle Scheibe starrt. Von draußen ein Paar herein. Noch jung, nicht mehr ganz jung und schon ein bißchen zu dick. Sie einen Schokobecher und er ein Bananensplit. Und stell schon das Bier kalt, sagt er zum Wirt. Ist schon, sagt der Wirt. Sie drehen sich dreimal um und setzen sich dann an den mittleren Tisch. Kommen sicher auch öfter. Immer nach dem Abendessen. Bevor sie vorm Fernseher weiter essen. Der Wirt macht die Eisbecher zurecht. Pascale trinkt den Grappa aus. Mit schmalen Augen. Wie die Hauptdarstellerin in einem französischen Film, aber welcher Film? Carina fertig mit ihrem Eis. Und jetzt fangen wir an zu gehen. Carinas Anorak, ihre Mütze. Pascale knöpft die Jacke zu und ihr Kleid ist fünf Zentimenter länger als die Jacke. An der Theke bezahlen. Halsband und Leine. Bukol nicht vergessen. Jetzt auf dem Rückweg trag ich ihn, sagt Pascale. Unser Spiegelbild aus dem Fenster mitnehmen. Muß einsortiert und sorgsam aufbewahrt werden. Pistazien – das merk ich mir, sagt Carina. Und räumt in Gedanken ihr Eiscafé auf. Sieht sich, wie sie die Namen der Sorten mit Leuchtbuchstaben auf kleine bunte Eissortennamensschildchen schreibt (kann natürlich längst lesen und schreiben, kennt jeden einzelnen Buchstaben!) und denkt sich alles immer noch ein bißchen schöner zurecht. Muß sich ausdenken, sie wird schnell groß und Bukol will dann nur noch von ihr getragen werden. Sie wird groß, keiner stirbt und nichts geht verloren. Nichts soll verloren sein auf der Welt. Schönen Abend noch, ruft der Wirt uns nach. Sobald wir weg sind, wird das Paar mit den Eisbechern sich an unseren Tisch setzen. Schon immer ihr Stammplatz gewesen. Schon vor dem Umbau. Und der Wirt und sein Landsmann – haben sie deutsch miteinander oder ist das wieder so ein Tag, an dem du alle Menschen und jede Sprache auf Anhieb verstehst? Vor drei Jahren zu trinken aufgehört. Und in diesem Frühling, das weißt du schon, wird das schwarze Buch fertig. Die Tür auf und hinaus in den Abend. Schon dunkel oder noch eben das letzte Blau? Lichter, Ampeln, der Feierabendverkehr. Freitagabend. Und in den Seitenstraßen eine lange stille Märzabenddämmerung. Vielleicht sieben oder noch nicht einmal sieben. Und wie du dich jetzt auf den Rückweg freust. Der Rückweg und dann gleich die Ankunft. Sibylle, Carina, Jürgen und Pascale. Und auch auf dich selbst freust du dich. Ein langer Abend. Der Frühling, als Carina zweieinhalb war. Eher Vorfrühling. Ein Freitagabend im März und noch kühl. Pascale mit Bukol. Wenn du willst, trag ich dich, sagte ich zu Carina. Aber das weiß sie sowieso.

12

Und weißt du noch, sagte ich zu Sibylle (lang nach Mitternacht), weißt du noch das leere Haus in Barjac? Ein großes altes Haus an der südlichen Ausfallstraße. Rot, ein verblichener roter Verputz. Als ob man träumt, man ist in Venedig. Und erst im Traum darauf kommt, daß man ein geborener Venezianer ist, eh und je. Und hat diesen Traum höchstwahrscheinlich schon öfter geträumt. Ich muß ja, sagt Sibylle. Du hast jeden Tag davon gesprochen. Und immer wieder zu mir und Carina gesagt, seht ihr es auch? Seht ihr, wie es da steht? Ihr müßt es euch *richtig* ansehen! Ein Geisterhaus, sagte ich. Leer. Verlassen. Überall gibt es solche Häuser. In Deutschland auch. Aber mehr noch im Süden. Italien ist voll davon. Und der ganze Balkan. Oft am Ortsrand. Aber manche auch mitten in der Stadt. Leer. Manche erst kürzlich geräumt worden. Andre seit Jahren schon baufällig. Jedes von seiner eigenen Stille umgeben. Und als seien sie mit der Zeit, die verging, ein Stück in die Erde hineingesunken. Stehen und warten darauf, daß sie abgerissen werden. Oder wissen es vielleicht noch nicht. Nur eine Zwischenzeit, sagen sie sich jeden Tag. Und müssen sich einreden, daß das Leben noch einmal zu ihnen zurückkommt. Nicht mehr lang jetzt. Kommt bald! Meterhoch Unkraut, Dornen, Gestrüpp. Die Läden zu. Fenster und Türen vernagelt. Im Erdgeschoß sogar zugemauert. Man geht vorbei – und manchmal dann, als ob man Stimmen hört. Landstreicher? Obdachlose? Spielen Kinder darin? Eine Gruppe von Jugendlichen? Säufer, Junkies, eine Jugendgang? Ein heimliches Fest und kann wochenlang dauern? Oder das Echo der Stimmen von früher? Gut hundert Jahre alt so ein Haus. Und wer alles darin gewohnt hat. Eine Villa. Jetzt zu dicht an der Straße. Aber die Straße ist neu und vorher die alte Straße war schmal und eine Allee. Akazien? Platanen? Ging weiter westlich vorbei. Mehr Abstand. Auch sowieso früher kaum Verkehr. Neben der neuen Straße noch ein letztes Stück von der alten Allee. Wie eine Erinnerung. Übriggeblieben. Ein Andenkenfoto, ein Medaillonbild. Mitten im hellen Mittag dieses letzte Stück von der alten Allee und die Zikaden schreien. Immer noch hohe Bäume hinter dem Haus. Muß einmal ein großer Garten. Ein Teich vielleicht, Seerosen, Sommerfeste, ein Pavillon mit bunten Glasfenstern. Und Rosenstöcke, die nicht aufhören wollen zu blühen. Die letzten Rosen. Alles dicht und verwachsen jetzt. Urwald und Müllgrube. Und das Haus steht und zittert. Die Vögel und Füchse haben solche Plätze gern. Auch häufig bedeutende Katzenkongresse. Und von weither seltene Pflanzen. Die hat der Wind ausgesät.

Manchmal so ein Haus schon ganz durchsichtig vor Alter und Verfall. Erst recht auf den Abend zu. Im Sonnenuntergang und in den langen stillen Dämmerungen. Als ob es mählich so wegsinkt. Stehen an Kreuzungen, sagte ich, an der Eisenbahn, an einer alten Brücke. Manchmal eins an einem Fluß und der Himmel wie aus Perlmutt. Fenster wie in Venedig, sagte ich, byzantinische Fenster. Ein hoher Bretterzaun. Jasmin, Rosen, Stacheldraht, Brennesseln, alles zugewachsen. Meistens der Fortschritt. Straßenbau, Grundstückspreise, Fabriken, die neue Zeit. Und daß die Städte an solchen Häusern vorbeiwachsen. Und dann ist so ein Haus im Weg und kriegt keine Luft mehr. Bei Tag die Autos, sagte ich, immer mehr Verkehr. Zwei neue südliche Ausfallstraßen, die immerfort dröhnen bei Tag und grell in der Sonne flimmern. Aber nachts wird es still. Nur ab und zu ein einzelnes spätes Auto und manchmal in Gruppen die Jungen mit ihren Motorrädern. Nachts die Lastautos. Holzlaster aus den Bergen. Ein Langholztransporter, ein Möbelwagen und einmal ein ganzer Zirkus. Schwere Sattelschlepper mit langen Anhängern. Bunte Bilder drauf. Überlebensgroß. Kunstreiter, Seiltänzerinnen, Löwen, Tiger und Elefanten. Und grelle Riesenbuchstaben. Jeder Buchstabe mit einer Krone. Dann die Wagen mit Käfigen und die Wohnwagen der Zirkusleute. Eine Karawane. Viele kleine Zirkusse das ganze Jahr im Süden unterwegs. Man fragt sich, wie sie existieren können? Wovon? Gleich hast du zu deinen zahlreichen angestammten Sorgen noch eine dringende neue Sorge dazu. Und weißt doch schon lang, daß man keine einzige Sorge je wieder loswird. Wie ein Kassenwart zählst du die Zuschauer bei jeder Vorstellung. Und was so ein Zirkus Tag für Tag frißt! Hier die Einnahmen, da die Ausgaben. Eine Rechnung, die nie ganz aufgeht. Also weiterziehen. *Wanderzirkus* haben wir als Kinder in Staufenberg nach dem Krieg gesagt. Und immer darauf gewartet, daß vielleicht einmal einer zu uns ins Dorf kommt. Sie ziehen von Kleinstadt zu Kleinstadt. Sie fahren nachts. Meistens Seitenstraßen. Sie haben ihre eigenen Routen, um dem Verkehr auszuweichen. Sie fahren um Mitternacht los und bis in den Morgen hinein. Und in den Dörfern und kleinen Städten die Schlafenden hören die Zirkuswagen und träumen dazu die Löwen, Tiger und Seiltänzerinnen und müssen lang stöhnen im Schlaf. Gerade jetzt, sagte ich zu Sibylle, kann ich das Haus fast sehen in der Ferne. Wie es da am Rand steht und ruft. Eher nur so ein Summen. Elektrisch. Direkt in meinen Kopf hinein. Summt und vibriert wie ein kranker Zahn. Hörst du es auch? Du bist müd, sagt sie. Je müder du wirst, umso weniger willst du dich ausruhen. Die ganzen leeren Häuser, sagte ich, und in manchen von ihnen wachsen schon Hecken und Bäume. In Böhmen gibt es auch solche Häuser. Von Rechts wegen, sagte ich, müßte ich mit meinem Leben alle Tage in so einem verlassenen Haus sitzen. In all diesen leeren verlassenen Häusern, die auf ihren Abriß warten. Sitzen und wachbleiben und die Zeit aufschreiben. Lang in die Nacht hinein. Die ganze Nacht sitzen und schreiben. Tag und Nacht, sagte ich. Da streicht sie mir über die Stirn und sagt: So hast du doch schon deine ersten zwei Bücher geschrieben!

Weißt du, wie spät es ist, sagt Sibylle zu mir. Höchstens halb zwei, sagte ich. Wenn man nachts müd dasitzt und nicht weiß, wie man aufhören soll mit dem Tag, dann ist es meistens halb zwei und die Kneipen sind zu. Schläft er jetzt, mein Freund Jürgen? Im leeren Nachtrestaurant in seinem alten Vagabundenschlafsack vor dem Kamin, den er vor einem Dreivierteljahr selbst ausgemauert hat. Schon immer kleiner das Feuer, aber noch Glut für die ganze Nacht. Eichenholz aus den Cevennen. Schläft er? Oder ganz zuletzt nochmal vor die Tür und nach dem Himmel sehen? Und dann nochmal in die Wohnung. Kein Mensch. Die Schränke und Schubladen offen. Das Licht brennt. Auf dem Tisch ihr Fön. Hat sie sich die Haare gewaschen, bevor sie ging? Wollte den Fön mitnehmen und hat ihn dann doch vergessen? Es riecht nach Parfüm, als sei sie eben noch hiergewesen. Soll er ihr den Fön nachtragen? Aber wohin? Ist weg, ist gegangen. Soll er das Licht anlassen? Steht in der Wohnung und muß sich jede Einzelheit merken wie für eine Zeugenaussage. Vielleicht muß er so spät in der Nacht die ganze Zeit zwischen Wohnung und Restaurant hin und her. Hier und dort erst Rosé und dann Rotwein. Im Restaurant das schweigende Telefon. Nacht, Wolken ziehen. Vorher nochmal ein kleiner Regen und dann wieder die Fledermäuse. Das Pflaster glänzt. Nur ab und zu kurz ein paar Sterne zwischen den Wolken. Nur im Sommer bleiben die Leute im Süden lang auf. Aber jetzt ist im ganzen Ort alles längst dunkel und still. Vielleicht wird er gleich noch ein paarmal hier bei uns anrufen. Und Pascale? Im Nachtzug nach Lyon? Der aus Nizza kommt und um Mitternacht in Avignon abfährt. Oft Verspätung. In Lyon Pascales beste Freundin. Pascale hat den ganzen Abend immer wieder mit ihr telefoniert. Christine heißt die Freundin. Sie wird sie nachts um drei in Lyon am Bahnhof abholen. Pascale im Zug. Erschöpft. Wirre Nachtgedanken. Endlich ankommen jetzt – oder wünscht sie sich schon zurück? Im Zug nach Lyon oder schon den ganzen Abend in Saint-Ambroix. Das ist von Barjac aus die nächstgrößere Kleinstadt und liegt an der Eisenbahn. Eine Nebenstrekke. Pascale seit acht Uhr abends in Saint-Ambroix in einem vorwurfsvoll stummen Hotelzimmer. Nur zwei-drei Hotels in

Saint-Ambroix und die sind klein und bescheiden. Kein Portier. Man zahlt im voraus und kriegt einen Haustürschlüssel. Zim mer vier. Immerhin ein Nachttischlämpchen, Provence-Tapeten, ein Spiegelschrank und man hört einen Zug fahren. Wie in einem französischen Spielfilm sehen wir sie vor dem Spiegelschrank in französischer Unterwäsche auf dem geblümten Bett sitzen. Wenn sie jetzt telefonieren will, muß sie sich nochmal anziehen, ihr Kleingeld zählen (hat sie überhaupt genug Kleingeld?) und hinaus in die Nacht, eine Telefonzelle suchen, ein Münztelefon, das dann vielleicht gar nicht geht. Der Aschenbecher voll Kippen. Sie zündet die nächste Zigarette an. Mit sich selbst allein in der Stille nach Mitternacht. Und fängt an zu weinen.

Oder hat angerufen, hat ihn schon erreicht? Längst wieder auf dem Weg zu ihm zwecks Versöhnung? Die ganze Geschichte vielleicht nur, weil so ein trüber Tag war und damit sie sich am Ende versöhnen können. Brauchen die Versöhnung, feiern sich selbst damit, brauchen sie immer wieder. Und wissen, wie es geht. Kennen ihre Rollen, brauchen immer öfter solche Versöhnungen – und doch ist es jedesmal neu. Und es war ja auch kein Streit, nur die Sorgen, verzeih! Ist sie schon zurück? Oder hat angerufen und er gleich im Taxi zu ihr? Mein Freund Jürgen. Immer bereit für ein einziges dringendes Taxi die Einnahmen einer ganzen Woche oder überhaupt jedes Geld, das er hat oder auftreiben kann – was sein muß, muß sein! Schläft er? Muß vielleicht schon den ganzen Abend vom Restaurant in die Wohnung und von der Wohnung ins Restaurant. Immer hin und her. Und läßt hier und dort alle Lampen an. Vergißt fast immer abzuschließen im Restaurant. Auch an normalen Tagen. Und merkt es meistens nichtmal beim Zurückkommen an der offenen Tür. Wo soll er sie suchen? Kommt nach Mitternacht wieder ins Restaurant und das Telefon klingelt. Pascale aus Avignon. Endlich, sagt sie. Hat es in den letzten zwanzig Minuten schon mindestens achtmal probiert. Ist in Avignon in einem Hotel. Hat den Nachtzug nach Lyon abfahren lassen und vorher schon den Abendzug nach Paris. Und will zu ihm. Nicht weit vom Bahnhof das Hotel. Sie muß nachsehen, wie es heißt. Gleich schon eine vorläufige telefonische Versöhnung und sie muß immer weiter weinen, bis er ich komme sagt und dann weint sie noch mehr und es dauert lang, bis er endlich auflegen kann und sich auf den Weg machen.

Mit Umsicht sein Aufbruch. Ab jetzt alles mit Umsicht. Diesmal zuverlässig das Licht aus und richtig abschließen (und sich merken, er hat richtig abgeschlossen!). Nochmal in die Wohnung. Fast wie im Flug alles jetzt und ohne Fehler. Beinah wie ein neues Leben! Und der alte VW-Bus hat auch gleich ein Einsehen. Motor läuft. Eine andere Jacke. Sein alter Trenchcoat. Und sämtliches Geld einstecken. Warum ist François nicht da? Seine ganze Familie nicht? Bevor Jürgen einsteigt, spürt er den Wind im Gesicht. Feucht und kühl der Nachtwind aus den Cevennen. Hier auf dem Hügel ist er stärker als unten im Ort. Die Autotür zu. Und langsam im zweiten Gang die Straße hinunter, als ob ihm ab jetzt nie mehr etwas passieren kann. Schon unterwegs, aber muß nochmal ins Restaurant. Hält in der engen Straße direkt vor der Tür und läßt den Motor laufen. Auch wenn er weiß, daß die Metzgersfrau von gegenüber, obwohl sie nach hinten raus schläft, bei jedem kleinsten Geräusch aufwacht – oder sagt sie das immer nur? Zigaretten, Papiere, Geld. Er ruft Pascale nochmal an. Keine Durchwahl. Der Nachtportier klingt, als hätte er schon geschlafen (als ob er schon seit Jahrzehnten nach jedem Einschlafen immer gleich wieder geweckt wird). Ich komme, sagt Jürgen. Und fährt dann (vielleicht hat er diesmal wieder nicht abgeschlossen!), fährt müde und angetrunken, aber keinesfalls blau. Jazz im Radio. Miles Davis – oder ist das der Autocassettenrecorder, den er sich schon vor einem Jahr kaufen wollte? Fährt, fährt zur Musik auf engen Straßen mit vielen

Kurven. Nacht, die Straßen naß und die Wolken ziehen tief. Schlechte Scheibenwischer. Immer wieder ein kleiner Regen schräg über ihn hin und muß weiter landeinwärts ziehen. Fehlzündungen. Kriegt oft Hustenanfälle, der Motor, aber geht nicht aus. Gut hundertzwanzig Kilometer bis Avignon. Gleich halb drei, wenn er ankommt. Fast als sei er eben erst aufgewacht. Und muß sich die Augen reiben. Ein leeres finsteres Nachtavignon. Hotel Bristol. Drei Sterne. Und sie kommt und macht ihm die Tür auf. Als ob sie sich noch einmal kennenlernen. Er hat aus dem Restaurant den besten Wein mitgebracht. Und sie trinken und rauchen und reden bis zum Morgen. Alles neu. Wie zum erstenmal. Ein Hotelzimmer. Die Nacht. Ihre Stimmen. Hotelzimmerjalousien und ein paarmal noch Wind und Regen ans Fenster. Und dann ernst und still das erste graue Vortageslicht. Und schlafen dann, schlafen lang in den Tag hinein. Oktober. Schon Mittag, wenn sie aus dem Hotel kommen. Eilige dunkle Wolken. Alles naß. Alles klappert im Wind. Westwind. Ein trüber Tag in Avignon. Müssen sparen, aber haben sich natürlich trotzdem ein Festessen und ein paar Geschenke verdient. Und wahrscheinlich wird es dann Nachtmittag, vielleicht sogar Abend, bevor sie uns anrufen. Und dann wollen wir sehen, wie es mit ihnen weitergeht. Mit ihnen, mit uns und der Welt. Aber das ist dann schon wieder ein neuer Tag und das nächste Buch. Muß mir noch ihre Versöhnung ausdenken, sagte ich zu Sibylle. Oder meinst du, sie kommt nicht zurück? Jetzt müßte Sibylle sagen: Klar kommt sie! Oder ist schon! Wie soll sie ohne ihn? Aber sagt stattdessen: Ich weiß nicht!

Daß man heimgeht am Abend, im Wind, in der frühen Dunkelheit und es ist wieder Herbst. Daß man abends heimgeht mit Frau und Kind. Und denkt, man weiß genau, wer man ist – man muß nichtmal drüber nachdenken. Und daß das auch so bleibt. Ist das jetzt die Gegenwart? Ein Kind. Eine Wohnung mit Heizung und Bad. Dicke Teppiche, deine Unrast zu beschwichtigen. Sogar Gardinen an allen Fenstern. Jahre. Die Zeit. Ein paar Jahre lang immer nur heimgegangen. Und das sind wir selbst. In weiter Ferne seh ich uns gehen. Nochmal der heutige Tag und muß ein paarmal noch vor mir aufflackern. Die Belgier in Barjac. Schon beim Aufbruch die Belgier und wo sind sie jetzt? Dann Pascale, wie sie geht. Ein kleiner Regen. Der Abend kommt. Und wie es dann dunkel wird in Barjac und im ganzen Süden. Jürgens Unruhe und wie er immer wieder versucht hat, uns anzurufen (die Zeit höhlt den Nachmittag aus). Und wir erst bei den Lichtern noch auf der Leipziger Straße und dann auf dem Heimweg, Sibylle, Carina und ich. Müd heim am Abend, aber dann im Dunkeln ein leichter Wind. Lebendig und spielt mit uns. Und gleich wird man wach. Wird gleich überwach! Auch die frühe Dunkelheit wieder neu jetzt im Herbst. Und das muß man sich alles gut merken und nimmt es am Abend mit heim. Und da war es, der gleiche heutige Abend, daß ich Carina zeigte, wie man mit dem Wind spricht. Und dann kommt man heim und das Telefon klingelt.

Schläft er jetzt, mein Freund Jürgen? Oder wird gleich noch ein paarmal anrufen? Ich seh uns beim Trampen. Seh mich mit ihm in Marseille. Am Alten Hafen. Ein Augustnachmittag. Wie heiß es da war. Und wie lang wir schon unterwegs sind. Seh mich mit ihm in Marseille, in Istanbul, in Frankfurt, Hamburg, Paris. Ich seh uns in vielen Ländern. Und wie er zum erstenmal mit mir durch Barjac geht. Gleich nach unsrer Ankunft. Ein Samstagabend. Juni. Noch eben hell. Der 11. Juni – in diesem Sommer, der jetzt vorbei und fing da doch gerade erst an. Sein Barjac. Samstagabend. In den Gassen die Schwalben und hoch am Himmel Scharen von Mauerseglern. Müssen immer höher, weil das Licht schon zu gehen anfängt. Vögel, die auf dem Wind schlafen. Daß er mit mir da geht, um diesen einen Augenblick mit mir allein zu sein. Man darf es nicht sagen, weil der Augenblick sonst nicht bleibt. Und wie wir einmal zusammen in Marburg, er und ich. Weit zurück ein vergangener Herbst. Die alte Milchbar in Marburg. Ein Café in dem es auch Alkohol gab. Eine Musikbox und in der Musikbox Miles Davis, Dave Brubeck und Edith Piaf. In einem Fachwerkhaus und so eng und verwinkelt diese Milchbar, daß man die Musikbox gar nicht sieht. Nur zum Wählen ein kleiner Kasten an der Wand. Und die Musik dann wie aus dem Jenseits (aus dem Off die Musik). Zigaretten, Kaffee und Cognac und dazu ein paarmal Milord und Take Five und Non, je ne regrette rien. Und dann wieder auf der Straße. Steil bergauf in die Oberstadt. Es hat geregnet. Im Spätherbst. Ein deutscher Sonntag. Das Jahr 1960. Jürgen mit einer Jacke, die seinem erfolgreichen älteren Bruder gehört (der nicht da ist). Ich nahm an, es sei seine Jacke. Haben uns gestern Abend verpaßt und heute Morgen kam er zu mir nach Staufenberg. Wie es scheint, über Nacht zu Geld gekommen. Restaurants, Taxis, Trinkgelder. Die Straße naß. Ein Provinzsonntag. Spärliche Lichter. Er ist auf der Flucht, aber das wird er mir erst in der nächsten oder übernächsten Kneipe erzählen. Eine dunkelgraue Flanelljacke, die ihm gut steht. Ein Jackett. Französischer Cognac und in Marburg die alten Gassen. Bergauf und bergab und dabei noch lang die Piaf im Ohr. Müssen weiter. Ich siebzehn und er noch nicht zwanzig.

Schläft er jetzt? Spät in der Nacht müd am Tisch bei meinen Zetteln sitzen. Unser Eßtisch mit Bilderbüchern, Buntstiften, Behördenpost, Büchern, Teegläsern, Kaffeetassen, Wasserflaschen, Notizbüchern. Wohin mit den vielen Zetteln? Auf meinen drei Arbeitstischen um die Schreibmaschine herum mein Manuskript. Seit dem Sommer schon und wird jeden Tag mehr. Zugedeckt die Schreibmaschine und schläft. Schläft schon seit heute Mittag. Jetzt sind die Zettel sortiert, sagte ich, oder wenigstens vorsortiert. Wenn ich vormittags schreibe und will abends dann mit den Zetteln weiter – wo sollen die Zettel jetzt hin? Briefumschläge, sagt Sibylle und zieht ihre Strumpfhose aus. Hellblaue Unterwäsche. Und muß gleich zu mir kommen und sich von mir anfassen lassen. Für jeden Stapel, sagt sie, einen Briefumschlag. Und die Umschläge dort auf das Schränkchen. Unser Schränkchen mit Obstkorb, Telefon, Strickzeug, Büchern, Schallplatten, Plattenspieler, Radio, Telefonrechnungen und sauberen Socken, die man eigentlich längst hätte einräumen müssen, weil sie sonst bald wieder mit den schmutzigen Socken durcheinandergeraten. Aber vor dem Einräumen paarweise sortieren. Vierzehn kleine und vier große Briefumschläge für die Notizzettel. Ich konnte sehen, wie das Schränkchen erschrickt. Lieber die Briefumschläge auch noch in Plastiktüten, sagte ich. Gute Plastiktüten, falls Hochwasser, ein Orkan, eine Flutkatastrophe. Aber wenn es dann auch noch brennt! Schon nach zwei, sagt Sibylle und knöpft mir das Hemd auf. Daß du auch nie ein Ende! Heute Morgen der Morgen, sagte ich, gleich so schnell rum. Ist weggerannt. Und jetzt am Abend, du warst ja dabei, hab ich vor lauter Zetteln den ganzen Abend gar nicht recht angefangen. Eben noch ihre Hände an mir und dann geht sie aus dem Zimmer. Erst da und dann nicht mehr. Nacht ums Haus. Wind. Einen Zug hört man fahren. Oft lang in der Nacht Güterzüge und vom Bahnhof her der Rangierlärm. Und nicht auch in weiter Ferne noch immer die Stimmen der Leute, die um Mitternacht aus den Kneipen heimgingen? Eher ihr Echo, sagst du dir. Haben sich in der Nacht verirrt. Müssen den Sommer suchen. Finden nicht heim.

Schläft er jetzt, mein Freund Jürgen? Und der Wirt aus Alès, von dem sie so günstig die Tische, vier kleine Marmortische gekauft haben? Du hast ihn nie gesehen, aber jetzt in der Nacht ist dir, als ob du ihn eh und je gekannt hättest. Lebt er noch? Schon im Himmel? Ob es einen Wirtshimmel gibt? Einen Extrahimmel für verwitwete leberkranke Vorortkneipenwirte aus dem Süden? Aus kleinen südfranzösischen Gebirgsstädten? Vielleicht am Ende kriegt jeder seinen eigenen Himmel? Ich hätte ihn malen können, den Wirt. Und auch seinen Himmel malen. Am Anfang des Abends noch nicht, aber so spät in der Nacht kann mir gut vorkommen, daß wir doch schon dabeiwaren. Damals in Paris. Bei den Impressionisten. Mein Freund Jürgen und ich. Jeder einen Strohhut. Bunte Halstücher. Verblichene Leinenjacken in Farben, die gemalt werden wollen. Also ein Selbstporträt jeder. Und dann einer den andern im Atelier. Ihn malen, wie er mich malt. Wo man auch herkommt, immer behält man den Sommermorgen im Gedächtnis, an dem man zum erstenmal zum Montmartre hinaufsteigt. Und wie man Paris dann von oben sieht. Wie gut frische Leinwand riecht und das helle Holz für die Keilrahmen. Und wie das Malen uns jeden Tag Durst macht. Rotwein bei Tag und am Abend Absinth. Erst nur am Abend, dann morgens und abends. Ganze Sommer in ruhigen abgelegenen Vorortkneipen. Und wie diese Sommer nach Sommer riechen. Jeder Wein ist der beste Wein. Als Impressionisten immer in die gleiche Kellnerin oder Handschuhnäherin verliebt, er und ich. Eine kleine Schwester der Frauen auf den Bildern von Renoir und Manet. Sommerabende. In den Bäumen Lichter, Lampions, bunte Lämpchen. Wie Blumen am Abend die Gesichter im Lampenlicht. Müde Blumen, die immer weiter blühen. Wie schön im Sommer in diesen Vorortgartenkneipen abends die Frauen sind. Alle Abende. Sind müd und haben sich die Lippen rot angemalt und lächeln wie vor dem Spiegel. Bunte Lämpchen. Augen voll Abend und Dämmerung. Die Musik – eine Fidel, eine Ziehharmonika, eine Flöte. Und von allen Seiten die Stimmen. Aber dazwischen manchmal so eine Sommerabendstille, daß man jäh sich selbst merkt.

Windstill. Nichts regt sich. Und dann raschelt ein Blatt. Erst nur das eine Blatt, dann der ganze Baum. Und dann rascheln alle Bäume im Garten. Der Garten regt sich und rauscht und die Kerzen flackern. Nachtfalter um das Licht. Volle und leere Weingläser. Eine Markise, die sich bewegt und das Licht weht drüberhin. Jetzt weiß man, daß auch dieser Sommer nicht bleibt.

Umso schneller muß man fortan alle Tage die Bilder malen und auch umso besser. Bei den Windmühlen auf dem alten Montmartrehügel diese Gartenkneipen und auch in den Vororten an der Seine. Noch Segel auf dem Fluß. Das Licht auf dem Wasser. Und wie der Fluß an uns zieht. Und am Abend mit vielen Farben die Dämmerung. Bald, sagen wir uns an solchen Sommerabenden. Es wird Zeit. Bald in den Süden, mein Freund. Die Provence, die alte Provence. Erinner dich doch! Das goldene Land! Dort warten die Bilder auf uns! Und auch unser Geld wird dort länger reichen. Oder nach Indien, nach Mexiko, nach Brasilien! Die heißen Länder, die noch nicht gemalt worden sind! Einmal als Impressionist im Winter einen Nachmittag hinter dem Panthéon zu Fuß eine enge Querstraße (warum gehst du hier?). Und in dieser engen Querstraße Verlaine und Rimbaud gesehen. Betrunken beide und torkeln mit ihrem Hüten und Spazierstöcken und müssen laut streiten. So betrunken – man muß sich wundern, daß sie ihre Hüte und Spazierstöcke nicht längst schon verloren haben. Sie halten sich daran fest! Eine finstere alte Gasse, die vor uns her kriecht. Ein düsterer Tag mit Regen und Schnee. Du siehst sie in ihrer Trunkenheit – zornige Vogelscheuchen. Und selbst auch in einem greulichen Delirium. Du merkst das erst bei ihrem Anblick. Vielleicht seit Tagen schon gefangen in diesem Delirium. Bevor der Tag gleich davonstürzt und wegkippt und das Licht fängt zu flimmern an. Wohin? Du weißt nicht, woher du kommst. Du hast nicht einmal deinen Namen gewußt. Aber hast die beiden ganz deutlich. In einem einzigen wachen Moment. Kein Zweifel – Verlaine und Rimbaud! Und du siehst sie und weißt nicht, wie daraus ein Bild werden soll. Zwei Dichter. Sie sind es. Und hinter ihnen am Ende der Gasse eine schwarzgekleidete Frau, die verzweifelt die Hände ringt. Aber gehört vielleicht gar nicht zu ihnen. Meint sie nicht, aber muß mit auf das Bild. Und vergiß nicht, sagte ich in Gedanken zu Carina, daß ich dein Vater bin und vor langer Zeit einmal ein Drachen war. Von weither. Mit Flügeln. Den Menschen fremd. Ein grüner Drachen mit goldenen Augen. Und du bist mein Kind.

Gerade eben noch vor gut hundert Jahren bei den Impressionisten mit dabei, mein Freund Jürgen und ich. Als wir an langen Sommerabenden in den Gartenwirtschaften unter hohen Bäumen saßen und dachten, daß die Menschen in Zukunft ohne Kriege auskommen könnten. Und jetzt? Allein in der Stille. Mitten im Zimmer stehst du und weißt nicht, wie lang es her ist, seit Sibylle aus dem Zimmer ging. Schläft vielleicht längst. Gibt es sie überhaupt? Und mein Vater? Ob er jetzt wach ist? Liest oder liegt im Dunkeln und bedenkt seine Schlaflosigkeit. Sucht Wörter dafür. Muß auf und in seinem Haus herum. Keine Ruhe. Hin und her. Auch durch seinen Kopf. Selbstgespräche. Und mit jeder Minute wacher. Muß sich vorsagen, wie er mir und sich selbst noch einmal den Goldenen Steig erzählt. Nochmal von Anfang an. Was hat Sibylle denn zuletzt noch zu mir gesagt? So spät in der Nacht ist mir, als ob unsre Wohnung, als ob ringsum das müde alte Dachgeschoß mit uns schwankend und schlingernd dahintreibt. Wie ein Schiff, eine Gondel. Die ganze Straße (man darf es nicht weitersagen!) hängt an langen Netzen und Stricken vom Mond herab. Vom Mond oder von einem mondgleichen Riesenballon, der in großer Höhe mit sanftem Rauschen durch die Nacht seine Bahn. *Wenn im Mondlicht der Mond einen Schatten wirft, dann kann es doch nicht der Mond sein!* Fenster auf! Man muß sich weit vorbeugen! Nachtwolken, Dächer, Schornsteine, Nachtwolken. Und keine Strickleiter? Allein jetzt. Allein und als Letzter übriggeblieben. Am Rand, am äußersten Rand. Und Nacht, Leere, Einsamkeit ziehen an dir und ziehen dich immer weiter hinaus. Dann eine Tür – du hörst eine Tür gehen. Licht im Flur. Der Wind kommt ans Fenster. Spät in der Nacht bei mir selbst daheim. Hier also! Du erkennst alles wieder. Meine eigene Handschrift. Die Stehlampe mit dem roten Schirm. Carinas Spielzeug, Carinas Atem im

Schlaf. Und Sibylle wird gleich hereinkommen. Vielleicht läuft jetzt unser Badewasser schon ein.

Von Peter Kurzeck im Stroemfeld Verlag:

Der Nußbaum gegenüber vom Laden
in dem du dein Brot kaufst
Roman
354 Seiten, engl. Broschur, Fadenheftung
ISBN: 978-3-87877-127-2

Das schwarze Buch
Roman
329 Seiten, geb., Fadenheftung
ISBN: 978-3-87877-770-0

Kein Frühling
Roman
590 Seiten, geb., Fadenheftung,
ISBN: 978-3-87877-857-8

Keiner stirbt
Roman
276 Seiten, geb., Fadenheftung
z. Zt. als Lizenzausgabe bei Suhrkamp TB lieferbar
ISBN: 978-3-86109-729-7

Mein Bahnhofsviertel
80 Seiten, geb., Fadenheftung
ISBN: 978-3-87877-385-6

Übers Eis
Roman
(Das alte Jahrhundert 1)
326 Seiten, geb., Fadenheftung
ISBN: 978-3-87877-580-5

Als Gast
Roman
(Das alte Jahrhundert 2)
432 Seiten, geb., Fadenheftung
ISBN: 978-3-87877-825-7

Ein Kirschkern im März
Roman
(Das alte Jahrhundert 3)
282 Seiten, geb., Fadenheftung
ISBN: 978-3-87877-935-3

Vorabend
Roman
(Das alte Jahrhundert 5)
1022 Seiten, geb., Fadenheftung
ISBN: 978-3-87877-079-0

Bis er kommt
Roman
(Das alte Jahrhundert 6)
ca. 200 Seiten, geb., Fadenheftung
ISBN: 978-3-86600-090-2
(in Planung)

Der vorige Sommer und der Sommer davor
Roman
(Das alte Jahrhundert 7)
geb., Fadenheftung
ISBN: 978-3-86600-091-9
(in Planung)

Hörbücher von Peter Kurzeck:

Peter Kurzeck liest aus Kein Frühling
Hörbuch
4 CD-Box (Ko-Produktion Stroemfeld/HR2)
ISBN: 978-3-86600-012-4

Oktober und wer wir selbst sind
Hörbuch
7 CD-Box (Ko-Produktion Stroemfeld/SR2)
ISBN: 978-3-86600-034-6

Peter Kurzeck liest aus Vorabend
Hörbuch
4 CD-Box (Ko-Produktion Stroemfeld/HR2/SR2)
ISBN: 978-3-86600-089-6
(in Vorbereitung für Herbst 2011)

Ein Sommer, der bleibt.
Peter Kurzeck erzählt das Dorf seiner Kindheit.
4 CD-Box (supposé)
ISBN : 978-3-932513-85-5

Stuhl, Tisch, Lampe
Hörbuch
(Peter Kurzeck liest aus Übers Eis,
Als Gast, Ein Kirschkern im März,
Der vorige Sommer und der Sommer davor)
CD (Ko-Produktion Stroemfeld/supposé)
ISBN: 978-3-87877-944-5

Stroemfeld/Roter Stern Basel und Frankfurt am Main